石河子大学"中西部高校综合实力提升工程"资助出版

小泉八云
思想与创作研究

牟学苑 著

图书在版编目(CIP)数据

小泉八云思想与创作研究 / 牟学苑著. —北京：北京大学出版社，2016.9
（文学论丛）
ISBN 978-7-301-27511-5

Ⅰ.①小… Ⅱ.①牟… Ⅲ.①小泉八云(Koizumi Yakumo 1850—1904)—文学思想—研究 Ⅳ.①I313.064

中国版本图书馆 CIP 数据核字(2016) 第 216369 号

书　　　名	小泉八云思想与创作研究 XIAOQUANBAYUN SIXIANG YU CHUANGZUO YANJIU
著作责任者	牟学苑　著
责任编辑	兰　婷
标准书号	ISBN 978-7-301-27511-5
出版发行	北京大学出版社
地　　　址	北京市海淀区成府路 205 号　100871
网　　　址	http://www.pup.cn　新浪微博：@北京大学出版社
电子信箱	lanting371@163.com
电　　　话	邮购部 62752015　发行部 62750672　编辑部 62759634
印　刷　者	北京宏伟双华印刷有限公司
经 销 者	新华书店
	730 毫米 ×980 毫米　16 开本　15.25 印张　260 千字 2016 年 9 月第 1 版　2016 年 9 月第 1 次印刷
定　　　价	48.00 元

未经许可，不得以任何方式复制或抄袭本书之部分或全部内容。
版权所有，侵权必究
举报电话：010-62752024　电子信箱：fd@pup.pku.edu.cn
图书如有印装质量问题，请与出版部联系，电话：010-62756370

目　录

引　言 ··· 1
 第一节　小泉八云创作的基础文献 ·· 3
 第二节　小泉八云思想与创作研究述评 ··· 9
 第三节　本书的思路及研究方法 ·· 19

第一章　童年经历与思想形成
   ——小泉八云的精神分析 ··· 24
 第一节　母亲与小泉八云 ··· 25
 第二节　父亲与小泉八云 ··· 35
 第三节　小泉八云的渴望与焦虑 ·· 43

第二章　小泉八云的社会思想与杂谈创作 ·· 53
 第一节　小泉八云的进化论思想 ·· 54
 第二节　小泉八云的教育观 ·· 73
 第三节　小泉八云的女性观 ·· 79

第三章　小泉八云的宗教观与日本文化论 ·· 91
 第一节　小泉八云与基督教 ·· 91
 第二节　小泉八云与异教世界 ··· 100
 第三节　小泉八云的日本文化论 ··· 116

第四章 小泉八云的文艺思想与文学批评 …… 124
- 第一节 浪漫主义者小泉八云 …… 124
- 第二节 小泉八云的创作论 …… 135
- 第三节 小泉八云的文学批评 …… 141

第五章 小泉八云的怪谈类创作 …… 148
- 第一节 怪谈类创作概述 …… 149
- 第二节 小泉八云怪谈类创作的改编策略 …… 161
- 第三节 怪谈类创作中的女性 …… 178

附录一:小泉八云在美时期怪谈类创作简况表 …… 198
附录二:小泉八云在日时期怪谈类创作简况表 …… 207
参考文献 …… 224
后　记 …… 235

引　言

　　小泉八云,原名拉夫卡迪奥·赫恩(Lafcadio Hearn),英国人,著名作家。1850年生于希腊,1904年殁于日本。小泉八云1869年由英国赴美,在美国做过多年的新闻记者,并发表过中篇小说《希达》《尤玛》,编译过《奇书拾零》《中国鬼故事》这样的短篇故事集,翻译过戈蒂耶、洛蒂、法朗士等法国作家的作品,还出版了两卷本游记《法属西印度群岛二年记》,在文学事业上已小有成就。1890年,小泉八云前往日本,先后在松江、熊本等地担任中学英语教师,1896年被聘为东京大学专任讲师,教授英国文学,后转职早稻田大学。在授课的同时,小泉八云笔耕不辍,先后出版了《陌生日本之一瞥》《心》《怪谈》等12部以日本为中心的游记、怪谈、散文、杂谈。这些作品使小泉八云获得了极高的文学声誉,一时间成为西方最具声望的日本描述者。尽管这些作品都用英文写成并署名拉夫卡迪奥·赫恩,但由于他1896年加入日本国籍,并用妻子的姓氏取日本名为小泉八云,所以在日本和中国,人们熟知的名字是小泉八云而不是赫恩[①]。

　　时光荏苒,小泉八云逝世已经110余年了。在这百余年中,时移世异,曾经名动一时的小泉八云,在他的同族之中,却逐渐被忘却了。美国的文学教授贝尔德·舒曼在为中学教师们上课时发现:"多数美国的中学生从来没有听过拉夫卡迪奥·赫恩的名字。而知道这个名字的中学英文教师们,则大多是在美国文学概况课程或是在文学史著作中偶然得知的,但却没有读过赫恩的作品。"[②]舒曼的调查样本较小,也许不能算是定论,但小泉八云在当今西方社会普通读者中的接受状态,大致可见一斑。毕竟小泉八云的作品在西方的接受是与民众对日本的兴趣联系在一起的,而在人员交流、信息沟通如此便利的今天,日本对于西方民众已经变得不再

---

　　① 下文论及 Lafcadio Hearn 时,统一称之为"小泉八云"。当然,谈到英美时期,尤其是幼年时代的 Hearn 时,称之为"小泉八云"显然不太合理,但这只是为了表述统一的无奈之举,望读者理解。
　　② R. Baird Shuman, "Hearn's gift from the sea: Chita", *The English Journal*, Vol. 56, No. 6, Sep., 1967, p. 822.

陌生,以描述"陌生日本",而且是19世纪末的"陌生日本"知名的小泉八云逐渐遭到淡忘倒也不算稀奇。

但在日本,小泉八云的接受却是一条完全相反的曲线。小泉八云逝世时,还没什么人知道他,而随着时光流逝,他的名声倒日渐大起来了。日本人对于这位以英文写作的外国作家的熟悉,简直令人惊讶。以笔者在日的经验来说,虽不至于妇孺皆知,但稍有学识的日本民众就知道小泉八云的名字,有不少人还读过甚至热爱他的作品。而在研究界,尤其自20世纪90年代以来,小泉八云一直是一个持久不衰的热点。今天的日本,已经成为国际小泉八云研究的高地。

而在国内,即在笔者进入小泉八云研究领域的这十年中,国人对于小泉八云的关注越来越多。首先是新出现了不少译本,使得普通读者得以接触到小泉八云的作品,并进一步扩大了小泉八云的知名度;其次是有越来越多的学者进入小泉八云研究领域。以笔者所见,目前已有3人以小泉八云相关的研究论文获得博士学位,8人获得硕士学位;公开出版的学术专著3部,发表在学术期刊上的论文近20篇。然而,这种现状与国外研究界相较,还有较大的差距,与令人满意之间,距离就更加遥远了。

仅就翻译的情况来说,国内的小泉八云译本大多是日文转译本,质量良莠不齐,例如刚刚由日文转译的一本小泉八云"新译",译笔其实还算不错,但编者在报上大谈自己为了翻译质量而圈定了多少种"日文原版",这就有点让人奇怪了。小泉八云所有的创作都是用英文写就的,在不使用甚至不参考英文原版的情况下谈翻译质量,总是有点隔膜吧?还有许多"新译本"其实是民国时期的旧译新印。如吉林出版集团有限公司2011年所出《和风之心》,实际上就是1935年上海中华书局所出,杨维铨译《心》的重印本。杨维铨(即杨骚)译本虽系日文转译而来,但译笔还算严谨,如果不考虑文句的"民国风",为出版便利计,倒也勉强可以接受。但《和风之心》却将译者署名为"杨维新",殊不可解。或许是由于文字扫描过程中的讹误?但这种弄错译者的讹误居然能过五关斩六将出现在封面上,总是让人有些困惑。该出版社所出的《神国日本》一书,也有类似的情况。评论家刘铮对此感慨道:"今日我们还只能读六十多年前留下的不完整译本,这不能不说是历史与我们的纠缠,甚至是历史对我们的诅咒。"①而在大众层面,情况则更为不堪。例如,国内某著名 B2C 网站对于小泉八云《东方之魅》②的推介语居然是"日本传奇武侠巨作,金庸古龙谁与争锋"! 令人绝倒之余,也提醒我们这些象牙塔里的学人,还有很多该做的工作。

第一节 小泉八云创作的基础文献

小泉八云一生之中创作的数量相当庞大,但直至今日,也还未能出现真正意义上的小泉八云"全集",所以对小泉八云作品的整理,是探讨小泉八云思想与创作之前必须要做的前期工作。

小泉八云生前发表的作品,大致以两种形式出现:一是在报纸杂志上发表的单篇文章,二是由出版社结集出版的著作。当然,这两种形式也会有所重复,比如小泉八云赴日之后出版的第一部作品《陌生日本之一瞥》(Glimpses of Unfamiliar Japan),其中收入的 27 篇文章就有 10 篇曾在美国的《民主党时报》(The Times Democrat)和《大西洋月刊》(The Atlantic Monthly)上发表过,这种情形在其他作品集中也多有出现。

小泉八云在赴日之前,就已出版过 10 部作品,其中编译作品两部,即《奇书拾零》(Stray Leaves from Strange Literature,1884)和《中国鬼故事》(Some Chinese Ghosts,1887);小说创作两部,即《希达》(Chita,1889)和《尤玛》(Youma,1890);由法文译为英文的译著两部:《克里奥佩特拉的一夜》(One of Cleopatra's Nights,1882)和《西维斯特·伯纳德的犯罪》(The Crime of Sylvestre Bonnard,1890);游记一部:《法属西印度群岛二年记》(Two Years in the French West Indies,1890);非文学作品 3 部,即《克里奥尔谚语》(Gombo Zhèbes,1885)、《新奥尔良指南及历史略述》(The Historical Sketch Book and Guild to New Orleans,参编,1885)和《克里奥尔烹调法》(La Cuisine Créole,1885)。这时的小泉八云尚处

---

① 刘铮:《他们的拉夫卡迪奥·赫恩,我们的小泉八云》,《东方早报》2010 年 8 月 1 日。
② 胡山源译,吉林出版集团有限公司 2011 年出版,与上文所述《和风之心》同属"草月译谭"系列。该书实际上是 1930 年上海商务印书馆所出胡山源译《日本与日本人》的重印本。

在其"红颜知己"、传记者伊丽莎白·比斯兰（Elizabeth Bisland）所谓的"学徒期"，他几乎尝试了各种文学创作的可能性，但最终，他发现自己的文学才能和创作重心应该是在《中国鬼故事》《法属西印度群岛二年记》这样的作品上。所以在赴日之后，小泉八云的创作便集中在游记及怪谈上，这也就是真正使他成名的 12 部"日本创作"：《陌生日本之一瞥》（两卷，1894）、《来自东方》（*Out of the East*，1895）、《心》（*Kokoro*，1896）、《佛土拾穗集》（*Gleanings in Buddha-Fields*，1897）、《异国风物及回想》（*Exotics and Retrospectives*，1898）、《灵的日本》（*In Ghostly Japan*，1899）、《阴影》（*Shadowings*，1900）、《日本杂录》（*A Japanese Miscellany*，1901）、《骨董》（*Kotto*，1902）、《怪谈》（*Kwaidan*，1904）、《日本试解》（*Japan: An Attempt at Interpretation*，1904）、《天河的传说及其他》（*The Romance of the Milky Way and Other Stories*，1905）。除此之外，赫恩还为长谷川武次郎出版的"日本传说故事丛书"改写过五篇日本传说：《画猫的少年》（*The Boy Who Drew Cats*，1898）、《蜘蛛精》（*The Goblin Spider*，1899）、《丢了米粉团的老太婆》（*The Old Woman Who Lost Her Dumpling*，1902）、《牙签小怪》（*Chin Chin Kobakama*，1903）、《返老还童泉》（*The Fountain of Youth*，1922）。这些故事虽然短小，却都是以单行本的形式出现的。

　　但这还远远不是小泉八云创作的全部。小泉八云殁后，后世研究者对其文字的整理、译介、传播就一直没有停止过。最早得到整理的是小泉八云的书信。比斯兰于 1906 年出版了两卷本的《拉夫卡迪奥·赫恩的生平与书信》（*Life and Letters of Lafcadio Hearn*），1910 年又出版了《拉夫卡迪奥·赫恩在日书信集》（*The Japanese Letters of Lafcadio Hearn*），尽可能搜集整理了小泉八云写给友人的书信，为小泉八云研究提供了宝贵的第一手资料。1907 年，肯塔基邮报的记者米尔顿·布朗那（Milton Bronner）从小泉八云在美国时期的友人亨利·沃特金（Henry Watkin）那里得到了一些书信，主要是与沃特金的通信及写给一位女士的信[①]，布朗那将其整理为《乌鸦来信》（*Letters from the Raven*）出版。1925 年，市河三喜（Ichikawa Sanki）编集出版了《拉夫卡迪奥·赫恩书信作品补遗》（*Some New*

---

① 这位女士可能是 Ellen Freeman，据信与小泉八云有过一段时间的暧昧关系。

Letters and Writings of Lafcadio Hearn），搜集了一些前人未见的小泉八云书信，主要是致日本友人的信函。小泉八云的这些书信，与其生活、创作息息相关，并可相互印证，直到今天，都是研究小泉八云创作的重要资料。

值得一提的是，小泉八云还有一些写给家人的书信。1912年，尼娜·肯纳德（Nina H. Kennard）出版了传记《拉夫卡迪奥·赫恩》，这本传记的独特价值就在于，作者收录了小泉八云写给异母妹妹阿特金森夫人（Mrs. Atkinson）的书信。1923年1月，肯兰德（Henry Tracy Kneeland）得到了五封小泉八云在美期间写给胞弟詹姆斯的书信，将其整理发表于大西洋月刊上[①]。1938年，劳莱斯（Ray M. Lawless）又搜集到一封小泉八云赴日后写给詹姆斯的书信[②]。这些信数量虽然不多，但由于是写给亲属的信，对于研究小泉八云的身世和心理，有着特殊的价值。

除了书信，小泉八云在东京大学授课的内容也是后人关注的重点之一。1896年至1902年间，小泉八云一直在东京大学讲授英国文学等课程，颇受学生好评。1915年，小泉八云的主要授课内容以《文学的解释》（*Interpretations of Literature*）为名出版。这部两卷本著作由哥伦比亚大学教授、文学评论家约翰·厄斯金（John Erskine）编订，而内容则来自小泉八云八个学生的课堂笔记。次年，厄斯金继续编订了《诗的解释》（*Appreciations of Poetry*），其来源依然是小泉八云学生们的笔记，但编选的内容集中在对现代诗人如丁尼生、史文朋、布朗宁等的评论上。1917年，厄斯金编选的第三部讲义《生活与文学》（*Life and Literature*）出版，此书又增添了一些新的内容，主题除英国文学外还涉及文学本体论及创作论。1921年，厄斯金又编选了一部《读书与习气》（*Books and Habits*），这部作品的内容大都选自前三部讲义，但也提供了三篇新的讲义。1927年，由田部隆次和落合贞三郎编辑的《英国文学史》（两卷）（*A History of English Literature*）出版，此书将小泉八云的文学讲义按照从古至今的文学史脉络整理完备，从而使小泉八云成为一位拥有大部头专著的"文学史家"。此后，小泉八云的文学讲义曾以多种版本、多种语言出现，但就内容本身来说，大致不出上述作品的范围。

---

① Henry Tracy Kneeland, "An Interview with James Danial Hearn-Lafcadio Hearn's Brother", *The Atlantic Monthly*, Jan., 1923.

② Ray M. Lawless, "A Note on Lafcadio Hearn's Brother", *American Literature*, Mar., 1938.

此外,文学翻译也是小泉八云创作的重要组成部分。他熟谙法语,热爱法国文学,在美期间曾译介过大量的法国文学作品。他出版的第一部单行本著作《克里奥佩特拉的一夜》其实就是译自戈蒂耶的6个短篇小说。1889年,他又翻译出版了法朗士的长篇小说《西维斯特·伯纳德的犯罪》。但除此之外,小泉八云其实还有不少译作,只是没有得到机会出版罢了。在他逝世之后,这些译著也逐渐由后人钩沉,得以重见天日。1910年,由于比斯兰的努力,小泉八云早在1876年即已译成的福楼拜的小说《圣安东的诱惑》(The Temptation of Saint Anthony)出版发行(尽管这时已经有其他的英译本了)。1924年,文学评论家艾伯特·莫德尔(Albert Mordell)将散见于报章的23个小泉八云翻译的莫泊桑短篇搜集起来,出版了《圣安瑞及其他》(Saint Anthony and Other Stories by Guy de Maupassant)。1931年,莫德尔在东京的北星堂书店出版了《莫泊桑短篇集》(The Adventures of Walter Schnaffs and Other Stories)①,这部作品集在《圣安瑞及其他》的基础上进行了添补,共包括了44个小泉八云翻译的莫泊桑短篇小说。1933年,莫德尔又整理出版了小泉八云翻译的《洛蒂故事集》(Stories from Pierre Loti),这些故事同样也曾发表于《民主党时报》等报纸上,但不同于莫泊桑的是,洛蒂以长篇创作见长,所以小泉八云的译作多是从洛蒂的长篇中节选出来的。1935年,莫德尔将小泉八云翻译的3个左拉作品编辑起来,出版了《左拉故事集》(Stories from Emile Zola)。同年,莫德尔还在北星堂出版了一本《法兰西文学名篇集》(Sketches and Tales from The French)②,这部小泉八云的译著中包含了戈蒂耶、福楼拜、利尔·亚当(Comte De Villiers De L'Isle-Adam)、弗朗索瓦·科佩(François Coppée)、都德、于勒·勒梅特尔(Jules Lemaître)、奥克塔夫·米尔博(Octave Mirbeau)等多位法国作家的作品。至此,小泉八云作为一个翻译家的价值才得以完全展现在世人面前。

相对而言,小泉八云发表在报纸杂志上的文章情况更加复杂。从1872年,小泉八云与辛辛那提的一家地方报纸《寻问者》(Enquirer)结缘开始,小泉八云算是

---

① 此书版权页上的日文书名即为《莫泊桑短篇集》,姑从其译。本书中涉及的外国人名、外文书名、外文引文等,除有通用译名及特别说明之外,皆由笔者自译。

② 同上,《法兰西文学名篇集》亦为日文书名。

正式登上了文坛。随着他的不断跳槽,《辛辛那提商报》(Commercial)、新奥尔良的《消息报》(Item)、《民主党时报》,乃至赴日后的神户的《纪闻》(Chronicle),都成为了他发表文章的阵地。除此之外,《哈珀斯巴扎》(Harper's Bazaar)、《哈珀斯周刊》(Harper's Weekly)、《哈珀斯月刊》(Harper's New Monthly Magazine)、《大西洋月刊》等美国的知名文学杂志上,也常常能看到小泉八云的名字。小泉八云在报纸杂志上发表的文章,数量巨大,内容庞杂,至今还没有人能够整理出完整的目录[1]。对于研究者来说,若想将其从浩如烟海的报章之中一一抉选出来,难度相当之大,所以一般都是借助后人钩沉、编辑的集子,才能观其大概。

对这种文章的编辑,在小泉八云逝世之后不久就开始了。1911 年,霍顿·米夫林公司整理了一些小泉八云的早期创作,以《印象主义者日记抄》(Leaves from the Diary of an Impressionist: Early Writings by Lafcadio Hearn)为名出版发行,刚刚担任公司文学顾问的费里斯·格林塞特(Ferris Greenslet)为作品撰写了序言,介绍小泉八云的生平及创作。1914 年,霍顿·米夫林公司又出版了由查尔斯·哈特森(Charles Woodward Hutson)编辑的《幻想及其他空想》(Fantastics and Other Fancies),这部作品收集的主要是小泉八云发表于《消息报》的一些幻想短文。1922 年,比斯兰编纂的《拉夫卡迪奥·赫恩作品集》(The Writings of Lafcadio Hearn)出版,这部 16 卷的作品集尽可能搜罗了当时所能找到的小泉八云作品,即便到今天,它依然是最为权威的、收录小泉八云作品最全的一个原文版本。《拉夫卡迪奥·赫恩作品集》收录的基本上是此前存世的版本,但第一卷中的《克里奥尔短论》(Creole Sketches)却是第一次出现。《克里奥尔短论》依然由查尔斯·哈特森编辑,收录的主要是小泉八云在美国南方及西印度群岛写就的短文。1924 年,霍顿·米夫林公司又出版了《克里奥尔短论》的单行本。

然而,这些努力对于小泉八云早期作品的整理来说还只是一个开端而已。在这项工作上贡献最大的依然是艾伯特·莫德尔。1923 年,莫德尔编辑出版了《欧

---

[1] Percival D. Perkins 和 Ione Perkins 于 1934 年出版的书目(Lafcadio Hearn: A Bibliography of His Writings, Boston & New York: Houghton Mifflin & Company)、钱本健二 1991 年编辑的目录(小泉八雲コレクション国際総合目録、松江八雲會)对小泉八云的创作及传播情况做了非常有价值的整理,但也还没有达到完备的程度。

洲及东方文学论集》(Essays in European and Oriental Literature),搜录了大量小泉八云在美时期发表的文学批评,这也侧面证明了小泉八云在文学批评上的才能并非出于日本学生们的吹捧。1924年,莫德尔搜集整理的《美国杂录》(An American Miscellany)出版。这部两卷本作品集的取名模仿了小泉八云生前出版的《日本杂录》(A Japanese Miscellany),而内容也的确够杂,小说、翻译、游记、杂论、随想……各种体裁"一网打尽"。也许是为了读者阅读的便利,作为编辑者的莫德尔按照主题对文章进行了分类。而在时间上,这部作品几乎涵盖了小泉八云的整个美国时代,从1874年3月1日发表的短篇小说《松板房》(The Cedar Closet)到1890年抵日后的发表的第一篇游记《前往日本的冬日之旅》(A Winter Journey to Japan)都被囊括其中。这部集子中收录的作品大都是第一次"重见天日",尤其是发表在《寻问者》和《辛辛那提商报》的文章,此前极少出现。次年,莫德尔又编辑出版了《西洋拾穗集》(Occidental Gleanings),这部作品集的套路与《美国杂录》非常相似,同样是两卷本,同样是各种体裁作品的汇总,同样是按照主题和时期进行大致分类,甚至连取名也同样模仿了小泉八云的生前作品[1]。

同样是1925年,在市河三喜编集的《拉夫卡迪奥·赫恩书信作品补遗》中,除了书信外,也搜集了十余篇短文,当然,这些短文都是在日本期间写成的,其中最为著名的就是小泉八云1894年在熊本五高对学生的讲演《远东的未来》(The Future of the Far East)。

1926年,查尔斯·哈特森再次出手,编辑出版了《杂论》(Editorials)。跟哈特森编纂的另外两部小泉八云作品集一样,《杂论》中文章的来源仅限于《消息报》和《民主党时报》,但《杂论》的主题性比较强,只收录了小泉八云发表的各种论说文。

1929年,市河三喜在东京北星堂书店出版了《美国文学论集》(Essays on American Literature),这部作品收集的是小泉八云在美期间发表的文学评论,主题则限定为美国文学。此书可与莫德尔所编《欧洲及东方文学论集》相互映衬,而且按照市河三喜在序言中的介绍,这些文章真正的搜集者的确也是莫德尔,市河三喜所做的工作,大概就是校订,并努力使其在日本得以出版。

---

[1] 即《佛土拾穗集》(Gleanings in Buddha-Fields)。

1939 年，又一次对小泉八云在美时期文章的大规模整理出现了。这一年，西崎一郎在北星堂书店出版了《拉夫卡迪奥·赫恩在美时期文选》(Lafcadio Hearn's American Articles)，这套文选包括了五本不同主题的集子：《新的光明及其他学术短论》(The New Radiance and Other Scientific Sketches)、《购买圣诞玩具及其他随笔》(Buying Christmas Toys and Other Essays)、《东方杂论》(Oriental Articles)、《文学论》(Literary Essays)、《野蛮的理发店及其他故事》(Barbarous Barbers and Other Stories)。文选的来源依然是小泉八云在美期间发表在报纸上的文章，其中有些已经在其他选集中出现过了，但多数都还是第一次被编选出版。按照西崎一郎在序言中的介绍，这套丛书真正的搜集、整理者依然是莫德尔和市河三喜。

1960 年，山宫允编订的《神户〈纪闻〉评论选》(Editorials from the Kobe Chronicle)在北星堂书店出版。这部作品收录了 48 篇小泉八云在神户的英文报纸《纪闻》担任编辑时的评论文章。山宫允在序言中介绍说，摩尔·约翰逊(Merle Johnson)1913 年就曾编选过一部《神户〈纪闻〉评论选》，但只印了一百本，所以几乎不为世人所知。后来，珀西瓦尔·帕金斯(Percival D. Perkins)，即《拉夫卡迪奥·赫恩作品书目》(Lafcadio Hearn: A Bibliography of His Writings)的作者，又自行搜集了约 40 篇小泉八云发表在《纪闻》上的作品。山宫允出版的这本《神户〈纪闻〉评论选》，即在上述二人工作的基础上编订而成。

1990—1992 年，为纪念小泉八云来日百年，由松江八云会（主要是钱本健二、梶谷泰之、小泉凡等人）整理出版了《小泉八云草稿·未刊行书简拾遗集》（雄松堂），这套丛书分为三卷，分别影印了小泉八云的草稿、未刊行书简和一些笔记、便签。

以笔者目力所及，至此，小泉八云的创作的整理、出版工作便大致告一段落，此外各种版本的小泉八云作品，基本都是再版、重印、重新编辑的产物。

第二节　小泉八云思想与创作研究述评

对于小泉八云的研究，在他逝世之后便开始了。时至今日，虽不能说是显学，但也已有了不少积淀。不过在小泉八云的研究之中，有许多是传记、考证性质的，限于本书的研究范围，笔者只对前人关于小泉八云思想及创作方面的研究做一简单评述。

小泉八云研究最先出现于西方世界，开始主要以资料整理和传记为主。但在资料整理和传记写作的过程中，多少也会涉及思想及创作研究，如伊丽莎白·斯蒂文森(Elizabeth Stevenson)的传记《草云雀：拉夫卡迪奥·赫恩研究》(*The Grass Lark: A Study of Lafcadio Hearn*，1961)、艾伯特·莫德尔的作品考证《发现：拉夫卡迪奥·赫恩杂记》(*Discoveries: Essays on Lafcadio Hearn*，1964)中都有不少简洁到位的评论。但总体说来，由于小泉八云在英语世界未能进入经典作家的行列，所以在作品整理和传记研究之外，创作"本体"的研究较少。卡尔·道森(Carl Dawson)的《拉夫卡迪奥·赫恩与日本的幻象》(*Lafcadio Hearn and the Vision of Japan*，1992)虽嫌浅显，但也算这个领域内难得的"专著"了。此外，还有几本日本人编辑的英文论文集，如钱本健二编《拉夫卡迪奥·赫恩百年纪念文集》(*Centennial Essays on Lafcadio Hearn*，1996)、平川祐弘编《国际视野下的拉夫卡迪奥·赫恩》(*Lafcadio Hearn in International Perspectives*，2007)等，涉及小泉八云思想与创作方面的研究。

而在论文方面，由于体量的原因，最具有参考价值的首推学位论文，而且这些学位论文大都采取了内部研究的视角，其研究范围多为小泉八云的创作本身。凯瑟琳·约翰逊(Katharine Johnson)的《拉夫卡迪奥·赫恩创作中的日本上古文学》[①]是这类研究中较早的一篇，它探讨的是小泉八云对于日本上古文学——如《古事记》《日本史》《万叶集》等——的关注以及在其创作中的表现。虽略嫌简单，但视角却颇为独特。次年，同样出自芝加哥大学的阿尔弗雷德·克罗夫茨(Alfred Crofts)的《拉夫卡迪奥·赫恩创作中的变化》[②]一文则提出了一个很有意思的观点：他将小泉八云的创作分为三个时期，"1873—1876年主要模仿爱伦·坡；从

---

① Katharine Johnson, "Primitive Japanese Literature in the Writings of Lafcadio Hearn",芝加哥大学，硕士学位论文，1929。

② Alfred Crofts, "A Study of Change in the Writings of Lafcadio Hearn",芝加哥大学，硕士学位论文，1930。

1876 到 1894 年,戈蒂耶和福楼拜的影响最为明显;而赫伯特·斯宾塞则支配了赫恩的最后十年。"①对这种分期方法笔者不敢苟同,但他对小泉八云创作影响来源的关注却有值得借鉴的地方。同样关注小泉八云的创作变迁,玛格丽特·兰泽(Margaret McAdow Lazar)的《拉夫卡迪奥·赫恩的艺术:其文学发展研究》②则更为严谨,她将小泉八云的创作分为五期,并分析了每个时期的主要创作形态及其发展趋势。在兰泽看来,小泉八云的创作是一个发展进化的过程,所以她将小泉八云1869—1877 年在辛辛那提的时代称为学徒期,而将赴日之后称为高峰期。不过兰泽将主要的精力放在了小泉八云赴日之前的创作上,她认为没有早期创作的积淀就不可能有赴日之后的创作,这种观点无疑应该引起我们的关注。

雷·劳莱斯(Ray M Lawless)的《拉夫卡迪奥·赫恩:美国生活及文学的批评家》③、伯特伦·莱特(Bertram Coffin Wright)的《拉夫卡迪奥·赫恩:英国文学的阐释者》④及罗伯特·科因(Robert Francis Coyne)的《拉夫卡迪奥·赫恩的英国文学评论》⑤三篇学位论文虽侧重不同,但都将关注点放在了小泉八云的文学评论上。而罗伯特·高迪(Robert Clyde Gowdy)《拉夫卡迪奥·赫恩作品中的灵异主题》⑥、玛里琳·哈兰德(Marilyn Gail Hylland)的《鬼/妖、梦及艺术的神性:三种主题——拉夫卡迪奥·赫恩在日创作研究》⑦则从主题的角度对小泉八云的创作进行解读。尤其是后者,从三种主题入手对小泉八云在日期间的故事类创作进行解析,角度较为新颖。只是作者对于日本文化似乎较为隔膜,尤其是将《镜与钟》(*Of*

---

① Alfred Crofts, "A Study of Change in the Writings of Lafcadio Hearn", 芝加哥大学, 硕士学位论文, 1930.

② Margaret McAdow Lazar, "The Art of Lafcadio Hearn, A Study of His Literary Development", 得克萨斯基督教大学, 博士学位论文, 1977。

③ Ray M Lawless, "Lafcadio Hearn, Critic of American Life and Letters", 芝加哥大学, 博士学位论文, 1940。

④ Bertram Coffin Wright, "Lafcadio Hearn, the Interpreter of English Literature", 得克萨斯大学, 硕士学位论文, 1962。

⑤ Robert Francis Coyne, "Lafcadio Hearn's Criticism of English Literature", 佛罗里达州立大学, 博士学位论文, 1969。

⑥ Robert Clyde Gowdy, "The Theme of the Ghostly in the Writings of Lafcadio Hearn", 路易斯安那州立大学, 硕士学位论文, 1964。

⑦ Marilyn Gail Hylland, "Ghost/Goblins, Dreams, and the Divinity of Art: Three Major Themes of Dimension. A Study of Lafcadio Heran's Japanese Period", 南伊利诺伊大学, 博士学位论文, 1973。

a Mirror and a Bell)、《镜女》(The Mirror Maiden)等故事的主题视为对艺术之神性的追求,不免令人有隔靴搔痒之感。

除此之外,玛丽·文森特(Mary Louise Vincent)的《拉夫卡迪奥·赫恩与后期浪漫派》①重点探讨了小泉八云与浪漫主义的关系。作者关注的不仅是小泉八云对于浪漫主义的关注及评论,还包括浪漫派对其创作的影响。犬塚亚子(Ako Inuzuka)2004年提交的《拉夫卡迪奥·赫恩日本故事的文化表现:跨国界研究》②是较新的一部学位论文,主题是小泉八云在战前、当代日本及西方的接受与传播,但该论文第二章对小泉八云的故事创作也做了分析,尤其是对《阿代的故事》(The Case of O-Dai)、《君子》(Kimiko)、《阿春》(Haru)等"作为社会评论"的故事进行了探讨,这在此前是很少有人关注的。

除了学位论文,期刊论文中也有一些涉及小泉八云的思想与创作研究,但总体来说数量不多,也较为零散。丹尼尔·斯坦普尔(Daniel Stempel)的《拉夫卡迪奥·赫恩:日本的阐释者》对小泉八云的在日创作做了总括性的介绍。作者总结说,小泉八云的日本创作主要有三个主题:"一是反对西方的影响,回护日本文明;二是对斯宾塞哲学及佛教的赞同,将斯宾塞哲学看做是现代科学的精华;三是对恐怖主题的偏爱。"③艾伯特·萨尔旺(Albert J. Salvan)的《拉夫卡迪奥·赫恩对于左拉现实主义的观点》④专门探讨了小泉八云对左拉的文学评论,而伯纳黛特·莱蒙(Bernadette Lemoine)的《拉夫卡迪奥·赫恩:在美国和日本传播法国文学的大使》⑤则关注小泉八云对于法国文学的批评和译介情况。值得一提的是贝尔德·

---

① Mary Louise Vincent, "Lafcadio Hearn and Late Romanticism",明尼苏达大学,博士学位论文,1967。

② Ako Inuzuka, "The Cultural Presentation of Lafcadio Hearn's Stories of Japan: A Transnational Study",博林格林州立大学,博士学位论文,2004。

③ Daniel Stempel, "Lafcadio Hearn: Interpreter of Japan", *American Literature*, Vol. 20, No. 1, Mar., 1948.

④ Albert J. Salvan, "Lafcadio Hearn's Views on the Realism of Zola", *PMLA*, Vol. 67, No. 7, Dec., 1952.

⑤ Bernadette Lemoine, "Lafcadio Hearn as an Ambassador of French Literature in the United States and in Japan", *Revue de Littérature Comparée*, 2006.

舒曼(Shuman, R. Baird)的《来自大海的礼物：希达》一文①，这是笔者所见英文世界唯一的一篇关于小泉八云的中篇小说《希达》的评论文章。文中作者对《希达》进行了解读，并对小泉八云的写作功力给予了较高评价，希望能有更多的读者关注这部作品。

在英文论文中，较为引人注目的是日本学者梅本顺子(Junko Umemoto)的研究论文。梅本顺子其实是在日本国内完成的教育，2006年以英文论文《拉夫卡迪奥·赫恩文学探索再评价》(*Reconsidering Lafcadio Hearn's Literary Pilgrimage*)在日本大学获得博士学位。但她从1989年开始在美国的主流文学研究刊物《比较文学研究》(*Comparative Literature Studies*)上发表关于小泉八云的论文，至今已有五篇，包括《拉夫卡迪奥·赫恩与大津事件》《拉夫卡迪奥·赫恩与基督教》《拉夫卡迪奥·赫恩改编中国故事中对中国文化的接受》《拉夫卡迪奥·赫恩的〈雪女〉与波特莱尔的〈月亮的恩惠〉》《拉夫卡迪奥·赫恩改编作品中的妇女解放》②。这些文章皆由文本出发，研究内容细化，具有较高的研究水平(当然在某些具体观点上还有商榷的余地，例如梅本顺子认为《雪女》的写作受到波特莱尔的散文诗《月亮的恩惠》的影响，对此笔者表示怀疑)，在小泉八云研究总体并不繁荣的英语研究界，足可占有一席之地了。

而在日本，关于小泉八云的研究则要丰富得多。小泉八云本是外国人，写作语言又是英文，所以在生前和殁后一段时间并没有引发日本大众和研究界的太大热情，尤其是后来日本逐渐进入战争轨道，小泉八云更是被束之高阁。但在战后，随着日本国内外环境的变化，小泉八云也逐渐进入公众的视野。特别是20世纪90年代前后，以小泉八云赴日100周年纪念为契机，小泉八云开始成为研究界的热点。日本研究界关于小泉八云的研究包含了翻译、资料整理、考证、传记、作品解

---

① R. Baird Shuman, "Hearn's Gift from the Sea: *Chita*", *The English Journal*, Vol. 56, No. 6, 1967.

② Junko Umemoto, "Lafcadio Hearn and the Ohtsu Incident", Vol. 26, No. 3, 1989; "Lafcadio Hearn's 'Yuki-Onna' and Baudelaire's 'Les Bienfaits de la Lune'", Vol. 28, No. 3, 1991; "Lafcadio Hearn and Christianity", Vol. 30, No. 4, 1993; "The Liberation of Women in Works Retold by Lafcadio Hearn", Vol. 35, No. 2, 1998; "The Reception of Chinese Culture Reflected in Lafcadio Hearn's Retelling Chinese Stories", Vol. 39, No. 4, 2002. 以上文章皆出自 *Comparative Literature Studies*.

读、思想论、比较研究等多种形式,研究范围较广,整体水平也比较高,可以说,日本目前已经成为小泉八云研究的高地。但相对来说,日本学者最为擅长的是资料整理、考据,就本书所探讨的思想与创作方面的研究来说,所占的比例亦不算高。

在小泉八云的创作,特别是怪谈类创作中,有许多是改编之作,对原作的考证以及与原作的比较,对于日本学者来说,既有地利之便,又贴合他们最为擅长的考据方法,所以这方面的研究较为发达。1934 年,铃木敏也在《近代国文学素描》(目黑书店)一书中,通过原作与改编作品的比较,对小泉八云怪谈中的日本文学源头进行了初步探讨。丸山学的《小泉八云新考》(北星堂书店,1936)则对小泉八云熊本时期诸多作品的发生情况进行了考证,尤其是小泉八云《心》中的开篇之作《火车站前》(*At a Railway Station*)。小泉八云虽在作品中使用了亲眼目击的视角,但丸山学通过与《九州日日新闻》上一篇报道的比较,判断小泉八云的这篇作品实际上可能是改编之作。战后,中田贤次于 1974 年开始在《茨城工业高等专门学校研究汇报》上发表了一系列论文,比较探讨《狸》("Mujina")、《鸳鸯》("Oshidori")、《无耳芳一的故事》("The Story of Mimi-nashi-Hoichi")等诸多怪谈类作品。广濑朝光于 1976 年出版了《小泉八云论:研究与资料》(笠间书院)。该书的主体仍然是资料整理,但第二章《原作与创作间的关联》对小泉八云的 9 篇怪谈类作品的原本进行了考证,并对原作与改编作品进行了文本比对,为小泉八云改编策略的研究提供了诸多启示。森亮在《小泉八云的文学》(恒文社,1980)中也对改编创作问题进行了关注。与前人不同的是,森亮的研究不仅是对原作的考证及对比,更关注于小泉八云改编创作的特色与方法,而且森亮所依据的文本主要不是在日怪谈类创作,而是小泉八云的早期作品《中国鬼故事》。森亮认为,小泉八云改编创作的核心在于通过添补、情节改造、风格变化等将原作改编为现代化的"短篇小说"。

当然,在基础性的考证与比较之外,面对小泉八云的改编作品,日本学者也进行了深入的文学批评和主题探讨。橘正典的《雪女之悲——拉夫卡迪奥·赫恩怪谈考》(国书刊行会,1993)虽名为考证,实际上却是非常有意思的一部文学批评。作者认为,根据伦理的有无,小泉八云的怪谈类创作大致可以分为两类,一类是以怪异、执念等为主题的非伦理作品,如《狸》《无耳芳一的故事》《因果的故事》("Ingwa-Banashi")等,另一类则是以伦理为主题的作品,而伦理主题的核心则是信义,如《阿贞的故事》("The Story of O-Tei")、《毁约》("Of a Promise Broken")、《守约》("Of a Promise Kept")等。对于《雪女》("Yuki-Onna")这样的作品,作者关注的主要也是男主人公对约定的背叛。梅本顺子的日文著作《浦岛情结——拉夫卡迪奥·赫恩的交友与文学》(南云堂,2000)中,通过个人经历、心理、宗教观念等方面的分析,对小泉八云笔下的浦岛故事进行了解读。此外,作为一个女性学者,作者对小泉八云的女性观、女性形象给予了特别关注,她还将《孟沂的故事》和《伊藤则资的故事》放在一起比较,列举其同异,分析小泉八云的改编方法和创作心理,梅本顺子认为《伊藤则资的故事》代表了小泉八云在日改编作品的最高成就,主人公伊藤则资则是小泉八云理想男性形象的一个代表。远田胜的《转生的物语——小泉八云〈怪谈〉的世界》(新曜社,2011)同样探讨小泉八的怪谈类创作,其主体是对《雪女》故事来源的详细考辨,但作者也对《鸳鸯》这样的作品给予了独特的解读。远田胜认为,该作品中雌鸳鸯的殉情描写,实际上与《君子》《缅怀勇子》("Yuko: A Reminiscence")中的描述相类,表达了对武士阶层遗存道德的推崇。此外,远田胜还对《毁约》《阿贞的故事》《和解》("The Reconciliation")中第一人称"我"的现身及插入的评论进行了探讨。牧野阳子的《与时间相连的话语——拉夫卡迪奥·赫恩的改编文学》(新曜社,2011)是其多年以来小泉八云研究成果的汇编,主体是对于小泉八云改编怪谈类作品的解读。针对不同的作品,作者关注的重点有所不同。对于《狸》《雪女》《茶碗中》("In a Cup of Tea")等作品,作者通过与原作的对比,探讨了小泉八云的改动及其创作心理;对于《无耳芳一的故事》,作者考察其叙事方式;而对于《青柳的故事》("The Story of Aoyagi")、《安艺之介的梦》("The Dream of Akinosuke"),作者则重点探讨了小泉八云的自然观和时空观。

除了创作,也有一些日本学者对小泉八云的思想问题进行了深入研究。筑岛谦三的《拉夫卡迪奥·赫恩的日本观——正确理解的尝试》(劲草书房,1964)是其中较早的一部专著,也是有较大影响的一部。与西方世界因小泉八云是文学家和亲日派而轻视其日本研究的态度不同,筑岛谦三对于小泉八云的日本观给予了相当高的评价。他认为"赫恩是明治时代,不,是太平洋战争之前最高、最深刻的日本观建构者。"①作者甚至将小泉八云与《菊与刀》的作者本尼迪克特做了对比,认为小泉八云比本尼迪克特更加理解日本。副标题"正确理解的尝试"的意思就是要对小泉八云日本观的价值和地位给予更加"正确"的"理解"。作者将熊本时代看作小泉八云日本观形成、转变的重要时期,将《日本试解》看作小泉八云日本观的集大成之作,以小泉八云的经历为主线,结合与张伯伦、斯宾塞的对比,层层深入,阐述其日本观逐渐形成的脉络。原田熙史的《文明史家拉夫卡迪奥·赫恩》(千城,1980)关注的主要是小泉八云的日本文化论,作者在东西文化比较的背景下,结合小泉八云的生平及思想变化对《日本文化的特质》《日本人的微笑》等作品加以解读。

太田雄三的《拉夫卡迪奥·赫恩——虚像与实像》是一部很有意思的作品,在日本民众及研究者一边倒地赞颂小泉八云的氛围中,太田雄三是极为少见的做翻案文章的人。作者的主旨倒也不是贬损小泉八云,他的目的如书名所示,就是要重新审视小泉八云的思想与创作,揭破将小泉八云看作理想的日本理解者的"虚像",还原其真实状态。所以书中对于诸多关于小泉八云的"神话",如日语能力、研究水平之高等进行了批判,对于小泉八云的日本观、日本文化论、怪谈类改编创作也做了较为客观的评价。但在努力还原"实像"的过程中,作者亦不免有矫枉过正之处。例如,作者认为小泉八云日本观的基础是所谓"人种主义",即日本与西方的文化差异是由于人种的不同导致的,因为这种差异是生而如此的,所以相互之间无法理解。小泉八云的确有许多作为西方人无法理解日本文化的叙述,但这些说法更多的是一种文学笔法,实际上小泉八云所做的日本文化论的努力,从《日本人的微笑》《日本文化的特质》直到最后的《日本试解》,都是在用西方文化的视角,向西方世界解释日本,如果他真的坚持所谓人种决定论,这些工作就是毫无意义的了。

大东俊一的《拉夫卡迪奥·赫恩的思想与文学》(彩流社,2004)以宗教观为切入点,考察了小泉八云思想与佛教、神道、儒教之间的关系。但作者将小泉八云的祖先崇拜思想与儒教观念联系起来,可能有过度解读之嫌。因为小泉八云对儒学的了解很少,除了《日本试解》中稍有涉及,在其创作中很少出现,更谈不上什么观念和影响。所以将祖先崇拜与儒学相联系,虽然就日本的实际来说是对的,却未必

---

① 築島謙三「ラフカディオ・ハーンの日本観——その正しい理解への試み」、勁草書房、1977年、391頁。

符合小泉八云思想的真实状态,毕竟小泉八云大致是在神道思想体系内阐释祖先崇拜思想的。高濑彰典于2008、2009、2011年连续出版了三部著作,探讨小泉八云的思想与文学。《小泉八云论考——拉夫卡迪奥·赫恩与日本》(岛根大学拉夫卡迪奥·赫恩研究会,2008)一书主要以小泉八云的生平为线索,探讨小泉八云的日本文化观;《小泉八云的世界——赫恩文学与日本女性》(岛根大学拉夫卡迪奥·赫恩研究会,2009)探究小泉八云的女性观念;《小泉八云的日本研究——赫恩文学与神佛的世界》(岛根大学拉夫卡迪奥·赫恩研究会,2011)的关注点则在于小泉八云的宗教观。池田雅之所著《拉夫卡迪奥·赫恩的日本》(角川学艺,2009),虽然作者自己说既非传记,也非研究,但大致还是一本以小泉八云的生平为线索,以其思想为主题的研究著作。著作分为三章,分别探讨小泉八云对于日本的发现、小泉八云作为教育者的思想以及对怪谈类创作的解读。作者认为小泉八云在这三方面努力的主旨即是对美、善、真的追求。

高田力在《小泉八云的侧影》(北星堂,1934)中《作为教师的八云》一章中,较早探讨了小泉八云的教育思想。此后,速川和男在《小泉八云的世界》(笠间书院,1978)中的"想象力与教育——教坛上的小泉八云""小泉八云的家庭教育"两章中,也对小泉八云的教育思想进行了解读。除此之外,仙北谷晃一的《人生的教师拉夫卡迪奥·赫恩》(恒文社,1996)、乔治·休斯(George Hughes)的《赫恩的道路》(研究社,2002),以及上文提到的高濑彰典的《小泉八云论考——拉夫卡迪奥·赫恩与日本》、池田雅之的《拉夫卡迪奥·赫恩的日本》,都有章节涉及小泉八云的教育观。高濑彰典等人编辑的《教育者拉夫卡迪奥·赫恩的世界》(ワン·ライン,2006)是一本关于小泉八云教育问题的专题论文集,书中除辑录小泉八云的讲演、书信之外,还收入了钱本健二、高濑彰典、西川盛雄、小泉凡等人探讨小泉八云教育思想的论文。

在日本众多的小泉八云研究者之中,平川祐弘是值得特别关注的一位。他对于小泉八云的研究,数量多,水平高,影响大,是名副其实的小泉八云研究泰斗。平川祐弘曾任东京大学比较文学比较文化研究室主任,其研究多从比较文学角度入手,仅就与本书相关的思想与创作方面的研究来说,主要集中在几个方面:首先是追溯小泉八云创作发生学意义上的文化语境,在真实、客观的基础上重新审视、解读其作品,如结合日本人的记述、回忆、考证等对小泉八云的《英语教师日记》一文进行深入探讨(《梦想的日本,还是现实的日本?》,收入《东方的梦——小泉八云与灵的世界》,筑摩书房,1996)。其二是联系小泉八云的思想、经历、知识文化背景等阐释其创作,如结合小泉八云的童年体验、与父亲的关系,解读"会说话的被子""抛弃孩子的父亲"等故事(《小泉八云与灵的世界》,收入《东方的梦》),或是结合小泉八云的女性观,在与原作的比较中探讨《和解》的改编(《日本的女性与美国的女性》,收入《小泉八云与神明的世界》,文艺春秋,1988)。值得注意的是,平川祐弘与许多日本学者不同,他不仅在日本文化语境中讨论小泉八云的在日创作,还喜欢对照小泉八云的早期经历和在美时期作品,这也就意味着他更具有国际视野,更重视小泉八云的外国人身份和西方文化背景。其三是研究小泉八云的思想观念,如在《小泉八云与神明的世界》中梳理小泉八云与神道的关系,总结其神道观。此外,平川祐弘还关注于小泉八云及其创作的影响和评价,他在《破裂的友情——赫恩与张伯伦的日本理解》(新潮社,1987)中将小泉八云与日本学家张伯伦作比,称张伯伦是用"头脑理解日本",而小泉八云则是"用心把握日本",并对小泉八云理解日本的方式给予了更高的评价。

相比于西方和日本,中国的小泉八云研究还有很大的发展空间。1923年1月,胡愈之发表于《东方杂志》的《小泉八云》是国内第一篇专门介绍赫恩的文章。此后,樊仲云(1925)、朱光潜(1926)都发表过同名文章,但仍以介绍为目的。1928年赵景深发表在《文学周报》(第328期)上的《小泉八云谈中国鬼》是国内第一篇研究小泉八云创作的文章。赵景深在此文中对小泉八云《中国鬼故事》的来源进行了初步的考证和评价。此后,由于各种原因,虽零星有介绍小泉八云的文章出现,但对小泉八云及其创作的实质性研究却较为罕见。近年来,随着学术的进步,国内的小泉八云研究也逐渐升温。以笔者目力所及,刘岸伟的《小泉八云与近代中国》(《二十一世纪》,第66期,2001.8)是新时期的第一篇小泉八云研究论文。季红的《周作人与小泉八云的日本观之比较》(辽宁师范大学,2004)则是国内第一篇涉及小泉八云研究的学位论文。2007年,刘岸伟的日文专著《小泉八云与近代中国》(岩波书店,2004)由武汉大学出版社翻译出版,这是中文世界的第一部小泉八云研究专著。此后,牟学苑的《拉夫卡迪奥·赫恩文学的发生学研究》(2008年北京大学博士学位论文,2010年由北京大学出版社出版)从比较文学发生学的角度还原了小泉八云文学创作的文化语境,并对小泉八云笔下的日本形象、日本观进行了探讨。张瑾的博士学位论文《小泉八云的日本情结与文学实践》(东北师范大学,2010)则更多地从内部研究的视角对小泉八云的怪谈文学、日本文化论等进行了研究。

在国内读者乃至研究界对于小泉八云普遍感到陌生的状态下,能够深入探讨小泉八云思想及创作问题的研究还比较少见,具备一定学术容量和深度的专门著作尤为少见,本书的写作如能对国内的小泉八云研究有所助益,则幸莫大焉。

第三节 本书的思路及研究方法

本书希望以小泉八云的文学作品为中心,对其思想与创作状况做一集中的整体性的研究。这种思路主要是基于以下考虑。首先是对以往研究的一种突破。能够在一本专著之中,较为全面地集中探讨小泉八云思想与创作的专著,国内尚没有先例,即便在日本研究界也并不多见。

当然,这并不是说,前人写得不够好。相反,若非他们筚路蓝缕的探索,根本就不会有本书的出现。只是,由于研究思路和研究角度的不同,看似已被精耕细作的小泉八云研究领域,其实还有许多值得深挖的地方。就笔者的感受来说,有两方面问题较大:其一是在广度上,对于小泉八云思想及创作方面的诸多题材缺少关注;其二是在深度上,还欠缺对其创作的本体论式的细致探索。

其实小泉八云研究这种现状的出现,是有脉络可循的。因为在学界乃至小泉八云研究界内部,对于小泉八云的文学价值和文学地位其实是有一点轻视的。小泉八云是一个游走于异质文化边缘的"怪人",他的传奇经历,特别的思想,都突出了他的特异性。但也因此,人们往往过度关注其文化身份及其意义,而忽视了小泉八云之所以是小泉八云,前提在于,他在他所在的那个时代,曾经用其出色的文学才能,赢得了大量读者的关注。

说实话,即便是笔者自己,也曾在内心深处将小泉八云归入三流作家的行列。

因为小泉八云并不以思想深刻见长,文学创作又以游记和怪谈最为出色,然而游记近乎于说明文,而怪谈又往往是改编之作,这些都很难用常见的文学批评方式进行操作,也许永远也无法像讨论海明威、鲁迅那样进行"深刻的"探讨。而改变我这种看法的,是在读了《希达》和《尤玛》之后。尽管小泉八云只有这两篇传统意义上的中篇创作,但它们的质量,尤其是《尤玛》,在笔者看来,不输于任何出自同时代名家之手的作品。这两篇湮没在文学海洋中的作品证明了小泉八云的写作功力,只是由于特别的性格和命运的安排,小泉八云将自己的写作功力运用在了他更加钟爱的文学形式上。这当然是一些较难"操作"的形式,但决不能因此贬低甚至否认小泉八云的文学价值。

只可惜,能够认识到这一点的研究者并不多。所以此前的小泉八云研究专著,往往停留在介绍和点评的层面上,或是集中于考证、资料搜集。当然,在日本比较文学兴起后,有不少由比较视角入手研究小泉八云的成果质量还是很高的。但也因为这视角的缘故,研究者更多关注的是小泉八云的日本观和日本描述,文学的"外部研究"多,而"内部研究"就比较少。值得注意的一个细节是,小泉八云并不是一开始就受到日本人关注的,在他生前和逝世之后,一直不温不火,直到得到官方授勋、作品进入小学课本才慢慢受到大众关注,而在日本走上战争轨道之后,小泉八云与一切西方文化一起归入沉寂,直到战后慢慢苏醒,而在 20 世纪 90 年代,以其来日百年纪念为契机,终于成为研究的热点。可以说,小泉八云一方面使世界认识日本,另一方面又成为现代日本人认识自己的参照。日本学者对他的关注和研究,难免会与近代化过程中日本民族的自我认同捆绑在一起,总是摆脱不了自我与他者之间的二元对立的纠缠。实际上,在小泉八云研究已经较为深入和全面的今天,对小泉八云的思想创作进行集中的深层次的探讨,不但有其可能性,更具备了深刻的必要性。

本书设计这样的思路还有一个基点,即小泉八云思想与创作的统一性。小泉八云并不是一个以思想深刻见长的作家,他的思想表述大多是渗透在文学创作之中的,有时很难明确地区分开来,研究其思想或创作的最好方法是做一整体关照。所以本书所谓的思想与创作,并非指割裂的两个部分,也不太涉及与文学作品完全无关的部分。

有了这样的思路,但操作方法却是个大麻烦。当回归小泉八云思想与创作的本体研究的时候,笔者才发现,前人对于许多领域的忽略不是没有原因的。就小泉八云的思想来说,最为鲜明的,也最易出彩的,无疑是小泉八云的日本观,关于这一点,无论是前人还是笔者自己的研究,都已经做过足够的探讨。然而对于小泉八云其他方面的思想,尤其是对于普遍社会问题的观念,因其纷乱不成体系,就很少有研究者涉及。所以最终,笔者还是选取了小泉八云思想创作的几个方面对其加以讨论。

第一章"童年经历与思想形成——小泉八云的精神分析"探讨的是小泉八云的童年经历与其个性、思想及创作的关系。这一章主要是从精神分析视角对小泉八云思想及创作的整体审视。本章借鉴了弗洛伊德式的精神分析法,但与弗洛伊德关注性欲及力比多的做法不同,本书主要关注家庭与小泉八云的关系。

实际上,类似的研究此前并非没有,但往往只是分析某个问题或是某部作品,而在笔者看来,小泉八云创伤性的童年经历对其影响是终身的、全面的、深入灵魂的。父亲对婚姻和家庭的背叛以及此后导致的亲子分离,深刻影响了他的个性、气质乃至人生道路,正如伊丽莎白·斯蒂文森所说,"他从未成功地驱魅过去"[①],在他的作品中也处处能够发现这种影响的印痕。他对于女性的异常关注、同情、崇拜,对于男性背叛的厌恶,对于幸福家庭的渴望,都在他的观点表述乃至故事情节的隐秘结构中有所体现。

第二章讨论的是"小泉八云的社会思想与杂谈创作"。小泉八云的社会思想表达基本体现在发表于报纸杂志的杂谈创作中,这部分创作由于其散乱和非文学性,极少受到其他研究者的关注。其实,小泉八云并不像许多人想象的那样是一个纯文学专业作家,文学创作在他一生中的绝大部分时间都是一种业余状态。反倒是社会思想的表达,在许多年中都是他的职业需求。所以无论在数量上,还是在表达思想的直接性上,这部分作品都是考察小泉八云思想与创作时不应忽视的重要素材。当然,我们可以说,小泉八云的社会思想比较肤浅、散乱、不成体系、自相矛盾,但这就是小泉八云的真实状态,而且是那个时代多数普通知识分子的状态。厘清

---

① Elizabeth Stevenson, *The Grass Lark: A Study of Lafcadio Hearn*, Rutgers: Transaction Publishers, 1999, p.41.

这种状态，对于我们理解小泉八云，有着无可替代的作用。这部分内容比较庞杂，考虑到本书的文学主题性，笔者在探讨这部分创作时，只选取了进化论、教育观、女性观等几个方面作为代表。

第三章是"小泉八云的宗教观与日本文化论"。本章探讨了小泉八云与基督教、与异教世界的关系。笔者认为，小泉八云的思想体系有两大支柱，其一是以进化论为主导的科学思想，其二是以向往异教之美为核心的宗教思想。由于特殊的童年和成长经历，小泉八云的宗教观念在当时的西方社会是相当另类的。他不相信上帝，不接受基督教礼仪和文化，但由于宗教教育的力量，他又受到基督教范式潜移默化的影响。所以在极度厌恶基督教的同时，是对基督教替代品的苦苦追求。种种迷信、佛教、神道都是他曾热衷的胜过基督教的救世良药。而这种宗教性的世界观，也帮助他用来解释日本社会、习俗、文化等与西方世界的种种差异。可以说，只有理解了小泉八云对基督教的厌恶，才能理解他对异教世界的向往，才能理解他对怪谈类作品的喜爱。只有探讨过他与日本的两大宗教——佛教和神道的关系之后，才能理解他的日本观及日本文化论。

第四章"小泉八云的文艺思想与文学批评"围绕小泉八云的文学评论展开。这部分著作以后人编纂的小泉八云在东京大学的文学讲义为主，还包括其文学散论和零星的文学思想表述。与社会思想和宗教思想的表述不同，小泉八云文学观念的表述是相对成体系的，尤其经过后人编纂之后更是如此。尽管这部分创作曾是小泉八云创作在中国传播的主体，但由于种种原因，它们受到研究者的关注却并不多。本书认为，小泉八云虽非专业批评家，但其文艺思想和文学批评有着较高的水平和鲜明的特色，而且作为一个曾经以文学理论和文学批评闻名的"批评家"，无论后人如何评价，但其价值和独特性却是不能否认的。而且如果不对这部分创作进行细致的梳理，就无法对小泉八云的思想和创作达到真正的理解。

第五章讨论的是"小泉八云的怪谈类创作"。这是小泉八云最具代表性的创作题材，也是研究界反复耕耘的一块"熟地"。与很多人的想象不同，小泉八云对鬼怪妖灵的偏爱并不是赴日之后才开始的，早在他创作的初期，他就开始了这类故事的写作。所以本章将这类作品统称为"怪谈类作品"。在创作初期，小泉八云走的是哥特式小说的路子，他的作品有明显的模仿前人的痕迹，在艺术上也不算成熟。但随着创作经验的丰富,小泉八云逐渐找到了适合自己风格的怪谈类创作道路,并最终在赴日之后达到了高峰。笔者主要借鉴了主题学的一些方法,将小泉八云在美时期和赴日之后的怪谈类作品进行了全面梳理,以探讨这些表面纷繁的故事背后的共性以及深藏在情节底层的隐秘结构。

第一章
童年经历与思想形成
——小泉八云的精神分析

以漂泊和游历闻名的小泉八云本身就是一个跨国婚姻的产物。其父查尔斯·赫恩(Charles Bush Hearn)是一位英国驻希腊军队的军医。不过更准确地说,查尔斯其实是爱尔兰人,他的家人都在都柏林居住,大致属于当地的中上阶层。其母罗莎(Rosa Cassimati)则是希腊塞里古岛(Cerigo)土生土长的姑娘。

据说罗莎既不会读也不会写,是个文盲,而且她信仰的是希腊东正教,但爱情忽略了这一切差异,查尔斯在塞里古岛驻防的时候,遇到罗莎,两人结合了。1849年6月,查尔斯被调往圣莫拉岛(Santa Maura,当地人称为 Leucadia),第二年的6月27日,小泉八云降生于此①。

1852年8月,由于查尔斯常年派驻西印度群岛,罗莎带着小泉八云,迁往都柏林的婆家。但罗莎很难融入这个家庭,后来又搬到查尔斯的姨母布雷奈夫人(Mrs. Justin Brenane)家里居住。1853年10月,查尔斯终于回到都柏林。但就在查尔斯回来的第二天,罗莎精神似乎出现了问题②。

罗莎的问题可能是由于长期精神上承受的压力的爆发。在希腊时他们的婚姻就没有受到家人的祝福,小泉八云在书信中说父亲曾遭到过母亲兄弟们的袭击,差

---

① 在赫恩之前,查尔斯夫妇还育有一子,取名 George Robert Hearn,生于1849年7月24日,小泉八云出生后不久夭折。
② 小泉八云的姑母苏珊在日记里这样描述:"那天晚上我们突然陷入了深深的苦恼,因为罗莎,查尔斯的妻子突然犯了危险的病症"(As cited in Nina H. Kennard, *Lafcadio Hearn*, London: Eveleigh Nash, 1912. p. 30)。小泉八云自己也听说过这件事,1893年他在未公开出版的致埃尔伍德·亨德里克的一封信中说:"我母亲的确有过一时的疯狂,因为父亲回来太高兴了……后来因为其他的烦恼可能引起过复发。"(As cited in Orcutt W. Frost, *The Early Life of Lafcadio Hearn*, Ph. D Dissertation, University of Illinois, 1954, p. 53)

点死掉。更重要的是,二人婚后聚少离多,多数时间罗莎都是一个人带着孩子在远离父母家人的环境中生活,迁往都柏林之后,更要面对语言不通、气候阴郁、风俗信仰不同等种种麻烦,这对于一个没有多少知识的妇人来说,其痛苦不言而喻。虽然罗莎的精神后来有所恢复,但此事显然在婚姻中埋下了巨大的阴影。

1854年3月,查尔斯又奔赴克里米亚战争前线,而再次怀孕的罗莎则在当年夏天回到希腊,并在凯法利尼亚岛(Cephalonia)生下了小泉八云的弟弟詹姆斯(James Danial Hearn),在此期间,小泉八云被留在姨祖母布雷奈夫人家。1856年7月,查尔斯回到都柏林,开始谋划与罗莎离婚。而且此时,家庭外部还有着强烈的诱惑:查尔斯年轻时曾有一个恋人叫做艾丽西娅·珀西(Alicia Posy),后来艾丽西娅嫁给了别人。如今,艾丽西娅的丈夫去世了,这位带着两个孩子的富孀又回到了都柏林。两人见面之后很快再续前缘。查尔斯开始努力解除自己的婚姻羁绊。他向法庭提出离婚诉讼,法庭支持了查尔斯的诉求[①]。次年7月,查尔斯就与艾丽西娅再婚了。结婚后一个月,查尔斯带着后妻一家,前往印度赴任。小泉八云则被留在了姨祖母家。查尔斯死于1866年,罗莎据说死于1882年,但这些跟小泉八云已经关系不大了,因为他从4岁起,就没有再见过母亲;从7岁起,就与父亲永远地分离了。

第一节　母亲与小泉八云

幼年时期与母亲的分离,造成了小泉八云一生中对于母亲的渴望与追思。与母亲的关系影响了小泉八云的女性观、家庭观,影响了他的性观念和两性关系,更重要的是,也影响了他的创作。如果用精神分析的术语来表述,小泉八云一生都没有摆脱"恋母情结"的影响。"恋母情结"或曰"俄狄浦斯情结",是弗洛伊德创造的一个术语。弗洛伊德观察到,儿童往往将双亲中的异性作为自己幼稚的性欲的对

---

① 据说查尔斯提出的理由是他们夫妻的婚约上没有罗莎的签字,但罗莎之所以没有签字是因为她根本就不会写字!弗罗斯特查找到的小泉八云的受洗证明上有这样的字句:"母亲声明不会写字"(O. W. Frost, "The Birth of Lafcadio Hearn", *American Literature*, Nov. 1952, p.373),可见此事不虚。因此,就像布雷奈夫人说的那样,查尔斯在离婚这件事上"没有公正的理由"(without just cause)。

象。"女孩的最初感情针对着她的父亲,男孩最初的幼稚欲望则指向母亲。因此父亲和母亲便分别变成了男孩和女孩的干扰敌手。"① 弗洛伊德借用古代希腊俄狄浦斯杀父娶母的故事,将男性的这种无意识冲动称之为"俄狄浦斯情结"(Oedipus Complex)②。"恋母情结"在弗洛伊德的精神分析体系中占有较为重要的地位,他曾说:"根据我的广泛经验,所有后来变成精神神经症患者的儿童,他们的父母在其心理生活中占有主要的地位。在童年形成的精神冲动的原料中,对父母爱一方恨一方是其中的主要成分,也是决定后来神经症症状的重要因素。"③ 对于小泉八云来说,不管他是否符合弗洛伊德的"精神神经症"的标准,但"恋母情结"是理解其思想与性格的一个重要因素。

一、小泉八云与"恋母情结"

尽管弗洛伊德的理论如今已饱受质疑,因为他的许多观点还停留在描述的阶段,很难为科学所证实,但"恋母情结"的引入,的确给我们考察小泉八云的思想提供了一个很好的思路。当然,小泉八云的情况可能比字面意义上的"恋母情结"更加复杂,因为小泉八云对母亲的依恋更多的是一种渴望和想象。

如前所述,小泉八云 4 岁时便与母亲分开了。他对母亲的记忆很少,而且大都是一些零碎的片段。在给弟弟詹姆斯的信中,他急切地与素未谋面的弟弟分享着回忆:

> 你不记得曾经趴在你摇篮上的那张深色而美丽的脸吗?有着大大的褐色的野鹿一样的眼睛?你不记得每天晚上把你的手指按照希腊正教的方式交叉成十字,对你念诵"以圣父、圣子、圣灵之名"的声音吗?当你还是婴儿的时候,她按照她那孩子气的信仰,在你身上弄了三个小小的伤口,让你能处在那三种神力的护佑之下……你对她什么都不知道吗?这真的很奇怪。④

---

① [奥]弗洛伊德:《释梦》,孙名之译,北京:商务印书馆,2002。第 257 页。
② 与此相对应的女性的这种情结则称为"厄勒克特拉情结"(Electra Complex),但弗洛伊德对这个术语似乎并不满意,他多数时候会将"俄狄浦斯情结"当作一个两性通用的术语使用。
③ [奥]弗洛伊德:《释梦》,孙名之译,北京:商务印书馆,2002。第 260 页。
④ E. C. Beck, "Letters of Lafcadio Hearn to His Brother", *American Literature*, Vol. IV, 1932, p. 167.

第一章　童年经历与思想形成

其实与母亲分离的时候，詹姆斯的年纪更小，他对母亲不太可能有什么记忆。小泉八云在与詹姆斯的讨论中，与其说是在询问弟弟，倒不如说是在追索和验证自己的回忆。难怪有人会对此评价说：他"似乎更在意描绘出母亲的形象而不是寻找兄弟情谊。那遥远无法达到的东西总是距离他的心灵最近。"①

小泉八云还记得母亲的脸，他在致异母妹妹阿特金森夫人的信中说，他之所以记得是因为这样的一段记忆：

> 有一天她亲切地躬身贴近我。这张脸肤色深沉而精致，黑色的眼睛很大，非常大。这时我产生了一种孩子气的冲动要扇她一下。可能我扇她只是为了要看一下结果。结果就是我立马受到了严厉的惩罚。我记得当时一边哭一边又感到这种惩罚是罪有应得的。我并没有感到怨恨，尽管在这种情况下，惹事的人通常是最愤怒的。②

而他与妻子小泉节的谈话，也印证了这段描述：

> 4岁左右的时候，我曾经做过许多非常无礼的事情。妈妈用她的巴掌在我脸上打了一下，很重。我很生气，瞪着妈妈的脸，那张脸我永远也不会忘记。正是这样我才记住了妈妈的样子。她身材娇小，有着黑色的头发和黑色的眼睛，就像个日本妇人一样。③

这段记忆的核心是淘气而好奇的儿童试图挑战大人的权威而受挫，说穿了，这是一种创伤性——至少是挫折性——的体验，所以小泉八云才会有这么深刻的印象。但可悲的是，对于深自敬爱的母亲，他所拥有的较为完整的记忆却只有这一段④。由此我们也不难发现，小泉八云对于母亲的爱，更多地不是一种感受和体验，而是想象和移情。

---

① Henry Tracy Kneeland, "An Interview with James Danial Hearn-Lafcadio Hearn's Brother", *The Atlantic Monthly*, Jan. 1923, p. 27.
② Nina H. Kennard, *Lafcadio Hearn*, London: Eveleigh Nash, 1912, p. 27.
③ Elizabeth Bisland ed., *Life and Letters of Lafcadio Hearn-I*, Boston & New York: Houghton, Mifflin & Company, 1906, p. 8.
④ 小泉八云只在给素未谋面的弟弟和异母妹妹的书信之中谈过父母的事情，由于要寻找和验证童年的回忆，在信中小泉八云对往事可谓知无不言，言无不尽，所以事实只能是他的记忆仅限于此，而非资料挖掘的限制。

小泉八云其实对父母的记忆都很少,"这个男孩当然只能复述亲戚朋友们告诉他的东西"①。他对于父母关系的了解主要源自周围知情人的转述,其中最重要的来源就是布雷奈夫人。布雷奈夫人同情罗莎的遭遇,反对外甥离婚,据说她因此取消了查尔斯对自己财产的继承权,还逼他还债,不许他上门。布雷奈夫人对查尔斯的怒火可能源于对罗莎的同情,还有一个原因是她笃信天主教,那时离婚对于天主教来说还是一种离经叛道的行为。但不管原因如何,她在转述中更多地回护罗莎,谴责查尔斯,这是毋庸置疑的。比如在抚养问题上,其实查尔斯和罗莎都回避了抚养孩子的责任,但小泉八云只怨恨父亲,对母亲却表示理解,他在信中跟弟弟解释说:

> 关于你说到的母亲对待我们的问题,我必须跟你说,当还只是个孩子的时候,我就问过这样的问题。但是我的老姨奶,还有其他人——特别是家里的老仆人——都会对我说:"不要相信任何关于你母亲的坏话。她爱你们,就像任何母亲一样,她只是没有办法。"后来我听说,跟她结婚的那个人,跟她提了这样的条件:"我可以跟你去任何地方,我可以为你放弃一切,但是我不会抚养那个男人的孩子。"母亲在一个陌生的国家,没有收入,一句英语也不会说,再者,孩子们似乎被照料得很好。我是奶奶的继承人,她很有钱,父亲关于你做过一些承诺。至于说她后来再也没问过我们,我不相信。我怀疑她一直都在打听我们的下落和状况,至少直到20年前。不过即便母亲后来真的没有表示过我们希望受到的那种关心,我也不能怪她。她一定痛恨跟父亲在一起的那段记忆。即便我听说她犯了什么过错,我也不能怪她或是不再爱她。她的境遇是如此特殊,如此不幸,而她的天性又是如此轻信,感情用事。②

不难看出,布雷奈夫人的解释对小泉八云的确产生了极其深刻的影响。当然这种影响也很容易得到解释:一则小泉八云接受这种解释的时候还在幼年,先入为主的印象是很难改变的;二则对于被遗弃的少年来说,在父母都无情地抛弃自己和至少母亲还爱自己只是无能为力之间,显然后者更容易接受。且不论事实真相如

---

① George M. Gould, *Concerning Lafcadio Hearn*, Philadelphia: G. W. Jacobs & Co., 1908, p.15.
② E. C. Beck, "Letters of Lafcadio Hearn to His Brother", *American Literature*, Vol. IV, 1932, p.170.

何,即便后一种解释中存在破绽,小泉八云也更愿意维护和保持它的完整。

对母亲境遇的同情,在小泉八云内心打上了深深的烙印。小泉八云之所以加入日本国籍,从英国人拉夫卡迪奥·赫恩变成了日本人小泉八云,也跟对母亲的同情有莫大的关系。1891年,刚刚跟小泉节结婚的小泉八云就开始考虑入籍的事。因为如果他按照英国法律注册结婚的话,妻子就变成了英国人,未来如果生活发生变动(例如小泉八云先于妻子去世,而后来的事实也的确如此),妻子继续留在日本将无法立足,但如果把妻子带到国外,小泉八云认为,这对妻子来说就太过悲哀了[1]。他在致友人的信中说:"把这个小妇人带到另一个国家将会使她非常不快乐;因为她将失去自己的社会氛围——那种思维和感觉与我们的完全不同,这是任何关心和舒适都不能补偿她。"[2] 显然,妻子可能面临的境况让他想起了母亲的经历。后来,在与小泉节的谈话中,他有着更为清晰的表述:

> 妈妈多可怜。多么不幸,多么可怜!想一下吧:你是我的妻子,我带着你和一雄、严[3]回到我的祖国去。你听不懂那儿的话,也没有朋友。你只有自己的丈夫,而他对你又不好。你一定会非常不开心的。而此后,假若我又爱上了某个本国的女人而跟你说再见的话,你的内心会多么苦恼!这就是我妈妈遇到的情况。我没有那么残忍,仅仅想想这样的情况都会让我伤心。[4]

正是由于不希望重演母亲的悲剧,小泉八云开始考虑入籍,只是一些细节问题阻碍了他,后来在长子出生后,为了家人考虑,小泉八云最终决定入籍日本。

---

[1] 其实小泉八云还有一种选择,即长期与妻子"非法同居",这在当时的在日外国人中是最为普遍的一种做法。但他似乎从来没有考虑过这种选项。有意思的是,小泉八云的两次婚姻都是很正式的,即便为了这种"正式"他都付出了很高的代价。跟福丽结婚时,因为福丽的黑人身份,小泉八云的正式结婚行为其实是违法的,社会的非议也是造成他离职的重要原因之一。而在第二次婚姻中,小泉八云从婚姻之始就想给妻子一个名分,而不是在儿子出生之后才发心去做的,他最终入籍的行为可说是为妻子做出的牺牲。这可能源于小泉八云对家庭神圣性的重视,同居关系无法给予小泉八云精神上的满足。

[2] Elizabeth Bisland ed. *Life and Letters of Lafcadio Hearn-II*, Boston & New York: Houghton, Mifflin & Company, 1906, p.60.

[3] 指的是他的两个孩子。小泉八云共有四个孩子,长子一雄(Kazuo),次子严(Iwao,姓稻垣),三子清(Kiyoshi),幼女寿寿子(Suzuko)。

[4] Elizabeth Bisland ed. *Life and Letters of Lafcadio Hearn-I*, Boston & New York: Houghton, Mifflin & Company, 1906, p.8.

父母离婚后,小泉八云被留给姨祖母布雷奈夫人抚养。孤儿(事实上的)又兼隔代抚养,这样的儿童本来就容易在心理上产生异常,而布雷奈夫人又是一位笃信天主教的富孀,她一心想将小泉八云培养成一位神父,教育比较刻板,所以小泉八云缺失的母爱并没有在这里得到代偿(某种意义上说,母爱本来就无法代偿)。而后来被抛弃的心理体验及生活的艰辛使得小泉八云更加怀念他曾经短暂拥有的母爱。终其一生,小泉八云对他的母亲罗莎有着一种执著的眷恋和近乎圣化的崇拜。

然而小泉八云对母亲的这种美好的回忆却未必站得住脚。尼娜·肯纳德就曾对此提出质疑:

> 那些给予了公正评价的人的描述,却抹去了赫恩在对母亲的回忆中涂上的诗意浪漫的色彩。根据这些描述,罗莎很漂亮,有一双美丽的眼睛,但脾气暴躁,不知自制,有时甚至比较极端。她有音乐天分,但太过懒散,没能培养自己的才能。人很聪明,却毫无教养。她过得是一种东方妇人的生活,整天躺在沙发上,抱怨环境的沉闷、爱尔兰的天气和学习英语的困难。对孩子,她是反复无常而且有点粗暴的,经常用严厉的惩罚来管教孩子。①

不管肯纳德的这种说法是否真的公正,但至少给我们提供了另一种视角。国人所谓"清官难断家务事",这其中的是非曲直到底如何,已经无从得知了,但至少有一点可以明确,即小泉八云对于母亲的回忆中的确有许多想象和美化的成分。

小泉八云将自己身上的一切品质都归功于母亲的遗传,他在给弟弟詹姆斯的信中说:

> 我身上任何好的东西——而且我相信,包括你身上任何更好些的东西——都来自那个我们所知甚少的深肤色的种族的灵魂。我对正确的喜爱,对错误的厌恶;我对美丽或真实的事物的赞赏;我对一个男子或女子的信任;使我多少获得了一点成功的对于具有艺术气息的事物的敏感;甚至那以我们

---

① Nina H. Kennard, *Lafcadio Hearn*, London: Eveleigh Nash, 1912, p.26. 小泉八云关于自己挨打的记忆可能部分印证了这种描述。

的大眼为身体标志的语言能力——都来自于她。①

小泉八云终其一生都在梦想拥有一张母亲的照片,他之所以急切地跟弟弟联系,有一个原因就是想看看弟弟手里有没有母亲的照片。当他看到詹姆斯的照片时,小泉八云为他们的相似之处而倍感激动,认为这是从母亲那里得来的共同遗传的明证。他从不承认父亲那一半的影响,他在给弟弟的信中说:"当我看着父亲的照片的时候,看着那张严肃冷峻的脸和钢铁一样坚毅的眼,我根本感觉不到生命中跟他有多少相同之处。我想,我不爱他……我内在的灵魂不是他的。"②小泉八云说自己一切好的品质都是从母亲那里继承来的,哪怕不那么好的,比如嫉恶如仇,也是从母亲那里得来的,他几乎否认自己与父亲的一切关联。"我想我身上没有他的任何东西,无论是在身体上还是在精神上。"③但有意思的是,其实不光是詹姆斯,"再婚而生的赫恩姊妹们与这位异母长兄也有着惊人的相似之处。"④这件令人啼笑皆非的事实无疑彻底否定了小泉八云的断言。无论他承认与否,他的身上都打着父亲的烙印(而不仅只是母亲),至少在长相上,父亲的影响反倒更多一些。

因为希腊是母亲的故国,母亲后来又回到了希腊,所以希腊对于小泉八云来说,永远是个令人向往的地方。他对于南方、拉丁的偏爱,都有因迷恋希腊进而爱屋及乌的成分,他有时甚至会声称自己就是一个希腊人:"我自己作为南欧种族的一员,一个希腊人,我觉得更认可拉丁民族而不是盎格鲁萨克逊"⑤;他热爱希腊的艺术和文化,尽可能地了解关于希腊的种种知识,伊丽莎白·比斯兰曾评价他说:"他身上那希腊种族的灵魂总是促使他去追求美和真。"⑥移居日本之后,他经常将日本与希腊进行类比,在情感上和评价上提高日本在人们心目中的地位。在《日本

---

① E. C. Beck, "Letters of Lafcadio Hearn to His Brother", *American Literature*, Vol. IV, 1932. p. 169.

② Ibid.

③ Elizabeth Bisland ed. *Life and Letters of Lafcadio Hearn-I*, Boston & New York: Houghton, Mifflin & Company, 1906, p. 11.

④ Ibid.,小泉时、小泉凡编『文學アルバム 小泉八雲』(恒文社、2008 年)第 30 页有兄妹五人的照片,稍加比对即不难发现,他们在长相上确实有很多相似之处。

⑤ Ibid., p. 276.

⑥ Elizabeth Bisland, "Introduction", in Elizabeth Bisland ed. *Japanese Letters of Lafcadio Hearn*, Boston & New York: Houghton, Mifflin & Company, 1910.

试解》中,他经常将日本社会的种种方面与希腊做比,几乎到了"言必称希腊"的地步。但另一方面,小泉八云一辈子也没有踏上过希腊的土地,他也没能掌握母亲的语言,对于真实的希腊,他并没有多少了解。希腊对于他来说,就如同他常常挂在口边的"老日本"(old Japan),更多的是一种理想境地罢了。

二、与女性的关系

"恋母情结"对小泉八云最大的影响可能体现在他对女性的态度及与女性的关系上。母亲被父亲抛弃的凄惨经历,使得小泉八云对于母亲乃至类似的女性,都充满了哀婉的同情,这对他的生活和创作都有非常明显的影响,关于创作的部分,本书将在后面的章节中做更为详细的论述。而在与女性的关系上,我们可以说,小泉八云直到赴日之前都还远远没有达到成熟与稳定的程度。

儿童时期,由于对爱抚的情感渴求及幼稚的性欲,男童往往会将欲望目标指向母亲。但这种欲望在正常的家庭生活中一般不会发展到过分的程度,而且由于乱伦禁忌和理性的成熟,男童最终会逐渐克服和超越恋母情结,而将欲望指向家庭外的女性。而无法摆脱"恋母情结"的人,在两性关系上往往会保持其幼稚状态,即希望在两性关系中寻找母亲的替代品,他们往往倾向于比自己年长、成熟的女性。小泉八云的特殊之处在于,他很早就与母亲分开了,后来由亲戚们,主要是布雷奈夫人抚养。这就导致儿童期幼稚的欲望一开始可能就是投向家庭外的年轻女性的,而这种欲望由于没有伦理的禁忌,得以无限制的生长,从而导致对于女性和性欲的异常关注。在充满宗教气氛的家中和宗教学校完成的教育,未能压抑,反而加剧了这种状况。

小泉八云幼时曾经在布雷奈夫人家的藏书中发现过几本关于希腊神话的艺术画册。这些藏书给他带来了很大的快乐。然而后来发生的事情却让他始料不及:

但这种新发现的快乐很快就变成了新的忧伤的起源。我和我的一切都处在宗教的监护之下,当然,我的阅读也要受到严格的审查。有一天那些美丽的书都不见了,我也不敢问到底是怎么回事。好多星期之后,它们又被放回了原来的地方。我重新发现它们的快乐只持续了一小会儿,因为到处都被无情地涂改了。我的审查者们受到了那些神祇的裸体的冒犯,他们必须要纠正这种错误。有一些人物,如森林女神、泉水女神、美惠女神、缪斯女神们,因为太迷人而被用小刀刮掉了,我现在还记得有一个坐着的美丽的人物,她的乳房就被这样切除了。显然"树丛中的宁芙女神的乳房"被认为是太诱人了,森林女神、泉水女神、美惠女神、缪斯女神们也都没有了胸部。而且,多数神祇们都被画上了衬裤,连小爱神也没能幸免。肥大宽松的泳裤,用鹅毛笔交织而成,目的是为了遮掩一切美丽的线条,尤其是那修长的大腿。①

实际上这种封锁政策根本没有取得预想的效果,反倒反向地强调了它想要遮掩的东西,引发了更加浓厚的兴趣。证据之一就是小泉八云此后很久都在试图恢复那些被涂改的线条。当然小泉八云谈及此事的目的主要是为了追溯自己对美的追求和对宗教的厌恶,但我们也不妨拿来作为小泉八云性问题的一个注脚。小泉八云对于性的特别关注在其童年时代就可以看出一些端倪了:

> 我小的时候必须要去做忏悔,我的忏悔都非常诚实。有一天我跟听忏悔的神父说,我有罪,因为我希望那个变成美女去诱惑沙漠里的隐士的魔鬼能来诱惑我,那样的话我会屈服于诱惑的。那个神父是个很阴郁的人,很少动声色的,但那一次他竟然气得站了起来。
>
> "我警告你",他喊道:"我警告你,绝不要妄想这个!你会悔之莫及的!"
>
> 他的认真让我又害怕又高兴,我想那种诱惑说不定真会出现呢,他看起来那么认真……但那美丽的女妖一直待在地狱里,没有来过。②

成年后的小泉八云显然持续并发展了这种倾向,许多研究者都发现他对于性的浓厚兴趣,乔治·古尔德(George M. Gould)说:

> 明眼人一定会发现赫恩的世界太过千变万化、五颜六色,同样,接受正统教育的人们也一定会发现,他的世界太过富于肉欲和感官。只要有机会他就会将描写变成幽玄神秘的风格,但即便在这种时候也总是与女性相关的。山像曲线玲珑的臀,树像苗条的发育中的少女,不一而足。色彩也充斥着整个

---

① Elizabeth Bisland ed. *Life and Letters of Lafcadio Hearn-I*, Boston & New York: Houghton, Mifflin & Company, 1906, p.30.

② Ibid., pp.32—32.

世界,即便是那些看来暗淡无光的地方也是如此。而且,即便是颜色,也经常通过奇妙的联想和暗示被赋予了肉欲和性的意味。①

爱德华·廷克(Edward Tinker)甚至说:"性欲的情结完全支配了他的生活。"②当然这与小泉八云讲述的这件童年趣事倒未必有直接的关系。因为小泉八云的这种幻想对一个发育中的男童来说并不算特别出奇,只是在跟宗教的碰撞中被赋予了特别的意义。但这其中更有意思的一点是,小泉八云对于女性的欲望,显然过于沉浸于幻想之中了。

国内外的大量研究早就证明了一个事实,即父母离异和隔代抚养的孩子相比于完整家庭的孩子,更容易出现心理问题,如焦虑、抑郁、叛逆、缺乏安全感、人际交往障碍等。小泉八云的童年兼具了多重不幸③,而他的性格和心理上也几乎囊括了所有这类儿童容易出现的问题。被姨祖母收养后,小泉八云其实只是在生存上有了保障,真正陪伴他左右的是几个仆人,而且很早又被送到寄宿学校过集体生活,所以小泉八云没能享受过正常的家庭生活,也就失去了在最佳的年龄和环境中学到人际交往的机会。所以终其一生,小泉八云都不擅长跟人打交道,尤其在面对女性时更是如此。

在古尔德的《关于拉夫卡迪奥·赫恩》(*Concerning Lafcadio Hearn*)中,曾经记录过这样一件事:小泉八云希望找人记录一首歌的曲谱,于是古尔德就帮他找了一位女士,但晚上去那位女士家拜访的时候,小泉八云却打起了退堂鼓。"虽然最后他已经挪到了门口的台阶前,但就在我敲响门铃的时候,他的勇气消失了,门还没开,我就看到他仿佛逃命一般,已经跑出去半条街了!"④文学家往往异于常人,有几件轶事倒也不算稀奇。但古尔德记录的这件事已经不是单纯的性格问题,几乎可以算是病态了。因为此时的小泉八云已经39岁了,而且早已有过一次婚姻。

---

① George M. Gould, *Concerning Lafcadio Hearn*, Philadelphia. G. W. Jacobs & Co., 1908, pp. 175—176.

② Edward Larocque Tinker, *Lafcadio Hearn's American Days*, New York: Dodd, Mead and Company, 1924, p. 71.

③ 父母离异;被双亲抛弃,变成了事实上的孤儿;兄弟分离,变成了事实上的独生子女;由单亲老人隔代抚养。虽然在这种家庭环境中成长的儿童并不必然地会出现心理问题,但在小泉八云身上,这种可能性变成了必然性。

④ George M. Gould, *Concerning Lafcadio Hearn*, Philadelphia: G. W. Jacobs & Co., 1908, p. 21.

因为无法与女性正常交往，这种欲望只能在想象世界中得到曲折的释放。刚刚抵达美国时，小泉八云曾在火车上偶遇一个好心的北欧姑娘。小泉八云说她是个挪威人，19岁，白皙，红润，健壮。小泉八云很喜欢这个陌生的漂亮姑娘，"从一看到她的那一刻起，我就愿意为她而死"①，但碍于语言不通，再加上羞怯，小泉八云一直没有与姑娘交谈过。因为兜里没钱，小泉八云在长途旅行中一直没有吃过东西，正在苦挨的时候，姑娘递过来一块很大的面包，吃完后，小泉八云试图向姑娘表示感谢，却引起了姑娘的误解和愤怒，于是故事在尴尬的沉默中结束了。这段没头没尾，几乎都算不上艳遇的经历，却给小泉八云留下了深刻的印象，直到35年之后，也即临死之前，他还以《我的第一次罗曼司》("My First Romance")为名将其记录下来。在这件小事中，固然没有什么浪漫可言，但它打着青春的印记，对于小泉八云来说，当然有触动心灵的地方，对我们来说，则可以从中看出小泉八云面对女性时的自卑、慌乱、羞怯，以及与此相伴的过分想象的才干和将一切浪漫化的倾向。在文章的末尾，小泉八云充满怀念地写道：

> 即便是到现在，一想到让那颗同情我的仁慈的心灵生气、面红耳赤的那一刻我还会脸庞发热，为了她，我会满心欢喜地献出我的生命……但她的身影，那金色的身影，永远与我同在；而且因为她，即便是她出身的那块土地的名字对我来说都是那么的亲切。②

这些语句可能只是小泉八云的一种文学表述的手法，我们当然不能过于穿凿，认为他对北欧文学的热爱仅仅是因为这个在人生中擦肩而过的挪威姑娘，但对一个四个孩子的父亲来说，当回忆起35年前的一段青涩的往事，动不动就说要为之献出生命，这显然不是一种常见的表述。

第二节 父亲与小泉八云

要理解小泉八云，就不能不谈到小泉八云与父亲的关系。跟母亲一样，这个从

---

① Lafcadio Hearn, "My First Romance", Elizabeth Bisland ed. *Life and Letters of Lafcadio Hearn-I*, Boston & New York: Houghton, Mifflin & Company, 1906, p.46.

② Ibid., p.49.

7岁起就未曾谋面的父亲,同样是小泉八云在一生中无法摆脱的心结,对他的人格、心理乃至创作都有很大的影响。

小泉八云在辛辛那提时的友人约瑟夫·图尼森(Joseph S. Tunison)曾回忆说:"他总是带着最深的敬爱谈论他的母亲,而对于父亲他却不喜欢,如果不说是憎恨的话。跟他相处日久的话,不可能意识不到,他的童年就是常年的苦涩。"① 小泉八云对于父亲抛弃母亲和家庭一直怀着怨怼之心。某种意义上说,小泉八云"恋母情结"的形成,一方面是由于母子的过早分离造成的童年时的幼稚欲望无法在成长过程中逐渐克服、超越,反倒被固着、强化;另一方面则是由于对父亲的憎恨导致的移情,也即小泉八云对母亲过于热烈的爱其实部分源自对父亲过于强烈的恨。

这种情感大致依然可以在弗洛伊德式的"恋母情结"框架中得到解释。因为弗洛伊德的"恋母情结"理论本身就是以男性为中心的。"娶母"欲望是从属于"弑父"冲动的,也就是说儿子对父亲地位的挑战和取代才是这种情结的核心及目标,"娶母"本身就是一种取代父亲的行为,是对父亲的模仿和超越。在《图腾与禁忌》中,弗洛伊德甚至用"恋母情结"来解释人类文明起源中的诸多重大问题:如禁忌、道德、社会组织、宗教等。不过,相比于普通人,小泉八云的情况可能更加特殊一点。

小泉八云对父亲的怨恨主要是因为他认为父亲对于家庭的破裂负有责任。1856年7月查尔斯从克里米亚战场回到都柏林,1857年1月查尔斯与罗莎正式离婚,1857年7月与艾丽西娅再婚,8月即携后妻一家前往印度。无论内情如何,查尔斯对于家庭责任的背叛是无可否认的。而且不同于对母亲模糊的印象,对于这一年中发生的许多事,小泉八云已经有了自己的记忆,并相应地,会有自己的判断。

例如,对于查尔斯的后妻艾丽西娅,小泉八云就有着深刻的印象。"他对童年的回忆不仅包括他那黑头发、黑眼睛的母亲,还有一个漂亮的金发女人,她以某种方式将他的幸福变成了痛苦。"② 在给弟弟的信中小泉八云回忆道:

> 有一天父亲来到姨祖母的家里,带我出去走走。他带着我走到一个安静的巷子,那里有座很高的房子,门前有长长的阶梯。之后就有一位女士下来迎

---

① Joseph S. Tunison, "Lafcadio Hearn", *The Book Buyer*, May, 1896, p. 209.
② Ibid.

接我们,她穿着一身白,金黄的头发,很苗条。我觉得她像天使一样漂亮——可能是因为她亲了我,抱了我,又送给我一本很漂亮的书,还有玩具枪。当我们走的时候,父亲告诉我不要跟姨祖母说我们来过这里。但姨祖母发现了,把书和枪都拿走了,并且说那是个很坏的女人,父亲也是个很坏的人。她就是那个后来成为父亲第二任妻子的女人,后来死在了印度。[1]

关于这件事,在给阿特金森夫人的信中有大致相同的描述:

> 那天有太阳,天上有雨云,不过没下雨。我穿着童装。我们走了很长一段路。父亲最后停在一座高高的房子的石阶前面,我记得他敲了敲门环。进去后,一位女士到楼梯下面来迎接我们。她似乎很高,不过对于小孩来说,在没有对比的情况下印象可能也不太准确。我清楚地记得,她似乎比我以前见过的任何人都可爱。她弯下腰亲了我,我似乎现在还能感觉到她的手的触碰。然后我记得她送给我一把玩具枪和一本画册。在回家的路上,父亲给我买了李子蛋糕,并且告诉我决不要跟姨祖母说这件事。我不记得我说了没有。但姨祖母后来发现了这件事。她非常生气,把我吓坏了。她把枪和画册没收了,我还记得那本画册里有张画是大卫杀死歌利亚。姨祖母十多年之后才告诉我为什么生气。[2]

不难看出,除了措辞和细节上稍微有些差异,小泉八云对于事实的表述大致是一致的。从天气、穿着、第一次见面、赠送礼物、姨祖母后来的反应等种种情况分析,这件事可能发生在1856年的夏秋之际,即查尔斯与罗莎正式离婚之前。其实这次会面艾丽西娅给小泉八云留下了很好的印象,这个常年缺乏母爱的男孩,对于这样一位年轻漂亮而又温柔慷慨的女士,不但没有任何的抵触,而且是非常喜欢和渴望。但他本能地感觉到这次事件的不同寻常。小泉八云在两次表述中都对姨祖母发现真相的原因含糊其辞,这显然是一种遮掩或是选择性遗忘,事实可能就是他自己吐露了真相。而且从常理分析,对于孩子手里多出的玩具,监护人不可能毫无觉察。如果说这时懵懂的男孩还没有完全认识到这件小事中蕴藏的危机,那么

---

[1] E. C. Beck, "Letters of Lafcadio Hearn to His Brother", *American Literature*, Vol. IV, 1932, p. 168.

[2] Nina H. Kennard, *Lafcadio Hearn*, London: Eveleigh Nash, 1912, p. 31.

在成年之后,小泉八云对于此事的回忆,一定夹杂着复杂的感情。一方面这是他童年不多的美好回忆之一,另一方面这件事更加印证了父亲的罪恶,而且自己竟参与其中,毫无警觉,并对"敌人"一直抱以好感,这可能也让小泉八云对母亲怀有负罪感。一个证据是在 1890 年写给弟弟的信中,小泉八云说:"我不会爱他(指父亲)跟那个小时候亲过我的金发女人在印度生的孩子的。"①事实也的确如此。

查尔斯与艾丽西娅再婚后,生了三个女儿。根据尼娜·肯纳德的记述②,在这三个异母妹妹中,利拉最早给小泉八云写信,但没有得到任何回应。此后,布朗夫人也给他写过信,同样石沉大海。后来最小的妹妹阿特金森夫人给小泉八云写信,不知为什么,小泉八云终于回信了,而且后来与这个妹妹保持了很久的通信。但他只肯跟这一个妹妹联系,在 1893 年的信中,他很严肃地正告阿特金森夫人:

> 我只想要一个妹妹,在我心里没有更多的地方。她们很漂亮,也很可爱。我乐于知道她们的成功,等等等等。但不要要求我给每个人都写信,也不要给每个人看我的信。我的交际做不到那么广。你说你会是我"最喜欢的一个",这样多好!假如我告诉你我是个非常嫉妒,非常小心眼的哥哥,如果我不能只有一个妹妹,我就一个也不要,怎么样呢?是不是非常任性呢?不过这是真的。③

在 1896 年的一封回信之后,小泉八云突然毫无征兆地跟阿特金森夫人断绝了联系。阿特金森夫人对此百思不得其解。她揣测,哥哥曾经多次对自己强调"一个妹妹就够了",有可能是自己反复建议他与其他妹妹联系才导致了这种结果。而传记者肯纳德则分析有可能是与阿特金森夫人的联系引发了小泉八云的思乡病,影响了他的心理平衡,进而才引起他的退缩和自我保护。④

在笔者看来,其实阿特金森夫人的揣测可能更加接近真相。阿特金森夫人姊妹三人与小泉八云之间的联系只在于查尔斯的那一半血缘,她们三人乃至于詹姆斯彼此之间感受到的只是一种出乎血缘的亲情。但小泉八云却了解更多的家族历

---

① E. C. Beck, "Letters of Lafcadio Hearn to His Brother", *American Literature*, Vol. IV, 1932, p. 169.
② Nina H. Kennard, *Lafcadio Hearn*, London: Eveleigh Nash, 1912, p. 232.
③ Ibid., p. 239.
④ Ibid., p. 232.

史,他对于父亲一直是怨恨的,而属于艾丽西娅的那一半血缘,对于小泉八云来说更是一种刺激。不管出于何种考虑,小泉八云与最小的异母妹妹产生了亲密的联系,但这种联系却是违反小泉八云的理性和原则的,他必须将其置于可控的范围之内,才能避免良心的拷问。而阿特金森夫人却单纯地希望他与另外两个妹妹甚至是艾丽西娅的两个前房女儿也保持联系,共建"和谐家庭",这对于小泉八云来说是绝对不能容忍的,因为这意味着对历史的忘却和对母亲的背叛。而且,小泉八云也清楚,这些姊妹就个人而言,可能并不讨厌,如果与她们联系过多,产生感情之后,自己将陷入情感与原则冲突的尴尬境地。所以他才会将自己封闭起来,以保护自己敏感的内心和惨痛的过去不受触动。

相比于母亲,小泉八云对父亲的记忆稍多一些,因为父亲从克里米亚回国的那一年他已经 6 岁,颇能记住一些事情了。但由于小泉八云当时已经在姨祖母家,查尔斯又忙着离婚和追求新欢,父亲留给他的印象仍然很淡薄。他给弟弟的信中回忆说:"我记得父亲跟部队进入城区的时候把我放在马上。我记得跟一群穿红外套和条纹裤子的男人一起吃饭,我就在桌子底下爬来爬去,掐他们的腿。""我只记得见过父亲四次——不,是五次。他从来不跟我亲热,我老是觉得很怕他。"[1]在给妹妹的信中,他也说:"他从来不笑,所以我有点怕他。"[2]

在对妻子的讲述中,他珍藏着一段美好的回忆:

> 我只记得一次,我跟爸爸在一起的时候是开心的。是的,就那一次。那时我还是个孩子,可能就像严或是清那么大。我正在跟我的保姆玩。后面传来一阵齐刷刷的脚步声响。保姆笑了,把我举了起来。我看到我的爸爸经过。我用我的小手(现在却这么大了)跟他打了个招呼。爸爸把我从保姆手里接过来,把我放在马背上。我看到马后面跟着许多士兵,迈着正步。那一刻,我幻想着自己是一个将军。只有在那一次,我觉得他是个多么好的爸爸。[3]

---

[1] E. C. Beck, "Letters of Lafcadio Hearn to His Brother", *American Literature*, Vol. IV, 1932, pp. 168—169.

[2] Nina H. Kennard, *Lafcadio Hearn*, London: Eveleigh Nash, 1912, p. 31.

[3] Elizabeth Bisland ed. *Life and Letters of Lafcadio Hearn-I*, Boston & New York: Houghton, Mifflin & Company, 1906, p. 8.

每当读到这段文字的时候,笔者都会有一种为之心酸的感觉。残酷的生活让小泉八云选择了憎恨自己的父亲,然而在那个被抛弃的孩子的内心深处,又何尝不像其他人一样,渴望着父亲强壮的臂弯呢。

小泉八云还记得自己与父亲最后一次见面:

> 我最后一次见到父亲是在特拉莫尔,他请假来看我。我们在海边散步。那天很热,父亲那时候已经开始秃头了,当他摘下帽子的时候,我看到他头顶上布满了汗珠。他说:"她很生气,她永远不会原谅我了。"她是指姨祖母。我再也没有见过他。①

这就是小泉八云关于父亲几乎所有的记忆了。我们当然可以看出这其中隐藏的父子之情,但由于见面太少,查尔斯又不善表达,父亲留给小泉八云的就只是一个威严的印象。年纪渐长之后,小泉八云对于父亲有了自己的判断。查尔斯在印度的时候曾给儿子写过一封长信,里面谈到蛇、大象、老虎之类,还提到一只老虎怎样进了他的房子。查尔斯显然希望能跟儿子缓和一下关系,据小泉八云的回忆,父亲还很贴心地用印刷体工整书写,以便他能看懂。但小泉八云没有领情。"我从来没给他写过信。我记得姨祖母曾跟我这样说:'孩子,我并不禁止你给你父亲写信。'但她看起来并不像是希望我写的样子,而且我很懒。"②显然,懒惰并不是小泉八云拒绝给父亲回信的真正原因——被抛弃造成的心理创伤当然不是一封示好的书信所能弥补的。

在与父亲的关系中,最具标志性的事件莫过于小泉八云的名字了。关于小泉八云的姓名有很多说法③,但根据最权威的资料,也即小泉八云受洗的文件来看,他的姓名应该是帕特里克·拉夫卡迪奥·赫恩。帕特里克(Patrick,小泉八云有时也拼成希腊化的 Patricio)是个带有强烈爱尔兰色彩的名字。因为帕特里克是在古

---

① Nina H. Kennard, *Lafcadio Hearn*, London: Eveleigh Nash, 1912, p.35.
② Ibid., pp.36—37.
③ 根据尼娜·肯纳德的记述,在小泉八云父亲的一本圣经上,有用希腊语记述的"Patricio Lafcadio Tessima Carlos Hearn"字样。这可能是小泉八云父母为他商定的全名,但因为原文系用希腊文写就,字迹又比较难认,尼娜的记录可能有误。弗罗斯特就指出,"Tessima"可能是罗莎的娘家姓"Cassimati"之误。所以小泉八云的全名大概是这样组成的:"Patircio"(即 Patrick,因不同语言拼写造成的差异)是父亲所起的教名;Lafcadio,出生地的岛屿名字;Cassimati,母姓;Carlos(拼写差异,即英语中的 Charles),父名;Hearn,父姓。

第一章 童年经历与思想形成

代爱尔兰传教的圣者,传说中爱尔兰的保护神,每年3月17日的圣帕特里克节,如今已经成为爱尔兰的国庆日和全世界爱尔兰人的节日。这个名字显然是父系的象征,也是小泉八云真正的名字。从出生直到赴美之前,家人、朋友对他的称呼就是帕特里克。而拉夫卡迪奥则是作为小泉八云出生地的希腊岛屿的名字。然而赴美之后,小泉八云却自己改了名字。他在给弟弟的信中说:"说我的名字是'虚构的'是不对的;这是妈妈给我的名字。我一来到这个国家就把 Patricio 那个名字放弃了。"[①]姓名从本质上说只是一个符号而已,但对于人的心理来说,它的意义非常重大。它是人自我认同的一个标志物。改名往往意味着自我认同的剧烈变化。小泉八云舍弃了代表着父亲、爱尔兰及在欧洲度过的一切的"帕特里克",而将自己的中名,代表着母亲、希腊、童年以及他所失去并渴望拥有的幸福的"拉夫卡迪奥"作为自己唯一的名字,显然宣示了一种态度。

其实稍加留意我们就不难发现,小泉八云对父亲的态度并不像他宣称的那样坚决。前往美国时,他身边带着父亲的照片。抵达辛辛那提后,由于无力交纳房租,小泉八云曾被房东扫地出门,并失去了所有行李,这其中也包括父亲的照片。小泉八云对此显然是非常遗憾的。多年后,弟弟詹姆斯与他取得联系,寄给他一张父亲的照片,小泉八云马上就回信要求复制一张。在跟阿特金森夫人联系时,他又向妹妹索要父亲的照片。如果小泉八云真的对父亲那样漠然,那么父亲的照片对他又有什么意义呢?

关于小泉八云与父亲的关系,有一篇文章是我们绝对不能忽略的,即1874年1月25日发表于《寻问者》的《在鬼魂之中》("Among the Spirits")。这篇文章讲述了一件非常离奇的事件:一位《寻问者》报的记者——"他",应邀前去参观一个灵媒组织的降神会。没想到真的招来了鬼魂——记者先生死去的父亲。他试着跟父亲的鬼魂进行对话:

"你有什么话要对我说吗?"

"是的。"

[①] E. C. Beck, "Letters of Lafcadio Hearn to His Brother", *American Literature*, Vol. IV, 1932, p.172.

"是什么呢?"

"原谅我。"——长时间的低语。

"我没有什么要原谅的。"

"你有,真的。"——非常模糊的。

"是什么呢?"

"你很清楚。"——说得很清晰。

……

"我不该那样对你:原谅我"——声音较大,很清晰的低语。①

记者希望父亲更加清楚地讲明需要原谅什么,鬼魂却表示不愿意当着他人的面讲述。在争取让鬼魂写下来的时候,降神会被闯入的人打断了。

这篇文章的副标题叫做"一个《寻问者》记者与父亲的交流",小泉八云在整篇文章中都使用了第三人称视角,但这位记者其实就是指他本人,因为文章中出现了父亲的真实姓名、经历等非常明确的信息。不过即便如此,这件事情的真伪依然无法判断。因为文章中描写的通灵之事显然与我们的常识和理性相悖,此外更加重要的一个原因是,我们并不知道这篇文章到底属于新闻纪实还是文学创作。但无论这件事是小泉八云的亲身经历还是小说家言,它的文本价值是一样的。《在鬼魂之中》描述的是小泉八云内心的隐痛,宣泄的是他对父亲的怨恨之情。父亲的道歉显然是小泉八云内心欲望的一种外化,他并不愿意永远背负着被抛弃的委屈和对父亲的憎恨,他希望与父亲和解,希望拥有父爱,希望拥有正常的家庭、童年、生活……

所以父亲对于小泉八云的影响其实是非常复杂的。如果将这父子俩的人生轨迹做一对比,我们会发现许多有趣的现象:在成年之后,查尔斯和小泉八云都离开了自己的家乡,他们的一生都在四处漂泊中度过;他们都很短命,最终都客死异乡;他们的第一次婚姻都发生在异国,都娶了与自己不属同一阶级的异族妇人;他们的第一位妻子都不识字;他们的第一次婚姻都以失败告终,并最终在第二次婚姻中稳定下来……这些当然可能只是一种巧合,但也同样存在着其他可能,如小泉八云继

---

① Albert Mordell ed. *Occidental Gleanings-I*, New York: Dodd, Mead & Company, 1925, p. 32.

承了与父亲类似的性格与气质,或者,是小泉八云潜意识驱动下对父亲行为的模仿与追随?

如果从教育学的角度来看,不管父子情感如何,儿子将父亲作为行为的摹本并不奇怪。譬如生活中常见的例子,在父亲暴力下成长的男孩,尽管对自己的父亲深恶痛绝,但当面对麻烦时,却非常自然地倾向于使用暴力解决问题。因为父亲就是成熟后的儿子,儿子就是幼稚期的父亲,父亲不仅为儿子提供了成长的榜样,甚至提供了规则和范式。儿子如果崇拜父亲当然是如此,即便是在俄狄浦斯情结式的父子冲突模式下,儿子对父亲的模仿和超越依然是应有之义。我们不妨看一段小泉八云写给妹妹的话:"比起英国,我更加希望能去印度看看,探究一下它的传统。直到去年,我才确切地知道,父亲曾经去过西印度群岛。我去那里时,有一种最最奇怪,最最神秘的感觉,好像似曾相识一样。我想在印度我会有更加奇异的体验的。"①

小泉八云写这封信是在 1893 年,而在赴日之前,他曾在西印度群岛待过两年。有意思的是,查尔斯也去过西印度群岛。他曾被派驻多米尼加和格林纳达,而且待在那里的时间比儿子还要长一些。这又是父子间的一个共同之处。小泉八云在提到这件事时,用了一个很谨慎的说法:"我才确切地(positively)知道。"那么在此之前,小泉八云是否"不太确切地"知道点什么呢?促使小泉八云前往西印度群岛的,除了机缘,是否还有隐秘的追随父亲脚步的无意识冲动呢?小泉八云对于东方的迷恋,乃至最终前往日本,是否是在模仿父亲,寻找自己的"希腊"呢?

第三节　小泉八云的渴望与焦虑

小泉八云无疑是个个性鲜明的人,他敏感、羞怯、温和、善良,喜欢独处,但有的时候他又热情如火,多疑、暴躁、尖刻。这种性格与他的人生轨迹、文学创作都有密切的关系。但如果细心考察,我们会发现,小泉八云身上的许多特质,都可以在其童年经历中找到渊源。

---

① Nina H. Kennard, *Lafcadio Hearn*, London: Eveleigh Nash, 1912, p.240.

在刚刚能够对世界形成较为清晰的判断的年纪,小泉八云就与自己所有的家人——母亲、父亲、弟弟永远分开了。后来,他被姨祖母收养。公平地说,姨祖母对他还算尽心,他衣食无忧,还是大笔财产内定的继承人,这部分地弥补了小泉八云被父母抛弃的缺憾。然而由于他的"顽劣"以及围绕姨祖母财产的明争暗斗,小泉八云逐渐被姨祖母疏远、放弃,最终被送往美国。这时的小泉八云已经不再是懵懵懂懂的幼儿,这种再次被家人抛弃的痛感深深地伤害了他。在给一个日本学生的信中,他回忆道:

> 当我还是个16岁的男孩的时候,虽然我的亲戚中有些非常富有,但没人愿意为我掏钱完成我的学业。我不得不变成了你们绝不会去做的佣人。我失去了部分视力,有两年的时间都病倒在床上。我不得不克服一切困难自学。但是要知道,我是在一个非常富裕的家庭长大的,身边到处是西式生活的奢华之物。①

惨痛的童年经历给小泉八云造成了一生的影响,使他对家庭总是抱着一种复杂的态度。一方面他渴望获得家庭的温暖,渴望亲情,而另一方面,他又为不安全感所包围,对身边的幸福充满了疑虑。

初抵美国的小泉八云,一无资金,二无技术,三无人脉,过着半流浪的生活,尝尽了人间的艰辛。直到一个印刷商人亨利·沃特金(Henry Watkin)出于同情收留他作杂役,生活才逐步走上正轨。小泉八云对亨利·沃特金尊敬、热爱,离开辛辛那提后,他们还保持了多年的通信。米尔顿·布朗纳后来将小泉八云的书信收集起来出版,即《乌鸦来信》。

在这些书信中,称呼很有意思:"长着狮子般大脑袋的沃特金先生,被亲昵地叫做'老头'或是'爸爸',而男孩,则因为他黑色的头发和肤色,他思想的阴郁,以及他对爱伦·坡的热爱,自称作'乌鸦',这是他所钟爱的一个名字。"②

沃特金比小泉八云大26岁,他对小泉八云的照顾和宽容,使小泉八云体验到

---

① Elizabeth Bisland ed. *Life and Letters of Lafcadio Hearn-I*, Boston & New York: Houghton, Mifflin & Company, 1906, p.36.

② Milton Bronner ed. *Letters from the Raven*, New York: Brentano's, 1907, pp.27—28.

了从未拥有的父爱的感觉。他对沃特金的称呼几乎都是"亲爱的爸爸"(dear Dad),"亲爱的老爸"(dear old Dad),偶尔会称为"亲爱的父亲"(dear old father),有时会亲昵地叫"老头"(old man)。而自己的署名,有的时候干脆会写"你的儿子"。显然,沃特金已经被小泉八云当作了父亲的替代者。在小泉八云的书信之中,即便是与弟弟、异母妹妹,也没有过如此轻松亲密的语气。而更多的时候,小泉八云会将自己称作"乌鸦",有时署名的时候,干脆就画一只乌鸦在上面。之所以起这个名字的原因,上文已经做了介绍,更详细一点说,"乌鸦"来自爱伦·坡的名诗《乌鸦》("The Raven"),青年时代小泉八云曾为爱伦·坡而着迷,他的怪谈类作品也颇有爱伦·坡的味道。但有意思的是,在给沃特金的书信中,小泉八云不仅会署名为"乌鸦",甚至经常将其当作自称。比如在1881年年底的一封信中,小泉八云整封书信都用"乌鸦"代指自己,比如他会说"乌鸦希望见到你","乌鸦不能到北方去","乌鸦的日子是这样过的"①等等,甚至连代词,他都会改用"它"(it)。从心理学上看,用第三人称称呼自己,是幼稚状态的表现。儿童一般需要先经过这个阶段,才能发展到用"我"认知自己的程度。而成年人用第三人称自称,一般是故意或无意识地将自己降格的一种撒娇行为。可见在小泉八云心目中,已经将沃特金当作可以依赖的家人、长辈来看待了。

1874年,年仅24岁,刚刚从贫困潦倒中稳定下来的小泉八云与黑人厨娘福丽(Althea Foley)结婚了。这段婚姻不管怎样看来也不太般配,而且小泉八云为此付出了很高的代价。当然,作为旁观者,而且是百年之后的旁观者,我们无法确定让他们走到一起的真正原因是什么,也无权进行道德评判——爱情本来就是不顾一切,不计后果的,尤其对一个浪漫主义者来说更是如此。但仅从心理上揣测,如果说小泉八云如此急于与福丽结婚(不是同居,而是要建立一种正式的、稳定的、合法的婚姻关系),是出于一种对未曾拥有的家庭乌托邦的渴望,大概是不错的吧。

但这段婚姻没有满足小泉八云对于家庭幸福的想象,反倒给了他一个非常现实的教训。此后,小泉八云一直保持单身(当然这不仅是一种主动选择,也有生活所迫的原因),直到前往松江,遇到小泉节。

---

① Milton Bronner ed. *Letters from the Raven*, New York: Brentano's, 1907, pp.70—71.

在多年的漂泊之后终于品尝到了家庭幸福的小泉八云,似乎并没有更多的奢望。在 1892 年 6 月 7 日写给阿特金森夫人的一封信中,小泉八云说:"我没有孩子,也没指望会有。"①值得注意的是,小泉八云没有说自己不想要孩子,他只是没"指望"(expect)会有,也就是说他其实是希望有孩子的。小泉八云很幸运,就在第二年,他的长子出生了。在 1894 年春写给妹妹的信中,小泉八云分享了自己的感受:

> 当我还只有 35 岁的时候,我就开始对有孩子的朋友感到嫉妒。你可能会笑我,也可能会觉得这很奇怪。我知道他们的麻烦、焦虑和艰难,但我看到他们儿子在长大,成长为帅气、聪明的小伙子。我曾对自己说:"我是永远都不会有孩子了。"对我来说似乎是这样的,一个人没有孩子,那他死了就算彻底拉倒了,对这样的人来说,我想(有些国家的人的确是这样思考的),死亡将会是一种彻底的永恒的黑暗。然而,当我听到我的儿子——过去这些年一直梦想的儿子——的第一声哭声的时候,我一下有了一种神奇的"双人"的感觉。就在那一刻,而且只有那一刻,我不是想到的,而是感觉到"我是两个"了。这很神秘但却给我提供了改变一切前世观念的思想。我儿子的目光对我来说依然是一种奇妙的美丽的东西:当他看我的时候,我感觉就像我在看着自己一样。②

由此我们知道,小泉八云不仅不是不想要孩子,反而是特别希望能够有个孩子。妻子的怀孕、生产给他带来了莫大的幸福。既然小泉八云这么喜欢孩子,为什么他没有做过规划呢?尤其是当他说没有"指望"的时候,早已与小泉节结婚了,为什么不能"指望"呢?

这可能依然源自他的童年经验。因为从来没有拥有过幸福,小泉八云可能多少对幸福有些恐惧感。他不敢指望自己拥有幸福,因为希望越大失望也就越大;当幸福来临的时候,他也不敢掉以轻心,因为不知什么时候,幸福又会失去。他对幸福充满渴望,但又容易焦虑。查尔斯可以说是给儿子竖立了一个榜样,一个父亲形象的负面榜样,小泉八云无意识中可能在模仿父亲的行为举止,但另一方面,他又

---

① Nina H. Kennard, *Lafcadio Hearn*, London: Eveleigh Nash, 1912, p. 234.
② Ibid., p. 254.

在与这种模板角力,希望自己不要成为一个父亲那样的父亲。但可惜的是,父亲只教给小泉八云怎样不成为一个坏父亲,父亲对两个儿子都没有尽到责任,小泉八云知道自己要负责任;但另一方面小泉八云却不知道怎样才是一个好父亲,无边的责任感让他充满了焦虑。

在写给沃特金的一封信中,小泉八云谈到一雄出生后自己的感受:

> 当然,我为他十分焦虑。他不能成为一个日本人——他的灵魂、长相完全是一个英国人。我必须得让他在国外受教育。……我绝不会再要孩子了。我觉得这种事情的责任太重大了。但孩子就在那里,活生生地存在着。我必须要把自己的余生奉献给他。我希望他永远不要做他爸爸曾经做过的那些蠢事。……他让我对他的未来充满了各种各样的焦虑。①

所谓焦虑,是人对于未来可能发生的不确定状况的一种担忧。当然,这种不确定状况有一点是确定的,即它肯定是负面的,没有人会为飞黄腾达而焦虑,不确定的是坏事何时发生,怎样发生,到什么程度。恰恰因为这种不确定性,人们无法预先准备应对方案,所以才会有焦虑。小泉八云在前半生中承受的一切,让他对世界的残酷有着深刻的认识,他对生活缺乏安全感,对未来充满了不安定感。小泉八云对成功的追求,对金钱的渴望,对家庭的向往,其实都是在追求一种安全感。儿子的出生,一方面让小泉八云体验到了梦寐以求的家庭幸福,但另一方面,失去这种幸福的可能和对儿子未来的担忧交织起来,却产生了更大的焦虑。这种必须保障儿子幸福的责任感和其实根本无法保证这一点的不安全感造成的压力如此之大,以至于小泉八云甚至都不想再要孩子了。②

随着孩子逐渐成长,小泉八云的责任越来越大。"我渴望成功——首先是为了儿子的缘故。要创造别人的未来,感受到这种责任——这显然改变了生活的面目。当然,我总是感到害怕,但我努力并怀有希望。"③

但小泉八云的焦虑却无法减轻,因为他开始为自己的身后事担心了。1895 年

---

① Milton Bronner ed. *Letters from the Raven*, New York: Brentano's, 1907, pp. 97—98.
② 事实是小泉八云此后又生了两子一女,更多的孩子带来的焦虑虽有边际效应递减的趋势,但总量毕竟还是增加了。
③ Milton Bronner ed. *Letters from the Raven*, New York: Brentano's, 1907, p. 109.

2月,在写给沃特金的一封信中,小泉八云意识到自己开始变老了,他的头发开始变白,身材也发福了:"换句话说,我已经翻过山开始走下坡路了。我前面的地平线已经变黑了,冷风嗖嗖的。不过我一点也不关心那神秘的结局——只有一点,如果我活不到跟我父亲差不多的年纪,我的儿子会怎么样呢?"①

在写这封信的时候,小泉八云已经45岁了,而他的父亲查尔斯只活了47岁,这显然给他造成了一定的心理压力。在1896年的另一封信中,小泉八云甚至说:"我只祈求神明能让我活到他18岁或是20岁。"②死亡本身并不是小泉八云最在意的,他焦虑的是死亡之后家人,尤其是儿子的未来。为此,他也做了一些规划和应对。其实小泉八云转职到神户《纪闻》报、加入日本国籍等,最主要的目的都是为身后家人的前途谋划。为了家人,小泉八云还开始攒钱。

总体来说,小泉八云不是个善于赚钱的人,他对金钱缺乏概念。跟金钱相比,他更热爱自由。在新奥尔良的时候,他收入不高,但小泉八云说"我每周只挣差不多十块钱,但这也比每周挣25块当报纸的奴隶强。"③在西印度群岛度过的两年,小泉八云几乎没有什么收入,但他却为那里的风土人情和舒缓的生活节奏而倾倒,几乎到了乐不思蜀的地步。他一生中只做过两次生意,都以惨败而告终。一次是在1874年,他在辛辛那提创办了一份叫做《眼镜》(*Ye Giglampz*)的漫画小报,但由于缺乏订户,最后只好歇业大吉。另一次是在1879年,小泉八云在新奥尔良开了一家饭馆,专营廉价饮食,不久也失败了。这两次创业,不但没有为小泉八云带来财富,反倒将他在文字生涯中积攒的一点钱都败光了。很显然,小泉八云的天分不在生意上。比如在《眼镜》倒闭之后,小泉八云利用自己在《寻问者》报工作的便利,发表了一篇文章,记述了这份小报从诞生到死亡的过程。在文中,小泉八云将杂志失败的原因归罪于美国读者的品位。他甚至说"如果这份报纸不能靠着我的品味存活下去它就必须死亡——这就是关于它的一切。即便把美国国库里的所有金子都给我,我也不会出卖《眼镜》的节操。"④显然,小泉八云并没有弄清楚他的目标到

---

① Milton Bronner ed. *Letters from the Raven*, New York: Brentano's, 1907, p.104.
② Ibid., p.104.
③ Ibid., p.57.
④ Lafcadio Hearn, "Giglampz", in Albert Mordell ed., *An American Miscellany-I*, New York: Dodd, Mead and Company, 1924, p.23.

底是赚钱还是实现文学理想。

其实对自己的商业天分到底如何,小泉八云是清楚的。刚刚抵达新奥尔良的时候,他在给沃特金的信中说:"你知道我根本不了解生意上的事情。关于生意,有什么好问我的呢?"① 小泉八云之所以希望赚钱,更多地出自对自由的渴望和对安全感的追求。就像妻子小泉节所说:"他非常不在乎钱,直到晚年才有所改变,因为他的健康越来越差,他觉得可能活不长了,开始对家庭的未来感到忧虑"②。小泉八云自己也有类似的表述,在给沃特金的一封信中,他透露:

> 我已经攒了3500到4000块美金了,听到这个,你不会觉得我没什么进步了吧。不过我把一切,或者说能够合情合理地做到的一切,都放在我妻子的名下了。未来看起来异常灰暗。反对外国影响的反应非常激烈,我每天都越来越强烈地感到,我最终是要离开日本的,至少在若干年之后。我第一次遇到你的时候才19岁,现在我已经44岁了,唉,在我涅槃之前,我估计还有好多麻烦呢。③

小泉八云写这封信是在1894年,长子一雄才一岁,他已经为未来积攒了一大笔钱,但这些钱并没有给他带来足够的安全感。可以说,焦虑感对于小泉八云来说,是伴随始终的。

小泉八云的许多心理状态都可以通过他的梦境加以解读。小泉八云是个非常重视梦的作家,他的不少作品就干脆以"梦""空想"等命名,比如《一个夏日的梦》("The Dream of a Summer Day")、《幻想及其他空想》("Fantastics and Other Fancies")等。除了作品,他在生活中也常常讲述自己的梦幻,而这些记录也就给我们提供了非常好的解析小泉八云思想与心理的素材。当然,与解梦大师弗洛伊德认为梦是欲望尤其是性欲的曲折表达不同,在笔者看来,小泉八云所记述的多数梦境,都与焦虑有关。

小泉八云的有些梦其寓意是相当明显的。例如,1889年,在致一位女性友人

---

① Milton Bronner ed. *Letters from the Raven*, New York: Brentano's, 1907, p. 43.
② Elizabeth Bisland ed. *Life and Letters of Lafcadio Hearn-I*, Boston & New York: Houghton, Mifflin & Company, 1906, p. 122.
③ Milton Bronner ed. *Letters from the Raven*, New York: Brentano's, 1907, p. 98.

的信中,小泉八云谈到了自己的梦。他梦到在一所乡间别墅,自己的朋友克雷比尔(Henry Krehbiel)在那儿,他告诉小泉八云自己要到欧洲去了,再也不回来了。而这位女性友人也要离开了,小泉八云正在给她收拾东西。每个人都在说话,但却听不到声音。关于这个梦,小泉八云自己就做了很好的解释:"我记得最清楚的感觉就是每个人都要走了,而我一个人被留在那里,或者是任何我喜欢的地方。……我想梦不代表什么,或者相反,像俗话说的,它意味着相反的东西,那就是我要离开到什么地方去了,而这是我还不知道的。"①这封信没有署具体日期,只知道写于1889年,即赴日的前一年。但在11月写于纽约的另一封信中再次提到了这个梦,所以时间应该也相距不远。次年3月小泉八云就登上了前往日本的轮船,所以此时的小泉八云即便不能确定赴日的事情,至少也是有思想准备的。这个梦如小泉八云自己所说,显然是在曲折地表达与友人分离的不安。但有意思的是,在梦中,小泉八云一个人被留在了一个乡间别墅,这是一个"很大的""温暖的""舒适的"地方,这显然是因为小泉八云的目的地是他一直渴望的东方,有此作为补偿,他的分离焦虑并没有给他带来太大的压力。

1897年,已在东京大学担任讲师的小泉八云,在给松江故友西田千太郎的信中谈到了自己的一个梦。他在松江上课时,有个岛民常来听他上课,听完后就会过来与他亲热地交谈一番。

> 我经常梦到那个人,经常如此。而梦也总是一样的。在梦里,他是一个漂亮的不大的学校的校长,学校在一个很大的花园里,周围有高高的白墙环绕。我穿过铁门进到那个花园里。那里永远是夏天。我为那个人教书,那里什么都是温和的、热心的、舒适的、美丽的,就像过去在松江一样。他也总是重复着很久以前对我说过的那些热情的话语。如果我能找到那个有着白墙和铁门的学校的话,我希望能到那里教书,即使付给我的薪水只是在课程结束后跟我说的那些热情的话也行。②

---

① Elizabeth Bisland ed. *Life and Letters of Lafcadio Hearn-I*, Boston & New York: Houghton, Mifflin & Company, 1906, p. 469.

② Ibid., pp. 331—332.

第一章　童年经历与思想形成

这个梦并不难理解。初到日本的小泉八云为了生存，误打误撞成为了一名教师，但以他的学识和经历，对这个职业是有畏难感的。没想到松江淳朴的学生、同事、市民给予了他最大的热情，这让小泉八云一生都难以忘怀。但出于生活的考虑，小泉八云离开松江，先后前往熊本、东京教书①，这些地方除了薪水，其他方面都不能让小泉八云完全满意，这也就使得松江的经历显得愈发珍贵。小泉八云的这个梦是对现实的不满和对理想的渴望的一种非常直白的表现。不过有意思的地方在于几个细节：他理想的这所学校有个很大的花园，那里永远都是夏天。花园被高高的白墙环绕，还有铁门把守。在上文提到的与友人分离的梦中，那个让小泉八云感到舒适的乡间别墅，同样有一个大花园，同样很温暖。虽没有铁门，但周围有高高的树篱，"比人还要高许多"。不难看出，小泉八云潜意识中的理想境地，大致有着固定的标准。花园和永夏指向他童年记忆中美好的部分，而能够与外界隔绝的围墙、树篱、铁门则代表了他的不安和寻求安全感的渴望。

1903年，在被东京大学解聘后，急着寻找工作的小泉八云在给友人的信中说自己做了一个没钱的梦。他独自在一个美国的城市，身上就剩了10美分，还要拿出3美分寄一封信，身上只剩了7分钱吃饭。②而据小泉节回忆，在临死的当天早上，小泉八云还向她讲述了自己昨夜的梦："我做了一次长长的、遥远的旅行。"③这样的梦无疑都是他对于生存压力的一种焦虑反应。

当然，小泉八云的梦也并非都如此明了。在《漂浮》（"Levitation"）中，小泉八云记录了一个自己常做的梦。开始他站在楼上的窗口，突然从窗口跌落了下来，恐惧感笼罩了他。不过这跌落的过程比他想象的要漫长，他不停地往下落，直到新的感觉取代了恐惧：他发现自己不是在下落，而是在漂浮。他慢慢地降落到地上，又飞了起来。"人们停下来盯着我看，我感到一种具有超人力量的狂喜，那一刻，我感

---

① 小泉八云的主要理由是松江冬天太冷，他身体上难以承受。但有一个不容忽视的细节是，熊本五高给出的薪水是松江的一倍，而东京大学又是熊本的一倍。实际上熊本的确比松江稍微暖和些（但远远没有达到小泉八云的预期），但东京的气候甚至还不如松江，可见天气绝不是小泉八云考虑的主要因素。供养一大家人的经济压力和积谷防饥多赚些钱的想法才是小泉八云转职的决定因素。

② Elizabeth Bisland ed. *Life and Letters of Lafcadio Hearn-II*, Boston & New York: Houghton, Mifflin & Company, 1906, p.505.

③ Ibid., p.522.

到自己像是个神。"①即便在快要清醒的时候,小泉八云还在对自己说,这是个梦,但飞翔的感觉是真的。"如今我已经学会了如何飞翔,我不会忘记的,就好像会游泳的人不会忘记怎么游水一样。明天早上我会飞过城市的屋顶,让人们大吃一惊。"②

  小泉八云说,自己常常做类似的梦,有时飞过田野,有时飞过街道,但有一点是不变的,他在梦里都会确定,自己醒来后真的会具有这样的能力。在《漂浮》中,小泉八云试图对自己的这个梦做集体无意识的解读,他怀疑这是人类从始祖时代遗留下来的记忆,他甚至猜想人类是否在某一阶段曾经具有飞翔的能力。但以笔者看来,小泉八云的这个梦依然是个人经验,而非集体无意识的表现。从高处跌落其实暗喻着失去原来的地位。如前所述,小泉八云一直对生存有一种不安定感,跌落的恐惧意味着他担心失去所拥有的东西。但赴日之后,逐渐向好的生活条件,尤其是妻子的大家族给他提供了安全感和归属感,所以梦中的跌落并没有真正实现,而是缓慢触地,变成了漂浮和飞行。值得注意的是,小泉八云在梦中并不只是飞行而已,他还需要观众,他的飞行能力引发了他人的惊讶,并且在意识到这是个梦的时候,他还在说服自己,希望醒来后依然具备这种能力。这可能是小泉八云欲望的表达,即他在潜意识中,有着强烈的通过自己的能力(写作)出人头地的愿望。

---

① Lafcadio Hearn, *Shadowing*, Boston: Little, Brown, and Company, 1900, p. 226.
② Ibid., p. 227.

第二章
小泉八云的社会思想与杂谈创作

小泉八云不是一个因思想知名的作家,人们喜欢他的清新、奇诡,喜欢他的异国情调,却很少有人关注他的焦虑、忧怨与深刻,至多是在探讨小泉八云的日本观时,人们才会注意到他的思想。小泉八云当然不是思想家,但他并非没有思想,对于许多社会问题,他都有自己的看法、观点和表达。他的观念未必全对,也没有多少振聋发聩的创见,然而小泉八云的创作正是在这样一种思想体系的背景上显影出来的,不对小泉八云的社会思想进行深入研究,也就无法获得对于其创作的全面把握。

小泉八云的社会思想主要体现在杂谈创作,特别是赴日之前的杂谈创作中。这里所谓的"杂谈",可能与国内常见的用法有所区别。小泉八云的创作中有不少较难归类,尤其是赴日之前,小泉八云在美国的报纸上发表了大量文章,这些文章的内容涵盖了政治、宗教、文化、文学、历史、科学等诸多领域,体裁上亦不尽相同,涉及 Essay, Review, Report, Critique, Editorial 等多种文体,这些作品很难有一个合适的称呼,笔者姑且将其称为"杂谈"。小泉八云的创作由杂谈入门,但在赴日前他的创作已逐渐"高级化",开始在美国的重要文学期刊及出版社发表作品,赴日后,逐渐跃升为"知名作家"的小泉八云,其创作基本都是通过结集出版的方式面世的,因体裁的限制,小泉八云的杂谈少了许多。在神户《纪闻》报供职的四个月中,他重操旧业,又集中发表了一批杂谈作品。

由于小泉八云的杂谈创作影响有限,内容亦十分散乱,所以研究界对这部分作品一直很少关注。但长久来看,这种忽视是有问题的。小泉八云的杂谈数量庞大,创作周期几乎贯穿了整个创作生涯,不研究这些作品,就很难把握小泉八云创作的全貌。而更为重要的一点是,由于文体和风格的限制,小泉八云在其"经典创作"中,很少直接表露自己的思想,但与此相反,他的杂谈创作却往往需要鲜明直接的观念表述,所以这些作品对于小泉八云思想的研究有着不可替代的作用。

第一节 小泉八云的进化论思想

相对来说,小泉八云是个偏于感性的人,对于理论的关注也比较少。他受到流行的许多学说影响,当然他有选择,有偏好,也有自己的理解与观点,但往往不够深刻、全面,也会有自相矛盾,所以小泉八云的思想其实很难称之为"体系"。对于一个普通人来说(在与"思想家"相对的意义上),这是非常普遍、正常的,但作为一个研究者,要对小泉八云的思想进行整理和把握就相对困难了许多。好在小泉八云的社会思想中至少有一条主线是非常鲜明的,那就是进化论思想。

在小泉八云的时代,进化论是极为流行的"新"事物,对于部分激进的知识分子,进化论甚至不是思想,而是科学。小泉八云在日本生活、创作的十四年,也正是进化论思想在日本大行其道的时代。可以说进化论是那个年代的氛围,是那个年代的风尚。小泉八云大致是信仰进化论思想的,他自己就曾说过,他是一个"极端的进化论者"[1]。小泉八云的进化论思想主要源自英国哲学家赫伯特·斯宾塞(Herbert Spencer,1820—1903),此外达尔文、赫胥黎等也对他产生了相当的影响。

一、进化论者们的影响

赫伯特·斯宾塞是19世纪英国的哲学家、教育学家、社会学家、心理学家,早期进化论者。在小泉八云的时代,斯宾塞的名气相当之大,甚至被称作"最伟大的哲学家"。小泉八云对这位伟大的哲学家十分信服,将其当作偶像崇拜。而且不仅是在进化论哲学上,在社会学、心理学、美学、文学等各方面,小泉八云都将斯宾塞的话奉为圭臬,他对斯宾塞的崇拜几乎到了盲目的地步。张伯伦就曾批评小泉八云:"没有人会像他那样的崇拜赫伯特·斯宾塞;他把斯宾塞的科学论断变成了一种神秘主义。这种神秘主义成了他的宗教。对他的这种宗教的一点点的挑剔都会

---

[1] Elizabeth Bisland ed. *Life and Letters of Lafcadio Hearn-II*, Boston & New York: Houghton, Mifflin & Company, 1906, p.20.

第二章 小泉八云的社会思想与杂谈创作

被当作渎圣而遭到怨恨。"①

小泉八云最初接触斯宾塞是在19世纪80年代,那时他还是新奥尔良《民主党时报》的编辑。通过友人的推荐,他读到了斯宾塞1862年出版的《第一原理》(*First Principles*)。这本书让小泉八云大为叹服,他在写给比斯兰的信中说:"一个人读了斯宾塞,就吸收了所有人类知识中最有营养的部分。"②此后,他疯狂地迷恋上了斯宾塞,如饥似渴地学习斯宾塞的哲学。在"赫恩文库"的藏书中,我们发现,小泉八云购买了几乎所有的斯宾塞作品,从最早的《社会静力学》一直到他逝世那一年才刚刚出版的《斯宾塞自传》。而且小泉八云不仅仅是购买,他一定也认真阅读了这些艰深的著作,在他的作品和书信中,他经常引证斯宾塞的观点和言论,除《第一原理》外,他提及和引用的作品还有《社会静力学》《社会学研究》《社会学原理》《生物学原理》《心理学原理》《伦理学原理》《斯宾塞自传》等等。

斯宾塞给小泉八云带来的最大影响就是所谓"进化"的观念。在进化论思想的发展中,真正使"进化"这个词普及开来的就是斯宾塞。斯宾塞给进化下的定义是:"进化是物质的统合及其伴随的运动的消散,在此过程中物质由不确定、不连续的同质体转变为确定、连续的异质体,而持续的运动也要经历类似的转化。"③

我们知道,斯宾塞的"进化"是从哲学角度出发的,并不局限于生物学领域。在斯宾塞看来,进化是一种从分散到积聚、从不确定到确定、从不连续到连续、从简单到复杂的变化,所以在斯宾塞体系的进化论思想中,明显包含着"进步"的方向性。小泉八云的进化论并不关心生物进化,而主要将进化论用于探讨社会问题;此外,不管小泉八云多么厌恶工业化的现代文明,多么喜欢古老日本的田园诗意,他从来没有否定过"进步"的趋势,这种进化观念显然是因为斯宾塞的影响。

小泉八云相信社会进步的趋势,相信"适者生存",相信先进淘汰落后,强力压迫软弱,相信适应能力强的种族最终会战胜适应能力弱的种族,他说自己是个"极端的进化论者",其实准确的意思应该是,他是一个我们今日所谓的社会达尔文主

---

① Elizabeth Bisland ed. *Life and Letters of Lafcadio Hearn-I*, Boston & New York: Houghton, Mifflin & Company, 1906, p.58.
② Ibid., p.392.
③ Herbert Spencer, *First Principles*, London: Watts & Co., 1937, p.358.

义(Social Darwinism)者。

　　社会达尔文主义在今天是一个带有负面色彩的词汇。人们认为这种理论将生物学原理机械运用于人类社会,忽视了人与动物之间的本质差别,其科学性带有瑕疵。尤其是种族主义者甚至纳粹等极端势力对这种理论的滥用,让人们愈发警惕。但实际上,在小泉八云的时代,甚至20世纪初期,社会达尔文主义都没有今天的那种负面色彩。许多人热衷的所谓"进化论",其实就是社会达尔文主义。而且公平地讲,如果进化论真的只能运用于生物学领域的话,它根本就不会引发那么多人的关注。

　　赫伯特·斯宾塞常被认为是社会达尔文主义的鼻祖,人们熟知的"适者生存"(Survival of the Fittest)一词就是他的创造。小泉八云的社会达尔文主义当然有斯宾塞的影响。然而斯宾塞的进化论跟社会达尔文主义是有区别的。社会达尔文主义者(包括小泉八云)对于"适者生存"的经典解释是:生存竞争会导致优胜劣汰,只有最适应环境的才能生存下来,而竞争的失败者只能被淘汰。但对斯宾塞来说,竞争的最终目的是迫使不适于生存的弱者努力奋斗以改变自己的地位,从而导致进步,而不是简单地将弱者淘汰。具体到人类社会的"适者生存"问题,社会达尔文主义者由于马尔萨斯人口论的影响,首先会抛出"人口过剩"的前提,因为人口过剩自然会引发对于生活资料的争夺,而生活资料的争夺就会引起优胜劣汰,最终造成种族间适者生存的局面。这是小泉八云深信不疑的一种观点,然而对这个问题,斯宾塞的观点是:"人口的持续增长超越于生活资料的增长,就会引发对技巧、智力及自制能力的永不停止的需求,进而就是这些能力的不断训练和持续进步。"①而且在他看来,人口过度生殖的问题最终会达到一种生育与死亡的平衡,所以并不会引发惨烈的生存竞争。由此我们发现,尽管小泉八云自称斯宾塞的信徒,但他并不是个好学生。一方面他对斯宾塞奉若神明,另一方面,他对斯宾塞的接受流于标签化、表面化,充满了"不正确的理解"。

　　从本质上看,小泉八云是一个浪漫主义者,他的社会历史观是向后看的、复古的。而进化论是向前看、拥抱进步的,这两种倾向本是南辕北辙,无法调和的。厨

---

　　① Herbert Spencer, *The Principles of Biology-II*, New York: D. Appleton & Company, 1806, p. 499.

第二章　小泉八云的社会思想与杂谈创作

川白村回忆赫恩在课堂上讲授斯宾塞哲学的往事时,就曾说:"像先生那种脑筋的人为什么会那么尊崇斯宾塞的综合哲学,到现在我还是觉得好像有点矛盾。"①但问题在于,人的思想是非常复杂的,存在矛盾,甚至是不可调和的矛盾并不奇怪。所以小泉八云在探讨社会趋势时秉持进化论,而涉及文学、文化时又转回浪漫主义,虽然矛盾,倒也不算出奇。

除赫伯特·斯宾塞之外,小泉八云还受到过其他进化论者的影响,如达尔文、赫胥黎等。1890年10月,初到松江的小泉八云为当地的教育官员做了一次演讲,主题是想象在教育中的价值。后来他在给张伯伦的信中说,自己在演讲中引用了达尔文、拉巴克(John Lubbock)、赫胥黎等著名进化论者的言论。1894年,在致友人埃尔伍德·亨德里克(Ellwood Hendrick)的信中,他谈到自己读书的问题时说:"在哲学方面,我最喜欢的依然是斯宾塞及赫胥黎、刘易斯(George Henry Lewes)、费斯克(John Fiske)、克利福德(William Kingdon Clifford)。"②有意思的是,小泉八云所提到的这几位哲学家全都是进化论者,刘易斯和克利福德虽非以进化论知名,但他们也是进化论思想的重要支持者之一,而斯宾塞、赫胥黎、费斯克则是著名的进化论者。由此我们不难看出小泉八云对于进化论哲学的态度。1895年,小泉八云在跟张伯伦的通信中谈到读书问题,他又做了类似的表述:"我有费斯克、赫胥黎、斯宾塞、克利福德以及刘易斯哲学的所有著作。"③

相对来说,除了斯宾塞之外,赫胥黎可能是对小泉八云的进化思想影响最大的。小泉八云接触赫胥黎的思想其实比斯宾塞更早,他在消息报发表的文章中就已经在征引赫胥黎的言论了。1894年12月,他在给亨德里克的信中谈到:"你有没有读过赫胥黎关于伦理学与进化论的观点?他的观点对我有极大的启发。他解释得非常清楚,为什么作为一种普遍原则人们不能在不破坏宇宙秩序的情况下友好相处。他还阐明了自然的非道德性,宇宙法则只为个体经验提供解释——而不

---

① 厨川白村「小泉先生」、『厨川白村全集第四卷』、改造社、1929年、23頁。
② Elizabeth Bisland ed. *Life and Letters of Lafcadio Hearn-II*. Boston & New York: Houghton, Mifflin & Company, 1906, p.190.
③ Ibid., p.221.

是安慰。"①其实,单就进化论的"极端"性这一点来说,小泉八云的思想其实更接近赫胥黎而不是斯宾塞。

二、蚂蚁的文学

小泉八云喜欢写虫。他曾经在文章中专门谈论过蝉、蝴蝶、蜻蜓、蟋蟀、蚊子、萤火虫等诸种昆虫。1921 年,小泉八云的几个学生翻译编选的英日对照本《小泉八云文集》第四卷就定名为《虫的文学》,专门收集小泉八云谈虫的作品。小泉八云写虫一般都是从文学、文化、民俗的角度切入,但蚂蚁则是一个例外。早在初入文坛时小泉八云就对蚂蚁有着特别的兴趣,但他的关注点主要在于蚂蚁的社会组织形态,可以说,小泉八云对于蚂蚁的关注是借蚁喻人,是他的进化论思想的一种表现。

1878 年 7 月 11 日,小泉八云在《消息报》发表了一篇短评,叫做《昆虫的政治》("Insect Politics"),这篇文章篇幅很短,它只是略述了纽约一份报纸上的一篇文章的大意。那篇文章本是一个讽刺性寓言,它从蚂蚁社会中存在建筑,存在饲养蚜虫等产业说起,然后说部分蚂蚁聚敛了太多的财富(蚜虫的蜜,有意思的是作品中用的词是"golden honey",显然在暗指金钱),终于引发了一场共产主义暴动,贫穷而饥饿的蚂蚁们揭竿而起,将百万富翁杀死,均分其贫富。蚂蚁社会中不可能有百万富翁,更不可能有共产主义,这篇文章当然是在借蚁喻人。除了介绍之外,小泉八云甚至没有对这篇文章加以评价。但由此开始,他越来越多地关注到虫与人的联系。

1881 年 10 月 4 日,小泉八云在《消息报》上发表了《昆虫的文明》("Insect Civilization"),文章的目的在于向人们介绍科学界的发现:人们以为昆虫只有本能而无头脑,事实并不是这样的,昆虫不但有头脑,而且相当聪明。昆虫有无头脑,今天的生物科学完全可以解答,无需笔者置喙,但问题是,小泉八云为什么会关注这种问题? 实际上小泉八云所关注的科学动向大都是与社会问题相关的,纯粹的自

---

① Elizabeth Bisland ed. *Life and Letters of Lafcadio Hearn-II*. Boston & New York: Houghton, Mifflin & Company, 1906, p. 189.

第二章　小泉八云的社会思想与杂谈创作

然科学中他只对天文学有过一点兴趣①，他之所以会关心"昆虫的文明"，是因为"科学一旦发现了昆虫具有智能的事实，将来也许就能够利用这种智能来为人类服务"②。而且更重要的是，小泉八云所谓的昆虫并不是所有虫类，他提到的只有蜜蜂和蚂蚁。

蜜蜂和蚂蚁是最常见的两类群居昆虫，与普通昆虫相比，它们的特殊性在于它们具有社会性。这种属性很容易引发人们的对比和联想，尤其是社会达尔文主义者，喜欢将其与人类社会进行类比。斯宾塞在《伦理学原理》《生物学原理》等书中都曾探讨过蚂蚁、蜜蜂、黄蜂等社会性昆虫（social insects）的案例。而赫胥黎在其著名的《进化论与伦理学》中则说"社会组织不是人类所独有的。像蜜蜂和蚂蚁所组成的其他社会组织，也是由于在生存斗争中能够得到通力合作的好处而出现的。它们的社会组织和人类社会的相似点和差异，同样对我们很有启发。"③小泉八云对于蚂蚁的关注也是从这种意义上出发的。

1882年8月27日，小泉八云在《民主党时报》上发表了《关于蚂蚁的消息》（"News about Ants"），文中小泉八云通报了科学界关于蚂蚁的诸多发现，如蚂蚁会饲养蚜虫、蓄养奴隶（其实是指不同种类蚂蚁间的合作）、存在语言等等，他甚至引述一些科学家的说法，认为蚂蚁社会可能存在道德。应该说在这一点上，小泉八云比斯宾塞、赫胥黎等人走得更远。赫胥黎认为昆虫社会与人类社会之间有着巨大的差异，昆虫社会只是一种官能需要的直接产物，而在人类社会，道德伦理的作用则更加重要。小泉八云似乎是把昆虫社会与人类社会的相似性拔得太高了。

小泉八云关于昆虫社会的思考，最为集中地体现在《怪谈》中收录的《蚁》（Ants）一文中。《蚁》以风雨后院中蚂蚁的忙碌开篇，然后插叙了一个中国传来的与蚂蚁有关的传说，其娓娓道来的风格与《怪谈》一书还算契合④。然而在此之后，

---

① 在美时期小泉八云曾发表过一些文章介绍天文学的新发现。有意思的是，小泉八云所崇拜的洛威尔，就因对天文学的兴趣由文学家转行成为专业的天文学家了。

② Lafcadio Hearn, "Insect Civilization", in Ichiro Nishizaki ed. *The New Radiance and Other Scientific Sketches*, Tokyo: Hokuseido Press, 1939, p.57.

③ 赫胥黎：《进化论与伦理学》，《进化论与伦理学》翻译组译，北京：科学出版社，1971，第16—17页。

④ 不过在《怪谈》中，《蝶》《蚊》《蚁》三篇被单独归入"昆虫研究"（"Insect-Studies"）一类，与其他的"怪谈"（"Kwaidan"）故事还是有差别的。

小泉八云开始大谈进化问题，几乎把这篇文章写成了一部论文。

开始，小泉八云依然在向读者介绍蚂蚁社会的先进。蚂蚁不但有社会，有文明，有诸多令人赞叹的技能，而且更重要的是，蚂蚁能够为了集体的福祉，做出自己的奉献和牺牲，这是人类所做不到的。每只蚂蚁都能为整个社会而尽自己所能地工作，对于社会的索取却仅仅以维持自己的生存为限。小泉八云引用斯宾塞的话说："个体的进步在于其更好的社会合作；而有益于社会繁荣，即有益于种族保存。"①应该说蚂蚁的这种社会状态比较符合斯宾塞对于个体与社会关系的一贯理想。在斯宾塞看来，个体与社会之间的最佳状态应该是，社会发展的目标代表着每个个体的需求，而每个个体的发展和完善构成整个社会的进步。他在《社会静力学》中对此做了比较详细的阐释：

> 但这种最高程度的个体化必须与最大程度的相互依存相结合。这种说法看似矛盾，但进步既会引发完全的分离又会引发完全的联合。……要实现一个创造性的目标，即实现最大限度的幸福，必须要有一定数量的人口，这些人口只有通过最好的生产制度才能维持。也就是说，通过最精细的劳动分工；也就是说，通过最大程度的相互依存。而另一方面，每个个体都必须有机会去做他想做的任何事情。……最终，人的个人需求与公众需求将统一起来。他将成为这样的人：他在本能地满足天性的同时，将顺便完成社会组织的功能；而且只有其他人都这样做时，他才能这样满足自己的天性。"②

斯宾塞的这种社会理想近似于一种共产主义乌托邦，在现实状态下显然很难实现。但在蚂蚁的世界中，这种理想却每天都在有条不紊地运行着。应该怎样看待这一问题呢？多数进化论者虽对社会性昆虫的社会运行表示赞叹，但并不因此表示羡慕。比如赫胥黎就指出（虽然赫胥黎的观点针对的是蜜蜂，而不是蚂蚁）："蜜蜂的社会和人类社会之间有着巨大的、根本的差别"，"蜜蜂究竟有没有感情，能否思考，这是一个不能武断地回答的问题。坦率地说，我倾向于认为它们只具有一

---

① Lafcadio Hearn, *Kwaidan*, Boston & New York: Houghton Mifflin & Company, 1911, p. 221. 《蚁》中小泉八云所引的斯宾塞观点基本出自《伦理学原理》(*Principles of Ethics*)，此句见于 Herbert Spencer, *Principles of Ethics-II*, New Yorker: D. Appleton and Company, 1898, p. 330.

② Herbert Spencer, *Social Statics*, London: John Chapman, 1851, pp. 441—442.

些最初级的意识。"①当代科学一般认为,蜜蜂、蚂蚁等社会性昆虫的自我牺牲及高效互助行为只是一种本能,还有的观点认为,这些昆虫其实不应该被看作是个体的集合,而应该是一个整体,不同的蚂蚁或蜜蜂执行的其实只是高级动物的细胞或器官的功能。因此这些无法独立思考和判断的昆虫,其本能性的"高尚"行为并不值得赞美,也很难将其经验植入人类社会。尤其是在经历过"现代病",见识过"反面乌托邦"图景的当代,人们更有理由质疑这种"完美"社会的价值。

但小泉八云的问题在于,他不但认可蚂蚁社会的"先进",而且认为蚂蚁是存在道德伦理体系的。在这篇文章中,他"想谈的是蚂蚁那可怕的适当,那惊人的道德。"②小泉八云显然继承了《关于蚂蚁的消息》中的看法,但如果认为蚂蚁存在道德,情况就完全不同了。因为作为个体的蚂蚁,不偷奸耍滑,不多吃多占,没有不满,没有抱怨,没有超出必要限度的休息,甚至完全没有娱乐,它们的生命完全为集体而存在,"高尚"已经成为了天性。这种表现如果不是本能而是道德的产物,那人类社会的落后自可见一斑了。这也就自然地引出了下一个问题:人类社会能否向蚂蚁学习,成为这样一种道德高尚的"先进"社会呢?

由此,小泉八云引出了斯宾塞的观点。斯宾塞对于昆虫社会的理想运行状态也非常赞赏,认为它给人类社会提供了一种范例,"最终,(人类社会)也会出现这样一种状态,利己主义与利他主义将变得协调一致,它们将相互融合,成为一体。"③但对于斯宾塞的这种美好愿景,小泉八云并不同意,这对于几乎是"盲目"崇拜斯宾塞的小泉八云来说,是非常罕见的一种表态,为此,他还专门进行了解释:

> 我最为崇拜赫伯特·斯宾塞,认为他是有史以来最伟大的哲学家。因此写下任何与他的教谕相反的东西我都会非常遗憾,而这点思考,读者可以想

---

① 赫胥黎:《进化论与伦理学》,《进化论与伦理学》翻译组译,北京:科学出版社,1971,第17—18页。

② Lafcadio Hearn, *Kwaidan*, Boston & New York: Houghton Mifflin & Company, 1911, p.222. 当谈到蚂蚁的道德时,小泉八云还做了一个有趣的注释,他注意到汉字"蟻"是由"虫"和"義"组成的,所以说"蟻"的意思就是合乎义理的虫子。小泉八云的这种说法当然不对(小泉八云不可能是原创者,这肯定是他接受的一种日本民间流传的说法),因为"蟻"是个形声字,"義"只是个表音的部件而已。不过小泉八云的这种说法很有代表性。西方学者往往将汉字看作表意文字,而不明白多数汉字也是表音的,即便有表意的成分也往往是在字源上,而不是在功能上,埃兹拉·庞德、雅克·德里达等都曾犯过这样的错误。

③ Ibid., p.236.

到,也是受他的综合哲学启发而产生的。因此以下的观点,都由我本人负责。如果有错误的话,也是我自己头脑的问题。①

那么,小泉八云的观点是什么呢?他认为:"那种完美的社会平衡状态在人类社会可以实现,但决不会完全实现,除非能够发现某种方法解决经济的问题,就像社会性昆虫通过对性生活的抑制得以解决一样。"②

我们不难看出,问题的根本在于,斯宾塞认为人类社会能够达到一种个人与社会协调一致的理想状态,而小泉八云则对此表示悲观。其实在这个问题上,两个人并不仅仅是一种判断的差异,他们的结论背后都有着自己的认识体系。斯宾塞的判断是在其进步指向的进化观影响下的一种社会理想,但这种理想并不是能够轻易实现的,它需要有诸多先决条件:"最终,伴随着人与社会完全适应的基本实现,伴随着社会进化调整的完成,伴随着人口压力的最终化解——这在最高形态的人类生活中一定是会出现的,一定也会出现这样一种状态,利己主义与利他主义将变得协调一致,它们将相互融合,成为一体。"③如前所述,斯宾塞的进化观是有进步指向的,用句通俗的话说,他相信道路是曲折的,但前途是光明的,社会必将从低级走向高级,由斗争走向协调。而且斯宾塞跟小泉八云不同的一点在于,他跟赫胥黎一样,不认为昆虫社会存在道德体系。"无论是蚂蚁或是蜜蜂,都无法设想它们具有我们所谓的责任的意识;也无法设想它们常年承受着通常意义上的自我牺牲。"④然而这种本能反应的低级阶段在斯宾塞看来,却恰恰是符合理想的最佳状态。因为蜜蜂、蚂蚁们不需要纠结和斗争,不需要克己和修炼,利他已经成为了本能,它们直接就进入到了斯宾塞观念中个人与社会关系的理想层面:"最高程度的个体化与最大程度的相互依存相结合","利己主义与利他主义相互融合,成为一体"。所以斯宾塞赞美社会性昆虫,坚信人类社会最终也会出现这样的理想形态。

而小泉八云却相信蚂蚁社会存在道德,当然,是比人类社会高得多的道德。但小泉八云也注意到一个事实:蚂蚁社会其实大致是一个处女社会。蚁后当然是雌

---

① Lafcadio Hearn, *Kwaidan*, Boston & New York: Houghton Mifflin & Company, 1911, p. 237.
② Ibid., p. 238.
③ Herbert Spencer, *Principles of Ethics-I*, New Yorker: D. Appleton and Company, 1896, p. 300.
④ Ibid., p. 301.

性,它专事生育;雄蚁数目极少,只供交配之用;而占绝大多数的劳动者——工蚁,则是一生只知勤劳工作的处女雌蚁。蚂蚁社会因为抑制了绝大多数成员的性生活,所以轻松解决了"人口问题",而人却不同。小泉八云作为一个进化论者的"极端"之处,主要在于他不认可斯宾塞人口平衡的观点,他的人口观大致是人口无限增殖,最终导致生存竞争,适者生存。所以他才说要实现斯宾塞期望的那种"完美的社会平衡状态","除非能够发现某种方法解决经济的问题,就像社会性昆虫通过对性生活的抑制得以解决一样。"人类社会既无抑制性生活的先天机制,在道德上与蚂蚁相比又远远不及,要实现蚂蚁式的理想社会当然是非常困难的了。

通过以上分析,我们会发现,小泉八云的理论和观念大致不出进化论思想(特别是斯宾塞式的社会达尔文主义)的框架,但有意思的是,因为不同的关注重点和思维方式,他与进化论者们——哪怕是他所崇拜的斯宾塞——得出的结论并不完全一致。这也再次提醒我们,所谓影响—接受云云,只能当作一种文化语境以备参考。

三、小泉八云的人口观与人种观

人口观是小泉八云进化论思想的重要组成部分,也是他判断社会问题、预测未来形势的一个基点。从小泉八云的叙述和引用大致可以判断,他人口思想的主要来源应该还是赫伯特·斯宾塞。斯宾塞的关于人口问题的观点主要集中在1852年发表的论文《人口论》和十余年后出版的专著《生物学原理》中[①]。斯宾塞的人口观中有马尔萨斯"人口过剩论"的影响,即认为人口增殖是几何级数的,而生活资料的增长是算数级数的,因此人口增长与生活资料的供应构成矛盾关系。在《人口论》中,斯宾塞就认识到:

> 众所周知,过度繁殖引起人口对生活资料的持续压力,而且,只要这种过度存在,压力也就不变。以目前和不久的将来的情况来看,毫无疑问,如果不受抑制的话,人口增长的速率要超过食物增长的速率。显然,多余人口的生存

[①] 在《生物学原理》中,斯宾塞的人口观主要集中体现在第六章"未来的人口"("Human Population in the Future")一节,这一节系由《人口论》修改发展而来。

需要是人类不得不生产更多生活资料的唯一动力。因为如果不是需求超过供应的话，也就没有增加供应的动力了。此外，这种超出供应的过剩需求，以及作为其表征的人口压力，是无法逃避的。虽然在人口压力大到一定程度的时候，移民可以部分和暂时地缓解压力，但通过这个过程，最终所有宜居的国家都会人满为患，那么接下来，不论如何，压力将会达到极限。①

但对于斯宾塞来说，人口压力并不一定就是坏事，因为"这种超出生活资料供应的不断的人口增长，会引起对于技术、才智和自我克制的永不停止的需求，因此，也就会引起这些方面的持续的训练和逐渐的进步"，所以，"在各个方面，人口压力都是初始原因。"②斯宾塞对于人口问题的结局是乐观的。在他看来，人类社会的人口问题最终将得到解决。因为人口压力会不断引起改善和进步，"在最终人类布满全球后，人们的智力发展到完全适应其工作的程度，人们的各种需求得到很好的满足，情感与社会生活完全适应，各个地方人们的文化发展到最高程度，在这些都达到之后，人口压力因为已逐渐完成了其使命，一定会逐渐走向终点。"③当然，斯宾塞预言的这种状态可能非常遥远，是一种终极的理想状态，但斯宾塞认为这种趋势是不可改变、可以预测的。不难看出，斯宾塞的人口观是与其进步指向性的世界观、历史观相配套的。

小泉八云的人口观虽受斯宾塞影响，却并不完全一致。1880 年 3 月 11 日，小泉八云在《消息报》上发表了《关于人口的理论和事实》("Theories and Facts about Population")，这篇文章所传达出的人口思想可以说是矛盾的。一方面，小泉八云注意到一个事实：1870 年以来，欧洲的"文明种族"(civilized races)如法国、德国、英国等，在欧洲总人口中所占的比例在下降。这也就意味着它们在生育水平上远远低于那些"野蛮的"民族，而另一方面，小泉八云又认为，"文明种族"由于更高的生产水平，应该可以供养更多的人口。那么为什么这些人口本应增殖的种族其人口

---

① Herbert Spencer, "A Theory of Population, Deduced from the General Law of Animal Fertility", *The Westminster Review* (57), 1852, p. 498.

② Herbert Spencer, *The Principles of Biology-II*, New Yorker: D. Appleton and Company, 1896, pp. 498—499.

③ Ibid., pp. 506—507.

第二章　小泉八云的社会思想与杂谈创作

比重却在下降呢？移民是一个可能的原因,但小泉八云并没有给出明确的答案。在此后的《远东的未来》之中,小泉八云则表达得更加清楚一些。《远东的未来》是小泉八云 1894 年 1 月 27 日在熊本五高对学生的一次讲演,同年 6 月,文章发表在五高的校刊《龙南会杂志》上。这篇讲演的主题其实并不是人口问题,而是东西方人种之间的竞争,但在小泉八云看来,人种的竞争其根本原因正是由于人口的增殖。在《远东的未来》中,小泉八云一开篇就列举了许多数字来说明西方各个民族巨大的人口增长,然而,"事实上,西方现在不能供养它自己。它的人口增长只是因为它找到了获得外部支持的手段。它的生命是人工的,严格说来是不自然的。……大部分欧洲人靠俄罗斯和世界上几乎所有其他国家供养。"①为了活下去,西方世界通过轮船、贸易、殖民地,也即工业化的各种成果造就的优势,逼迫其他民族供养它。

为了缓解人口增长的压力,西方社会需要向外移民,但移民的同时竞争也会加剧,所以移民并不能根本解决西方的人口问题。此外,生产的进步也是缓解人口压力的一种手段。在移民、进步等问题上,小泉八云几乎全面接受了斯宾塞的观点,甚至连具体的说法都非常相近:

> 进步既是西方的力量同时又是西方的弱点。人类进步是因为他们不得不如此——而不是因为他们喜欢斗争和劳作的痛苦。在那些人们无需劳作便可生存的国度,根本没有什么进步。所有这些了不起的发明,在科学上、艺术上、工业上——环绕世界的电报、数不清的铁路、使机械完美的数学的应用、产生无数新发现的化学的应用,这些都不过是生存需要的结果——也就是说,为了觅食。各种形式的进步之下,其原动力都不过是饥饿而已。这是永恒的真理。②

不难看出,小泉八云的人口过剩论显然是以斯宾塞思想为基础的,然而值得注意的是,二人相似的只是起点,他们的思路和结论却有着质的差别。

---

① Ichikawa Sanki ed. *Some New Letters and Writings of Lafcadio Hearn*, Tokyo: Kenkyusha, 1925, p. 387.

② Ibid., pp. 388—389.

斯宾塞认为人口压力是社会不断进步的源泉,而社会的不断和全面进步最终将解决人口压力问题①。小泉八云同样认为人口压力会引起社会进步,但他认为进步会传播和扩散,最终加剧竞争。弱势民族不可能永远甘于被压迫,他们也将学习"进步",使用西方的工业机械和西方的科技知识与西方展开竞争。最终,双方的工业都会持续扩张;东方和西方两边的人口也一定都会增长。但世界只能负载一定数量的人口——可能在二三十亿之间吧,竞争一定会持续。当这种竞争的激烈程度增加的时候,就变成了为占领全世界而斗争。那时,弱势的种族就必须退让。怎么退让呢?从地球上消失。②

所以,小泉八云跟斯宾塞一样,他也认为人口过剩问题最终能够得到解决,但不是通过进步,而是通过残酷的生存竞争。显然,小泉八云使用的论证方式是一个典型的社会达尔文主义三段论:人口过剩——生存竞争——适者生存,在将人类社会与生物世界相类比的残酷与冷静上,也即"极端"这一点上,他不但超越了斯宾塞,甚至比赫胥黎还要更进一步。

因此,在小泉八云这里,人口问题最终转化为人种问题,人口过剩的压力导致人种之间的竞争,那么最终谁将获胜呢?"当两个种族竞争的时候,如果智慧都在其中一方,当然是智慧的一方获胜,消灭或是取代愚昧的一方。当双方势均力敌的时候,结果就会是联合。但当这两个种族在智慧上不相上下,而在忍耐力和节俭度上差别巨大的时候,更能忍耐和节俭的种族必将获胜。"③日本人在维新之后的表现及中国人在商业上的精明使小泉八云相信,远东民族在人种素质上并不输于西方民族,然而西方人在食物、生活方式、教育等方面,其消耗远远大于远东民族,所以在"忍耐力和节俭度上"远东民族远胜西方,因此小泉八云断定,这场竞争最后的胜利者必将是远东民族——即日本或是未来的中国。

小泉八云关于人种竞争问题的观点,受到了厄内斯特·迈耶(Ernest Meyer)

---

① 斯宾塞所说的进步不仅仅指生产方式的进步,也包括人的道德水平的进步。生产的进步可以提供更多生活资料,而人的自我克制能够降低出生率,它们在两个方向上同时作用,最终将缓解并解决人口过剩问题。

② Ichikawa Sanki ed. *Some New Letters and Writings of Lafcadio Hearn*, Tokyo: Kenkyusha, 1925, p.396.

③ Ibid., p.396.

和查尔斯·皮尔逊(Charles Henry Pearson)的强烈影响。1887年4月3日,小泉八云在《民主党时报》发表过一篇《中国人的未来》("The Chinese Future"),这篇文章的内容主要是介绍厄内斯特·迈耶最新发表的一篇文章的观点。小泉八云只提到这是迈耶1887年3月19日发表在《政治与文学》("Revue Politique et Littéraire")杂志上的一篇文章,并没有提到文章的名字。实际上,这篇文章的名字相当惊人,叫做《××世纪中国人入侵欧洲》("L'Invasion Chinoise Et L'Europe Au XX Siècle")。文章中提供了许多数字,证明中国移民在世界各地尤其是西方世界有了显著的增长,然后又列举了许多数字,证明中国工人的生活消耗等远远小于从事同样工作的西方人,由此,作者得出了一个令人震惊的结论:在可以预见的将来,"欧洲会被中国缓慢而坚定地、悄无声息而兵不血刃地占领"①。迈耶的预言是一种典型的"黄祸论"式的观点,小泉八云虽为转述,但可以看出,他对于迈耶的观点基本是认可的。《远东的未来》中的基本观点和论证方法,与《××世纪中国人入侵欧洲》极为相似,显然是受到了迈耶的影响。

　　查尔斯·皮尔逊是英国人,历史学家,他最著名的作品是1893年出版的《民族生活与民族性格》。这本书中做了一个耸人听闻的预言,即中国人、印度人、黑人等有色人种将在未来取代西方"高等种族"的地位。皮尔逊的观点在19世纪末20世纪初的西方世界曾流行一时,"黄祸论"思想的传播跟皮尔逊的书有很大的关系。在《民族生活与民族性格》中,皮尔逊将人种分为两类,即"高等种族"和"低等种族",所谓"高等种族"当然是指白人、雅利安人,特别是英语民族,而"低等种族"则是指中国人、黑人等有色人种,而区分的唯一标准就是工业文明的发展程度。皮尔逊预言的立论基础主要有两点:一,以中国人为代表的"低等民族"有移民的倾向。二,西方人在不舒适的自然环境和低水平的生活条件下无法生存,而中国人等"低等民族"适应能力强。既然"低等民族"喜欢移民,又有超强的适应力,那么将来的世界自然要被他们占领了。其实皮尔逊并没有对"低等种族"做过什么调查,他唯一的根据大概就是他在澳大利亚担任殖民官员时看到的中国劳工了。低等种族的移民倾向和适应能力其实不过是生活所迫罢了,并非在生物学本质上有什么差异。

---

① M. Ernest Meyer, "L'Invasion Chinoise Et L'Europe Au XX Siècle", *Revue Politique et Littéraire*: *Revue Bleue*, Tome XXXIX De La Collection, Paris: Bureau Des Revues, 1887, p.372.

所以皮尔逊的观点基本是建立在现象描述和大胆想象之上的,缺乏可信的依据。他的立论基础完全是倒果为因的,根本不具备学术价值。然而皮尔逊这种观点的出现和流行并非偶然,它是19世纪末殖民主义势力由盛转衰时,以主人自居的西方人既狂妄自大又对未来充满忧虑的心态的一种体现。

小泉八云在《民族生活与民族性格》出版后不久就看到了这本书,并为之叹服。1893年8月,小泉八云在给朋友的信中说:"我向你推荐一本书,皮尔逊的《民族性格》,一本研究著作。他提出一个观点,未来不是属于白人的,不是盎格鲁-撒克逊种族的。考虑到白人那种消耗性的生活方式,更具消耗性的种族特性,我想这几乎是一定的。"[1]而1896年4月发表于《大西洋月刊》的《中国与西方世界》("China and the Western World")则几乎完全是建立在皮尔逊观点之上的,这篇文章的一半篇幅都在介绍皮尔逊的基本观点,并以此作为论证的依据。在文章中,小泉八云甚至说:"任何熟悉远东的人都无法成功地挑战皮尔逊博士的观点。任何反对他的著作的观点都无法提出立足于事实的论据。"[2]

显然,小泉八云是将皮尔逊的人种观念奉为圭臬的,然而,他与皮尔逊的观点虽然相近,出发点却并不相同。1893年9月,小泉八云在致友人的信中说:"我很多年来都有跟皮尔逊相同的结论,但我是通过不同的途径得出的。我在热带生活的经历告诉我,300年来的经验说明热带生活对于白人意味着什么;在美国的生活让我知道中国人那令人称奇的品质,而且让我知道西方文明和个人那巨大的消耗。"[3]

可以看出,对于"低等种族"的适应能力,小泉八云与皮尔逊有着共同的看法。但皮尔逊观点的基础是所谓"移民倾向",他认为"低等种族"喜欢移民,他们会侵入到西方人的领地,并因其超强的适应力逐渐将西方的"高等种族"排挤出去;而小泉八云的理论基础则是"节俭与忍耐",他认为由于西方工业化模式的传播,远东民族

---

[1] Elizabeth Bisland ed. *Life and Letters of Lafcadio Hearn-II*, Boston & New York: Houghton, Mifflin & Company, 1906, p.137.

[2] Lafcadio Hearn, "China and the Western World", *The Atlantic monthly*, Vol. 77, Issue. 462, Apr., 1896, p.462.

[3] Elizabeth Bisland ed. *Japanese Letters of Lafcadio Hearn*, Boston & New York: Houghton, Mifflin & Company, 1910, p.167.

第二章　小泉八云的社会思想与杂谈创作

将不堪忍受西方殖民者的剥削,起而竞争,而其生活需求远远小于西方民族,因而在生存竞争中远东民族最终将战胜西方民族。因此,小泉八云与皮尔逊之间最大的差别其实在于态度。皮尔逊基本就是一个种族主义者,他在西方殖民主义势力的尚未衰落的时候提出这种盛世危言,目的是希望引起西方人的警惕,及早应对未来的变化。此后的历史事实也证明了,虽然民族独立和种族平等打破了殖民者的统治秩序,但却并没有出现什么"低等种族"占领世界的问题,而且在某种程度上,所谓的"高等种族"们依然统治着世界。皮尔逊大致代表了西方世界民众恐惧、抵制外来移民,希望保护既得利益的心态。而小泉八云虽然也做了类似的预言,但作为西方民族的一员,他并没有感到恐惧和焦虑,他同情日本、中国的遭遇,甚至对远东民族的胜利有乐见其成的味道,因为他认为西方民族的生活消耗的确太大了。《远东的未来》一开篇小泉八云就说:"我希望从一个西方哲学家的立场出发,故而,不仅要讨论日本或是远东的未来,而且要讨论全人类。"[①]从心态的冷静、"客观"来看,小泉八云大致做到了这一点。

尽管在出发点和所持态度上有所不同,但小泉八云却与皮尔逊在结论上基本达成了共识。这其中最重要的原因就在于,他们都使用了社会达尔文主义的思维逻辑和论证方式。皮尔逊和小泉八云的共同问题在于,他们将种族间的不同表现夸大为种族间的生理差异,将种族间发展阶段的差异夸大为生物特性的差异,并机械地认为其不可改变。在《远东的未来》中,小泉八云断定:"没有一个西方民族能够按数以百万计的东方人生存的状态生存下去,他们会被饿死。他们的生存必需不仅仅是现代生活方式的结果,而是一种种族特性。就好比你用米养不了一只鹰,用草养不了一只狼,你用东方的食物养不活西方人。"[②]实际上,种种事实表明,不同种族尽管在生理上存在一定的差异,但绝对不是质的差别,尤其是生活方式,它更多地取决于自然条件、社会发展程度和文化模式,而非由生物特性决定。也正是由于这种逻辑基础的错误,皮尔逊和小泉八云的预言,在很大程度上都是不正确的。

[①] Ichikawa Sanki ed. *Some New Letters and Writings of Lafcadio Hearn*, Tokyo: Kenkyusha, 1925, pp. 383—384.

[②] Ibid., p. 398.

四、"预言家"小泉八云

小泉八云是个喜欢做预言的人,尽管其创作集中于纯文学,并没有太多机会表述自己的观点,但他依然做过不少预言。1881年,在《美国的艺术品位》①中,小泉八云盛赞美国艺术的进步,认为美国人通过学习,已经逐步摆脱了毫无艺术品位的尴尬地位,他预言要不了半个世纪,纽约也将像伦敦、巴黎一样,成为一个艺术中心。而在随后不久发表的《英语,未来的通用语言》②中,小泉八云则针对费斯克教授(John Fiske)关于英语将在20世纪末成为文明世界通用语言的说法表达了自己的看法。他认为随着殖民和商业的拓展,英语将会被越来越多的人使用,但由于存在许多竞争者和抵抗者,英语能否这么快成为通用语言尚存在变数。今天回过头来看,小泉八云对这些问题的预言还是比较准确的。但小泉八云对于预言的兴趣不仅限于文化领域,他对社会政治问题的兴趣要更大一些。

1878年,小泉八云发表了《大国的未来》③,预测英国的发展;1885年,他又关注起印度来,分析印度的现状,预测其未来发展④;1894年,他又预测了欧洲的未来⑤,当然,小泉八云最为关心的还是远东,也即中国和日本。1887年他就写过《中国人的未来》,来到日本之后,他又写了《远东的未来》、《柔术》("Jiujutsu")、《趋势一瞥》("A Glimpse of Tendencies")等文章,对日本的发展寄予厚望;中日甲午战争期间,关注时局的小泉八云密集发表了一系列文章。1894年10月15日,他发表了《战争之可能的一些结果》("Some Possible Results of the War"),同年11月12日,他再次预测《中国的未来》("The Future of China"),战后,他又发表《中国与西方世界》预测日本及中国的未来。

其实从预测水平来看,小泉八云实在算不上是个"预言家",至多是个爱好者。比如在《大国的未来》中,他关注英国的贫富分化和人口问题。他发现,财富的增长与人口的增长似乎并不总是协调发展的,也有可能反向而动。由于贫富分化,穷者

---

① Lafcadio Hearn, "American Art Tastes", *Item*, Sep. 30, 1881.
② Lafcadio Hearn, "English the Universal Tongue of the Future", *Item*, Oct. 23, 1881.
③ Lafcadio Hearn, "The Future of a Great Nation", *Item*, Dec. 31, 1878.
④ Lafcadio Hearn, "The Present and Future of India", *The Times Democrat*, Oct. 11, 1885.
⑤ Lafcadio Hearn, "The European Future", *The Kobe Chronicle*, Nov. 6, 1894.

愈穷,无法结婚、生育,要么只能背井离乡,移民出走;而富者愈富,他们世代居住在家乡,生儿育女,逐渐壮大。如此下去,英国的"富裕阶层将会成倍增长,而穷人将会大大减少,因为他们的生存境况将比现在还要百倍的艰难。"①百年之后,英国将成为一个百万富翁的国家,农民、仆人都要消失了。如今,距离小泉八云的预言已经过了百年,我们并没有在英国看到这样的图景。再如《印度的现在与将来》,小泉八云分析了印度的经济、政治、人口、军事等现状,而对印度的未来,他并不抱多少希望,他认为印度即便是有所变动,"这震动也很难让印度从它的百年昏睡中惊醒过来,也许有一刻,它那古老的心脏会跳快那么几下,然而之后,它又会再次沉落到那五千年的睡梦中去。"②在后来的《战争之可能的一些结果》中,小泉八云提到:"有些人说印度给人们提供了证据,即处于西方统治下的东方人,无法真正接受科技文明,或是团结起来反抗任何外来统治。"③对这种说法,小泉八云并不同意,而他不同意的原因只是中国与印度不同,所以不能说东方人都是如此,而对于印度本身,他并没有为之回护的意思,可见小泉八云对于印度的未来是不抱希望的。然而小泉八云没有想到,他认为沉寂、昏睡的印度人民,后来居然也能团结斗争,最终获得了民族独立。

当然,某些预言的失败并不意味着小泉八云的这类创作毫无价值。首先,他对于社会历史趋势,尤其是远东地区未来的许多判断已经为历史所印证,考虑到小泉八云只是一个关心时政的普通文人,他的直觉之敏锐令人惊叹;其次,小泉八云自己也知道预言未来,尤其是云诡波谲的政治局势是非常困难的事情,所以他的多数预言文章并不做具体的、明确的预测,而只是提供一种思考和判断;再次,所谓预言,更多体现的是人们对于现状的一种分析,只有对现状的分析正确,才能预判未来的趋势。小泉八云的预言文章,虽多名为"未来",但他更关注的其实是"现在",比如在《欧洲的未来》中,小泉八云只是指出国家间依存度越来越高,战争压力不断

---

① Lafcadio Hearn, "The Future of a Great Nation", in Albert Mordell ed. *Occidental Gleanings-II*, New York: Dodd, Mead & Company, 1925, p.116.

② Lafcadio Hearn, "The Present and Future of India", in Ichiro Nishizaki ed. *Oriental Articles*, Tokyo: Hokuseido Press, 1939, p.100.

③ Lafcadio Hearn, "Some Possible Results of the War", in Makoto Sangu ed. *Editorials from the Kobe Chronicle*, Tokyo: Hokuseido Press, 1960, p.17.

增加，社会主义、无政府主义等思潮风起云涌等现状和趋势，至于那种趋势将成为未来的主流，他并没有贸然给出答案。可以说，小泉八云的这些预言虽然有许多并没有应验，但对我们分析小泉八云思想观念及其模式依然有着极高的价值。

在小泉八云的这类作品中，最有价值的仍然是他对远东局势的分析和预测。小泉八云在欧洲时就有一个东方梦，所以他对于远东（那时主要是中国）有着特别的兴趣。但由于没有实际体验，他只能在文本中接触东方，所以也没有什么特别的见解。然而赴日之后，对日本的了解日渐加深，尤其是1894年中日甲午战争爆发，远东的局势对于小泉八云来说再也不是纸上谈兵了，而变成了可能影响其切身利益的活生生的体验。在这种境况下，小泉八云也开始关注时政，并发出了自己的声音。

对于远东局势的长期趋势，小泉八云的观点一直没有变化，他在许多不同的文章中都表达过与《远东的未来》相似的观点，即由于远东民族在种族特性上的勤俭，最终将在种族间的竞争中战胜西方民族。比如在《柔术》中，他说："西方民族可能会同样地消亡——因为他们生活的消耗太大。在到达顶点之后，他们可能会从这个世界消失了，被更适于生存的人们取代了。"① 在《中国与西方世界》中，他又说："西方种族可能已经近乎耗尽了继续发展的能力，甚至可能像那些灭绝的种族一样，注定要消失。我们自然会设想，未来将属于远东民族。"② 正是由于这种观念，所以小泉八云相信，"日本的贫困就是它的力量，而富裕将来可能就是衰弱的根源。……只要日本保持它的朴素就会强大，如果接受了外来的奢侈观念就会衰落。"③

当然，小泉八云并非只有这样一种基本观念，对于许多具体问题，他也有自己的看法。比如在《趋势一瞥》中，小泉八云就对未来的日本做出了这样几点预测：首先，在身体上，到了下世纪末的时候，日本人一定要比现在强得多了。因为在教育

---

① Lafcadio Hearn, "Jiujutsu", *Out of the East*, Boston & New York: Houghton, Mifflin & Company, 1895, p. 314.
② Lafcadio Hearn, "China and the Western World", *The Atlantic monthly*, Vol. 77, Issue. 462, Apr., 1896, p. 464.
③ Ichikawa Sanki ed., *Some New Letters and Writings of Lafcadio Hearn*, Tokyo: Kenkyusha, 1925, pp. 400—401.

中对青年加以身体训练,营养提高,结婚延迟,所以日本人身体素质的提高是可以期待的。相应的,日本人智力也将得到大大的提高。然而小泉八云认为,日本人的道德却可能不会有进步,甚至可能发生相反的变化。这是因为旧道德体系的消亡,而现代化造成了竞争加剧,生活困难,所以道德水准反而可能会下降。此外,日本人诸多方面都会受到西方的影响,比如日语可能会受到英语的影响,发生许多变化。

《趋势一瞥》是小泉八云根据神户租界的所见而写的。相比于松江乃至熊本,神户作为开放口岸,有着更多的"洋味",也就意味着它的现状更能预示欧化中的日本的发展趋向。在情感立场上,小泉八云是同情、倾向于日本的,但面对日本的现代化图景以及在预测日本通过学习西方而能够在竞争中战胜西方(主要指商业上)时,小泉八云并没有多少欣慰的感觉(今天来看,小泉八云在《趋势一瞥》中对日本的预言是非常准确的)。因为在这场无奈的进化中,他更珍爱那些失去的东西。所以在文章结尾的地方,小泉八云说:

> 或许到了20世纪,日本回忆起它的外国教师时会感到更加亲切吧。但它对西方不会像在明治时代之前对中国那样,抱着一种古礼中对敬爱的导师那样的崇敬。因为中国的知识是它主动寻求的,而西方的却是因暴力而强加的。日本将会有自己的基督教宗派,然而当回忆起我们英美的传教士的时候,它甚至不会有今天忆起那些曾在古时给予教谕的中国高僧那样的感情。它不会将我们留存的遗物,用丝绸小心地层层包裹,放在精美的白木盒里,因为我们没有什么关于美的新教谕给它,更没有什么东西能通过这种教谕打动它的感情。①

第二节 小泉八云的教育观

一个很容易让我们忽视的事实是,小泉八云其实并不是一个职业作家。他做得最久的职业是记者、编辑,其次就是教师。在日本的十四年中,除了前后两段赋

---

① Lafcadio Hearn, *Kokoro*, Boston & New York: Houghton, Mifflin & Company, 1896, p.154.

闲期和在神户《纪闻》担任编辑的短暂时间之外,小泉八云的主要时间和精力都投入到了教育事业之中,而且从初中、高中教到大学,接触过形形色色的学生。故此,小泉八云的教育思想,自然也应当引起我们的关注。

小泉八云关于教育的文字表述,数量并不算少。他在美国时期的杂论包罗万象,当然会涉及教育问题,而在日期间对教育问题的关注,则主要发表在《纪闻》上。

早在《消息报》时期,小泉八云就已经开始关注教育问题。1878年12月6日,他发表了《教育训练中的想象》("The Imagination in Educational Training")一文。当时的小泉八云大概不会想到,这篇文章居然在他后来的教育生涯中,派上了大用场。1890年10月26日,小泉八云受邀到"岛根县私立教育会"做过讲演。初抵松江,尚未站稳讲台的小泉八云为此做了精心准备,这次长达三个小时(包括翻译的时间)的讲演的题目叫做《想象力的价值》("The Value of the Imagination as a Factor in Education"),其底本就是当年发表在《消息报》的文章。但《教育训练中的想象》一文严格说来其实只是一篇评论,是针对葛逊(George T. Goschen)名为《想象的文化》("The Culture of Imagination")的讲演而发的①。文中,小泉八云认同葛逊的观点,即当世的教育越来越繁难,若不运用想象的能力,学生无法掌握诸多枯燥的知识。"仅仅是过去半个世纪科技和学术的巨大进步,就足以让我们认同在思想训练中培育想象、借助想象力加强记忆那无法估算的价值。"②所以好的学生一定擅用想象力,而好的教师或作者也一定会在枯燥的事实中加以想象的润饰。

除了想象力,小泉八云还探讨过其他的教育问题。在《体育》③中,他建议父母们遵从自然规律,让儿童多多玩闹,以锻炼身体。在《对待儿童的态度》中,他希望父母不要将儿童当作傻瓜,"我们应该像对成年人那样耐心地对待他们,切实坦白地回答他们的疑问,鼓励他们去探寻一切我们所能给予的知识,而不是教他们保持

---

① 准确地说,这篇评论是为Atkinson的一本小册子 *On the Right Use of Books* 而发的,但小泉八云认为Atkinson的文章毫无价值,倒是文中对Goschen的引述还值得一观,所以评论的主题是Goschen的讲演。
② Albert Mordell ed. *Occidental Gleanings-II*, New York: Dodd, Mead & Company, 1925, pp. 3—4.
③ Lafcadio Hearn, "Physical Education", *Item*, May. 3, 1880.

安静,停留在无知之中。"①应该说,彼时的小泉八云虽没有孩子,但在儿童教育的理念上,他已走在了时代的前面。

1884 年,小泉八云在《科学与教育》②中指出了科学教育的重要性,他预言,未来的教育体系为了适应科学的发展,一定会发生重大的变革。而在《脑中的词典》和《语言学习中眼与耳的作用》③中,小泉八云介绍了法国语言学家米歇尔·布雷亚(Michel Breal)在外语学习研究中的一些新的研究成果。那时的他大概不会想到,若干年之后,他居然会成为一名英语教师,这两篇文章,或许对他的教学还有过启发吧。

1886 年 3 月 28 日发表的《德国的过度教育》,大概是这类作品中最有意思的一篇了。这篇文章名为教育,其实讨论的还是文学问题。文章开篇从德国作家恩斯特·埃克斯坦(Ernst Eckstein)的一篇文章谈起,埃克斯坦在这篇文章中提出了一个发人深省的问题,为什么德国文学在世界上缺乏影响力?不仅如此,即便在德国本国,法国文学也取得了显而易见的胜利。埃克斯坦对此的解释是(德国人)缺乏爱国心,而另一位德国作家则试图从文学的生产流通体制上找原因,但这些解释小泉八云认为都是隔靴搔痒,"虽然我们不太敢断言,但可以推定,德国通俗文学的孱弱是过度教育的结果。"④对其原因,小泉八云是这样解释的:

> 一个诗人,一个小说家,越是能够表现强烈的情感就越是成功,而高深的学术则倾向于压制情感流露。对于哲学家来说,激情是愚蠢、微末的事,而对于科学家来说,则只是一种生理现象。但对于诗人或是小说家来说,只有致力于这些微末之事或是生理现象才能获得成功,而且还须真诚、努力才行。⑤

而德国的过度教育,学生身上背负的巨大压力,显然破坏了文学生长的土壤。

---

① Lafcadio Hearn, "Treatment of Children", *Item*, Mar 1, 1881, in Ichiro Nishizaki ed. *Buying Christmas Toys and Other Essays*, Tokyo: Hokuseido Press, 1939, p. 70.

② Lafcadio Hearn, "Science and Education", *The Times Democrat*, Mar. 11, 1884.

③ Lafcadio Hearn, "The Mental Dictionary", *The Times Democrat*, Nov. 16, 1884; "Use of the Eye or the Ear in Learning Languages", *The Times Democrat*, Apr. 11, 1885.

④ Lafcadio Hearn, "Over-Education in Germany", in Charles W. Huston ed., *Editorials*, Boston & New York: Houghton, Mifflin & Company, 1926, p. 332.

⑤ Ibid., p. 333.

小泉八云针对德国教育和文学所发的这通议论，与他一以贯之的浪漫主义文学观是一致的。小泉八云认为文学是情感、想象的产物，好的作品出自天才，靠教育产生不了大诗人、大作家。关于这一点，在本书第四章将有更为详细的论述。

在美期间，小泉八云对于教育问题的关注只是随性而至，大多因别人的议论有感而发，还说不上什么教育观，真正较为深入地探讨教育问题，还是在赴日之后。当然，早在新奥尔良世界工业博览会期间，小泉八云就曾注意过日本的教育状况。在1884年12月16日开幕的这次博览会上，小泉八云第一次有了与活生生的东方正面接触的机会，他对日本展区特别感兴趣，还写过几篇文章进行报道，这其中就包括日本的教育展。据小泉八云自己说，他花了好几天的时间去看展览，并通过日本外务省官员服部一三了解了一些情况。后来，这篇名为《东方珍奇》("Some Oriental Curiosities")的文章发表在1895年3月28日的《哈珀斯巴扎》上。在文章中，小泉八云介绍了日本教育展品的大致状况，比如教科书、出版物、乐器、教具、绘画、服装等。不难看出，日本人的精心展示给小泉八云留下了良好的印象。最能打动他的，是日本时任文部卿（教育部长）大木乔任将日本音乐与古希腊做比较的观点（这种思维模式后来也被小泉八云屡屡使用），以及在学校中教授传统乐器的行为。小泉八云赞叹说："看来日本人民在吸收欧洲教育体系关于音乐的精华时，也没有让自己的民族艺术荒废。"[①]这种在现代化进步的同时保存传统文化的努力特别贴合小泉八云的思想，可以看出，此时的小泉八云对日本和日本人都充满了好奇和赞赏。但在真正赴日，尤其熟悉日本的国情之后，小泉八云对日本教育状况的评价，就变得复杂起来。

长期担任英语教师的小泉八云自然会关注日本的英语教育问题，例如发表在神户《纪闻》上的《日本的教育政策》[②]就是探讨这个问题的。小泉八云这篇文章的主旨，就是支持日本政府逐渐走向收缩的外语教育政策，反对在日本进行强制的外语（主要是英语）教育。小泉八云的理由主要有两点：一是以现有的师资力量、学生水平、教学条件等，根本达不到好的教学效果，白白浪费时间和精力；二是学生的学

---

① Lafcadio Hearn, "Some Oriental Curiosities", in Albert Mordell ed. *Occidental Gleanings-II*, New York: Dodd, Mead & Company, 1925, pp. 226—227.

② Lafcadio Hearn, "Japanese Educational Policy", *The Kobe Chronicle*, Oct. 17, 1894.

业压力太大,严重影响了学生的健康。所以总体来说,小泉八云支持日本政府将外语由必修改为选修的办法。如果对小泉八云进行深入考察我们就会发现,他并非因为刚刚转职成为编辑,立场超脱才有这番言论,在松江、熊本期间他因亲身观察,早就提出过类似的意见。在松江时代的《英语教师日记》("From the Diary of an English Teacher")中,小泉八云发现,相比于欧美学生,日本的学生课业负担实在是太重了。他们除了学习本国繁难的语言文字,还得接受各种各样的科学教育。"最糟糕的是,他还必须得学英语——对那些连本国语言的语法都不甚了解的人来说,很难想象这种语言对于日本人来说有多难。英语跟日语是如此不同,就连最简单的短语也无法明白晓畅地直译甚至意译为英语。"①而且日本学生是在生活清贫的状态下承受这些学业重担的,所以有不少学生体弱多病,乃至死亡。在熊本,小泉八云同样见证了类似的情况,所以他在给张伯伦的信中抱怨说,学生的英语水平太低,"我不认为英国文学课对他们有什么价值"②。

小泉八云对于日本教育问题的思考,集中体现在《日本试解》的《公办教育》("Official Education")一章中。小泉八云认为,国民性的形成与公办教育的熏染有莫大的关系。而当时日本的公办教育体制,基本都是欧化的。"从幼儿园到大学的整个教育系统看起来是非常现代的,然而在思想和情感上,这新式教育的效果却跟人们的预想有好大的差距。"③也就是说,西式的教育并没有教育出西方化的学生,日本学生们的状态,还是带着非常大的旧式遗存。

小泉八云注意到,在西方,人们往往对儿童颇为严厉,要求他们在人生的初期就明了许多是非对错的原则,而后随着年龄渐长,理性成熟,社会对个人的要求反倒越来越宽容,从而培养出独立而富于个性的人格。而在日本,情况恰恰相反。孩童时期人们所受管束较少,而年纪渐长则受到的社会压制越深,所以尽管受到的是西方化的教育,但学生们走上社会之后,很快就安然而圆熟地扮演起社会安排的角

---

① Lafcadio Hearn, *Glimpses of Unfamiliar Japan-II*, Boston & New York: Houghton Mifflin Company, 1894, p.454.
② Elizabeth Bisland ed. *Japanese Letters of Lafcadio Hearn*, Boston & New York: Houghton, Mifflin & Company, 1910, p.165.
③ Lafcadio Hearn, *Japan: An Attempt at Interpretation*, New York: The Macmillan Company, 1904, p.399.

色来。这种结果仍然是因为国民性,从武士时代遗留下来的服从、忍耐、克制、牺牲的精神。

所以现实的情况是,一边是学生因为快速西化的教育,不得不一股脑地接受许多闻所未闻的西方知识,背负着沉重的负担;而另一方面,随之而来的西方化的思维方式并没有影响日本人的国民性,社会依然按照旧有的轨迹运行。当然,按照小泉八云的想法,日本固有的传统思想和道德,是非常美好的,能够保存它,是日本的一件幸事。而西方化的教育,却是日本教育的灾难:

> 我可以大胆说,多数教育部门的丑闻和失败都是由于政治对于现代教育的干涉,或者说是由于生搬硬套与传统道德经验完全抵牾的外国方法造成的。当日本纯真对待它的传统道德理想时,它做得很好,而当它毫无必要地远离这些道德的时候,不幸和麻烦就接踵而至了。①

不难看出,小泉八云对日本教育的看法与他的日本观如出一辙,他厌恶西化,希望保存"老日本"的道德与美。但矛盾在于,这种情感上的偏心病并没有严重到一叶障目,令他失去理智的地步。1894年,小泉八云在《纪闻》上发表了《日本女性与教育》。这篇文章是因松江的女子师范学校将被停办的消息而写的,小泉八云曾在那里带过课,对于这个消息自然会有所感触。值得注意的是,小泉八云在情感上其实是推崇旧式日本女子的。他认为那种优雅、坚忍,为了责任愿意自我牺牲的理想日本女性只能由家庭教育产生,而西方化的学校教育不但不能产生这样的理想女性,反倒是在破坏这种传统。但即便如此,面对守旧势力停办学校的消息,他并没有为之兴奋,而是理性地对未来日本女性的独立给予了肯定的预测,他判断旧式教育一定会消亡,女性一定会在日本的教育体系中重获她的位置。他说,旧式的家庭女子教育"它的美可能的确令人惋惜——因为它能创造出一种我们曾见过的世上最美好的女性典范,但一个更加忙碌、更加无情的时代的需求注定了它的命运。"②所以我们在分析小泉八云的教育观乃至日本观的时候,也当作如是观才好。

---

① Lafcadio Hearn, *Japan: An Attempt at Interpretation*, New York: The Macmillan Company, 1904, p. 418.
② Lafcadio Hearn, "Japanese Women and Education", in Makoto Sangu ed. *Editorials from the Kobe Chronicle*, Tokyo: Hokuseido Press, 1960, p. 170.

第二章　小泉八云的社会思想与杂谈创作

第三节　小泉八云的女性观

小泉八云因游记和怪谈而闻名,女性并不是他笔下最为重要的话题,但他谈论女性、表述自己女性观念的文章并不算少,足够我们为他的女性观梳理、勾勒出一个框架。总体来说,小泉八云对于女性是尊重和同情的,而作为一个浪漫主义者,他也大致继承了浪漫主义文学女性观的两大特色:女性崇拜和对女性(尤其是异国女性)的审美关注。

一、小泉八云对女性的基本观念

用今天的眼光看来,小泉八云的女性观在同时代人之中,算是较为先进的。他尊重、同情女性,支持男女平等和女性的独立。这在19世纪末的西方社会,虽不能说是凤毛麟角,至少也算先锋了。而且小泉八云对于女性的同情和尊重是一以贯之的,从初入文坛到功成名就,无论是在美国、西印度群岛,还是在男尊女卑更为严重的日本,无论是对西方妇人,还是对有色人种、东方女性,他的态度并没有太大变化。

1875年,在《古代世界的娼妓》[①]一文中,小泉八云记录了一个被警察逮捕而自杀的年轻妓女,并由此开始回顾崇拜爱神阿芙洛狄忒的古代塞浦路斯的"圣妓"盛况,抚今追昔,对娼妓的同情之状溢于言表。在1879年发表的《自立的妻子》[②]中,他极力支持妇女婚后继续工作,自食其力,认为妻子们如能自立,便不用受制于恶夫,更有助于提高妇女的地位。因此"这不是一个经济问题,而是一个道德及大众福祉问题"[③]。次年,他开始关注家庭暴力问题,发表了《防止虐待妇女》[④],呼吁通过立法等手段,阻止在婚姻乃至同居关系中对妇女的虐待。赴日之后,虽然由于创作形式的改变,他已经很少直接表述自己的观点,但从神户《纪闻》报工作时期发

---

① Lafcadio Hearn, "The Demi-Monde of the Antique World", *The Commercial*, Nov. 28, 1875.
② Lafcadio Hearn, "Self-Supporting Wives", *Item*, Nov. 17, 1879.
③ Lafcadio Hearn, "Self-Supporting Wives", in Charles W. Huston ed. *Editorials*, Boston & New York: Houghton, Mifflin & Company, 1926, p.74.
④ Lafcadio Hearn, "Prevention of Cruelty to Women", *Item*, Apr. 6, 1880.

表的文章,我们依然可以看出他对女性问题的关注。在 1894 年 11 月 9 日发表的《男女平等问题》一文中,小泉八云反驳了"女性没有天分"的说法,他认为从本质上说,女性在各方面并不劣于男性,但作为一个母亲、妻子,她有太多的负担阻碍她实现自己的天分,所以"两性之间的主要差别并非源于遗传天分有任何本质差异,而在于角色分工的不同"①。

  综上所述,我们大致可以看出,小泉八云对于女性抱以同情和尊重,支持男女平等。这大概出于他同情弱者,渴求公平的原则。当然,对于小泉八云的女性观,我们也不必太过拔高,他的思想中不可避免地也带着那个时代的印痕。最为突出的是在妇女参政问题上。1879 年,他在新奥尔良的《消息报》上发表了两篇文章——《妇女在政治上的影响》及《女性选举权》——反对妇女介入政治。一方面,出于进化论思想,小泉八云承认女性参政的趋势,而另一方面,他又对此表示不安和反对。他认为女性是感性的,男性则受到理性的指引,暗示女性的政治能力弱于男性。但同时,他又认为女性尤其是"美丽的女性拥有比理性、坚定、信念、恐惧、爱国主义和原则更加强大的力量,即性的力量,颠倒众生的天赋"②。所以"一个邪恶而美丽的女性——她大胆,有远见,意志坚定——产生的影响,可能比一打黑帮的联合或是一百个野心家的贿赂危害更大"③。这种将男女差别化对待的观点显然与他后来的男女平等观念不符,在逻辑上也自相矛盾:远比女性理性、坚定的男子们又何惧邪恶女性的诱惑呢? 小泉八云的这种观点显然是当时社会上流行的反对男女平权思想的一种反应,也暴露了男性中心主义的一个隐秘:即他们对于天然获得的所谓男性优势其实在内心深处并没有多少自信。

  当然,我们也必须看到,这两篇文章发表于小泉八云的创作早期,它们可能只是代表了小泉八云女性思想的一个阶段;而且在那个年代、那个社会,这种观念其实是一种主流。它们的出现并不能否定小泉八云总体上对于女性的尊重和同情。

---

  ① Lafcadio Hearn, "The Question of Male and Female Equality", in Makoto Sangu ed. *Editorials from the Kobe Chronicle*, Tokyo: Hokuseido Press, 1960, p. 130.
  ② Lafcadio Hearn, "Women Suffrage", *Item*, Jun 16, 1879, as cited in Edward Larocque Tinker, *Lafcadio Hearn's American Days*, New York: Dodd, Mead and Company, 1924, p. 55.
  ③ Lafcadio Hearn, "Influence of Woman in Politics", *Item*, Mar 22, 1879, in Ichiro Nishizaki ed., *Buying Christmas Toys and Other Essays*, Tokyo: Hokuseido Press, 1939, p. 127.

二、女性美的关注

人类对于女性美(笔者在此只讨论作为身体的女性之美,至于宽容、温柔、贤淑等"内在"的女性美,是否属于审美范畴尚可讨论,故不涉及)的关注,其实是一种很自然的现象。当然不能排除在女性身上可能确实存在着可供审美的因素(为免堕入美的主观性、客观性争论的无解之争,对此恕不评价),但必须承认,所谓的"女性美",其背后的主要驱动力就是性欲。正如伏尔泰所说:"如果你问一个雄癞蛤蟆:美是什么?它会回答说,美就是他的雌癞蛤蟆,两只大圆眼睛从小脑袋里突出来,颈项宽大而平滑,黄肚皮,褐色脊背。"①即便是针对同样的"女性美","美的标准往往也因性的情绪而又变迁;一个不相干的人所认为不美的许多东西,一个在恋爱状态中的人却以为是美的,他的恋爱的情绪越是热烈,他的通常的审美的标准越容易起变化。"②可资证明的一点是,女性最令人称颂的"美"之所在,大致也就是性征和性感带(当然在区域和程度上并非一一对应),即便是少数令人称奇的爱好,如中国古代文人对于金莲的称颂,也尽可以用性欲的偏离来解释。因而与之相对,其实也存在着对于男性的审美。这在许多国家、民族较早流传下来的文学、艺术中都可以得到佐证。但由于女性相对于男性,其性欲的表现要被动和隐蔽一些;此外许多文化中对于男性的审美,与男风盛行有着或多或少的关系,但中世之后,男风逐渐不为世之所容;而更重要的是,由于父系社会秩序建立之后男女间权力关系的确立,所以到了近代,女性美似乎也就成为了唯一的人体之美。

按照萨特的哲学,我们平常所说的"看"与"被看"之中,其实隐藏着自我与他人这样的重大命题。我本是一个"自为的存在"(Self for Itself),有着主体性与自由,但当他人看③我时,"他人的注视包围了我的存在","我没于这一切工具性事物而存在,它们把原则上脱离了我的一面转向别人。这样,我就是一个没于流向别人的世界,相对别人而言的自我"④。也就是说,在这种注视中,我失去了主体地位,被

---

① 见北京大学哲学系美学教研室:《西方美学家论美和美感》,北京:商务印书馆,1980,第124—125页。
② [英]蔼理士:《性心理学》,潘光旦译,北京:生活·读书·新知三联书店,1897,第47页。
③ Le regard,萨特哲学术语,在法语中本是一个常用词汇,相当于中文的"看",英文译为 the Look,中文一般译为"注视"。
④ [法]萨特:《存在与虚无》,陈宣良等译,北京:生活·读书·新知三联书店,2007,第329页。

他人实现了自由,变成了一个"自在的存在"(Self in Itself),一个客体,一个工具,一种属性,我失去了我的自由。因此,如果运用萨特的观点,女性审美中的许多现象就很容易得到解释。比如今日的女性审美,其核心就是男人"看"女人。所谓"选美",向来只选美女,而无美男;一提到所谓"人体艺术",大众在头脑中出现的就只是裸女的形象,裸男就不算"艺术"。其实这一切背后真正的原因在于,今日这种女性美的格局,实际上是男性对于女性的统治秩序的表现。女性美无论以何种高雅面目出现,最终是女性被客体化、物化,被消费的一种表现。

当然在文学艺术中也存在着一种特殊的女性审美,即对女性美的神圣化,最典型的比如但丁笔下的贝阿特丽采,或是金庸笔下的香香公主,这些形象表面看来似乎与性欲无涉,而且她们的美超凡入圣,有令俗人"放下屠刀,立地成佛"之功效。但从本质上说,这种类型的女性美,只不过是在基于性欲的女性审美之上又加以女性崇拜罢了,一加一并不大于二。

对于小泉八云来说,女性美一直是个重要的话题。1874年10年18日,他在辛辛那提的《寻问者》报上发表了《裸体之美》("Beauty Undraped"),描述了一个为画室工作的裸体女模特。这个女孩有着惊人的美丽,但她个性独立,来去无踪,对男人不感兴趣,可以说是个带有几分神秘色彩的"无法接触的女人"。在这篇文章中,小泉八云就表达了对于女性美的强烈兴趣。1878年8月25日,他在《消息报》上发表了《白肤女人与黑肤女人》("Fair Women and Dark Women"),对白肤女人与黑肤女人(主要是指人种上的差异)进行纯粹的审美对比。他认为:"白肤美人引起敬畏,就像诸神那种沉静的美,而黑肤美人——除了最典型的东方美人——则只会引起爱意。"[1]九月份,小泉八云又发表了《美的学校》("A School of Beauty")[2],由一则伦敦有人创办淑女学校的新闻引发,大谈女性之美。与此相类似的是他1881年发表的另一篇文章《选美奖金》("A Prize for Beauty")[3],同样由一则马戏团悬赏一万元奖金选美的新闻引发,纵谈女性美的历史。最有意思的一篇文章是1881年5

---

[1] Lafcadio Hearn, "Fair Women and Dark Women", in Charles W. Huston ed. *Editorials*, Boston & New York: Houghton, Mifflin & Company, 1926, p.36.

[2] Lafcadio Hearn, "A School of Beauty", *Item*, Sep. 17, 1878.

[3] Lafcadio Hearn, "A Prize for Beauty", *Item*, Apr. 25, 1881.

月 21 日发表于《消息报》的《女与马》("Women and Horses")。在这篇文章中,小泉八云提出了一个有趣的问题,即怎样才能发现一个真正的美女? 因为街上的妇人们有各种各样的作假手段和装扮使自己显得更加漂亮,那么怎样才能披沙拣金,去伪存真,发现真正的美女呢? 小泉八云提出,相女如相马,此事若认真观察还是有迹可寻的,并且他真的提供了一些相女的标准,比如美女个子要高,要丰满,要有怎样的肩膀,怎样的四肢,怎样的步态,怎样的头型,怎样的脖颈,等等。当然,小泉八云在这篇文章中对于女性表现出的更多的是情欲,而不是恶意,至多算是一种男人中流行的恶趣味而已;而且他也提到,启发他将女人与马联系起来的,是法国人傅立叶。但无论如何,这种将女性与动物——尤其是被人饲养与骑乘的马——进行赤裸裸类比的做法,显然过分直白地揭示了男性对于女性的统制秩序。即便是对女性报以同情的小泉八云,亦不能免俗。要考察小泉八云笔下对于女性美的描写,这样一种社会氛围和思想背景恐怕是不能忽略的。

三、"永恒的女性"

在小泉八云的思想体系中,有一个词很重要:"永恒的女性"(Eternal Feminine)。他从创作初期就不断提及这个概念,赴日后更以《永恒的女性》为题写过一篇专论,至今还为研究者所关注。可以说"永恒的女性"是小泉八云女性崇拜思想的极致,也是进入其思想深处的一把钥匙。

所谓"永恒的女性"其实并不是小泉八云的创造,它在西方的确是一个久已流行的概念。"Eternal"绝不是一个普通的形容词,它除了我们所说的永远的、永恒的之外,还有神圣的、不朽的、终极的、本质的等意思,如果直接说"The Eternal",那指的其实是上帝,若说"The Eternal City"就只能是指罗马。所以"Eternal Feminine"这个词带着很强的宗教、神圣的色彩。它在很大程度上与圣母崇拜有着密切的关系,昭示着圣母对世人(男人)的拯救。比如在歌德的《浮士德》中,最终拯救众生的,就是仁慈的圣母,而全剧也在"永恒的女性,领我们飞升"[①]的合唱中结束,这也是"永恒的女性"最为著名的一个出处。所以"永恒的女性"应该是伴随着中世纪之

---

① [德]歌德:《浮士德》,钱春绮译,上海译文出版社,1989,第 737 页。德文原文为"Das ewig-weibliche zieht uns hinan",英文译本为"The eternal feminine draws us upward"。

后的女性崇拜兴起的,而不可能早于这个时期。

在西方社会的漫长历史中,女性一直是附属于男性的所谓"第二性"。但与此同时,在西方社会中还存在着一种与此矛盾的现象——女性崇拜。它将温柔、贤淑、宽容、坚忍、博爱等特质与女性相连,进而神圣化,提升到一种脱离凡尘的程度。它赞美女性的身体美,排除了女性身体所具有的动物性、凡俗性,将其从普遍意义的美中抽离出来,供在神坛上,成为一种供人膜拜的圣物。这种女性崇拜与生活中更加普遍存在的对女性的虐待、压迫、歧视、贬抑共存,不免令人惊诧。

对女性的关注乃至崇拜,其实古已有之,而且是人类社会的一个共通现象。但原始社会的"女性崇拜"风俗严格来说其实是生殖崇拜的表现。因为它崇拜的与其说是"女性",倒不如说是"女人"的"性",而且与此相应的,是对男性生殖特征的共同崇拜。而在中世纪之后形成的"女性崇拜",变成了女性的专利,并没有类似的"男性崇拜"与之对应。这种女性崇拜的形成,与中世纪圣母崇拜的出现有着密切的关系。"教会把对救世主母亲的迷信,提到极高的程度,以至我们可以说上帝在13世纪变成了女人"①。在圣母崇拜中,其实存在不少诡异之处:首先,圣母玛丽亚感圣灵而孕,她既是母亲,又是处女。母亲意味着包容和给予,是创生的必然,而作为处女的身份,则避免了由性和肉欲带来的罪恶感、不洁感,同时也避免了因被占有而带来的价值贬损(人们对处女的重视部分源于对未能占有和开拓的事物的渴望及尊重)。其次,圣母是神性和凡性的统一。她既是凡人,不能与三位一体的一神教崇拜抵触,又是圣子的母亲,有着种种神迹,不可能与凡人等同。此外,圣母既是耶稣之母,地位理应高于耶稣,但又与普通民众一样,是上帝的仆人。如波伏瓦所说:"在人类历史上,她第一次跪在儿子面前,毫不在乎地接受了她的劣等地位。这是男性的伟大胜利。这一胜利是在对圣母玛丽亚的狂热崇拜中完成的——这是

---

① [法]西蒙娜·德·波伏娃:《第二性》,陶铁柱译,北京:中国书籍出版社,1998,第116页。(鲁迅1925年就曾在文章中写道:"以摆脱传统思想的束缚而来主张男女平等的男人,却偏喜欢用轻靓艳丽字样来译外国女人的姓氏:加些草头,女旁,丝旁。……西洋和我们虽然远哉遥遥,但姓氏并无男女之别,却和中国一样的。"所以对 Simone de Beauvoir 笔者一直主张译作"波伏瓦",因为"Beauvoir"是她的姓氏,不应有男女之别。如将"Beauvoir"译为"波伏娃"或是"波娃",则谈到其父亲或是兄弟时就不免有些麻烦。此处注释因原书如此,为免讹误,故无改动。)

以女人的最后失败对她的名誉所进行的恢复。"①

其实不必经波伏瓦这样的女性主义者提醒我们也应该不难发现,在女性崇拜之下潜藏的其实依然是男性对于女性的统治秩序,即便上升至圣母这样的级别亦是如此。但我们也必须承认,圣母崇拜的出现或多或少地提高了女性的地位,也为此后文学艺术中的女性崇拜提供了可供模仿的范本。

随着骑士文学特别是浪漫主义文学的流行,"永恒的女性"亦逐渐摆脱了圣母崇拜的局面,成为将女性理想化、抽象化的一种理想观念。小泉八云所推崇的戈蒂耶、波德莱尔等作家,亦抱持着与"永恒的女性"类似的理想,他们很可能就是小泉八云"永恒的女性"思想的影响来源。

小泉八云从什么时候开始热衷于"永恒的女性"虽不能确证,但早在1881年6月17日发表于《消息报》的《法国文学中性的观念》("The Sexual Idea in French Literature")一文中,他已经明确地使用了这一概念,只不过当时使用的还是法文的"L'éternel féminin"(这再次提醒我们其可能的来源)。在这篇文章中,小泉八云再次重申了拉丁民族与北方民族的审美差异。他认为法国的文学、艺术中充满了情欲(passion)的力量,而这一点是北方民族所无法理解的。即便扩大到审美意识,也仍然充斥着这种差异。在文章中,他说:

> 人们曾说巴黎是无神论的所在,但毋宁说它是泛神论的。在那里,永恒的女性就是一切……这样的双眼看到自然的一切都带着情欲,即便对无生命的事物,也能产生出爱欲的幻想。云彩代表着天上的爱,树有着女性的美,山峦那起伏的曲线则像"一个妇人的臀"。②

所以在这篇文章中,小泉八云讨论的并不仅仅是文学问题,而是整个艺术审美的问题,而且在他看来,这种以"永恒的女性"为代表的情欲,是拉丁民族的审美意识区别于北方民族的一种本质属性。可以说这时小泉八云的"永恒的女性"思想,已经具备了后来的大致雏形。

---

① [法]西蒙娜·德·波伏娃:《第二性》,陶铁柱译,北京:中国书籍出版社,1998,第200页。
② Lafcadio Hearn, "The Sexual Idea in French Literature", in Charles W. Huston ed. *Editorials*, Boston & New York: Houghton, Mifflin & Company, 1926, pp.144—145.

当然,关于"永恒的女性",小泉八云最为充分的表述,还是1893年12月发表于《大西洋月刊》上的专论:《永恒的女性》("Of the Eternal Feminine")。1895年《来自东方》出版时,此文亦收入其中,产生了更大的影响。这篇文章与《日本人的微笑》("The Japanese Smile")、《与九州的学生们在一起》("With Kyūshū Students")、《日本文明的特质》等一样,是小泉八云探讨东西方文化差异,试图总结日本文化本质性特征的一篇重要论文。小泉八云为这篇文章的写作倾注了很多心血,发表后它也常被看作是小泉八云日本文化论中的重要篇章,但同时,这也是相当难懂的一篇文章。

所谓"永恒的女性"的问题,其实是因学生的疑问引发的。文章一开篇就谈到,日本学生对老师所讲授的英国文学中那大量的恋爱、婚姻描写普遍感到不解,他们认为这些描写是"非常、非常奇怪的",而所谓"奇怪"还是客气的说法,其实他们内心的潜台词是"下流"。为什么西方人热衷的事情日本人会觉得难以理解呢?这当然是一种文化的冲突。小泉八云也随之介绍了日本人对于恋爱、婚姻的看法,以及他们对于女眷的态度,在东西方制度、礼仪、文化的差异中解释文学理解的差异,至此这一切都还不难理解。但接下来小泉八云开始谈起"永恒的女性"的问题来了,而且这才是他真正的目的。

> 一个人若要客观地研究东方的生活与思想,也须用东方的视角来研究一下西方的生活与思想。之后他将会发现,这种比较研究的结果是颇具颠覆性的。……他原来认为是正常、真实的东西,可能会开始发现其反常和虚假。……他的怀疑能否成为结论且不说,但这些怀疑至少足够合理和强大到永远改变他之前的一些信念——这其中就包括西方的女性崇拜的道德价值,这种崇拜将女性当作无法企及、不可理解、超凡入圣的"你永远无法理解的女性"①的理想,一种永恒的女性的理想。因为在古代的东方,永恒的女性是完全不存在的。②

---

① "la femme que tu ne connaîtras pas",波德莱尔的说法。
② Lafcadio Hearn, *Out of the East*, Boston & New York: Houghton, Mifflin & Company, 1895, pp. 103—104.

第二章 小泉八云的社会思想与杂谈创作

"永恒的女性"之存在与否到底有什么意义呢？接下来小泉八云终于提到，西方社会对于女性的理想化已经影响了审美，影响到方方面面，西方人将自然也女性化了，形成了一种"女性的泛神论"。而日本人看待自然则是中性的，他们对自然，对美，有着一种有别于西方人的敏感。两相比较，小泉八云显然更赞赏日本式的审美观念，他在文章最后甚至还引用了一句佛经来表示对日式审美的支持："能辨无即大法者，方为智慧。"①

我们当然不难看出小泉八云在这篇文章中的大致态度，也能够理解东西方在"永恒的女性"问题上的差异，但问题在于"永恒的女性"跟东西方的审美差异到底有什么关系呢？在这篇文章中小泉八云对于这个关键问题其实是语焉不详的。但好在，小泉八云在许多其他场合也表达过跟《永恒的女性》类似的观点。早就有研究者注意到："他有重复自己的习惯。同样的表达，同样的引述，会出现在给不同人的信件中，有时还会再出现在他出版的文章里。当被某种观点或是事件打动的时候，看样子他就一定要大张旗鼓地跟所有有联系的人分享。"②如前所述，小泉八云为写作《永恒的女性》显然倾注了不少心血，1893年，他有近半年的时间都在为创作这篇文章而阅读、思考、焦虑。通过他的书信我们可以大致梳理出他的思想脉络。1893年4月，在写给埃尔伍德·亨德里克的信中，小泉八云说："我上次给你写信的时候谈到的另一个问题——西方的性的问题——在东方似乎是人们做梦都想不到的。"③然后他介绍，日本人对父母的爱要远胜过对妻子的爱，西方式的情爱表达在他们看来是怪异、下流的。日本人显然没有西方式的"永恒的女性"的观念。这些表述最后都出现在了《永恒的女性》一文中。而且小泉八云在这封信中表示："现在我对东方人的正确性半信半疑（Now I half suspect the Oriental is right）。"④这句话很难翻译，因为它要表达的重点可以是"半信"，也可以是"半疑"，但从语言习惯、上下文以及后来在《永恒的女性》中的表述来看，小泉八云在此更多地是想表

---

① "He who discerns that nothingness is law, — such a one hath wisdom." 小泉八云的这句经文当出自英译《妙法莲华经》第五章，不过书中只有上句，而且上下文的语境与其要表达的意思并不相近，当系篡接。
② Nina H. Kennard, *Lafcadio Hearn*, London: Eveleigh Nash, 1912, p. 236.
③ Elizabeth Bisland ed. *Life and Letters of Lafcadio Hearn-II*, Boston & New York: Houghton, Mifflin & Company, 1906, p. 112.
④ Ibid., p. 113.

示他开始接受东方人的观念了。

在给亨德里克的下一封信中,小泉八云继续讨论着这个话题,他提到学生们对西方文学中情爱描写的质疑,对此,他回答说,这是因为在西方社会,中上阶层的男子们要恋爱结婚是件相当不容易的事。但除此之外,更重要的原因在于,西方社会那种欲望的氛围。"西方文明所有的艺术、科学、哲学都在刺激、夸大、加剧着性的观念。"①

而几乎在同时,他也开始向张伯伦求教。在 4 月 17 日的信中,他第一次向张伯伦提出了"永恒的女性"的问题。在这封信里,他的表述要更加清楚一些:"(西方)所有的艺术和文学根据普遍的理解都指向永恒的女性。我们的享乐,我们的戏剧、歌剧、浮雕景观、新的音乐形式,都因一种性的理想化观念的刺激而形成。"②

到了 6 月份,小泉八云开始涉及自然的问题。在致亨德里克的信中,他认为西方人将自然看作是女性的(尽管他也承认亨德里克的反驳,有些时候亦看作是男性的),而日本人则将自然看作是中性的。在 6 月 19 日写给张伯伦的信中,小泉八云第一次透露,他在写作关于"永恒的女性"的文章,他认为东西方艺术中的许多问题只能用这种支配性观念的有无来解释。而到了 25 日,他在写给张伯伦的信中郁闷地表示,自己虽已写了上百页的草稿,却突然卡壳了。因为他在看了张伯伦翻译的日本古典诗歌之后,发现自己关于日本人没有描写情爱的文学的判断根本就是错的。7 月 16 日,小泉八云在给张伯伦的信中说,自己又开始重新写作《永恒的女性》了。到了 9 月 9 日,小泉八云告诉张伯伦,康德尔关于园艺的书③严重打击了自己。因为他原以为日本人对于自然的热爱中没有性别观念,但康德尔的书告诉他,至少在园艺中存在这样的反证。对此,小泉八云不得不承认:"我对日本的所有经验使我相信这样一个事实:日本人的生活中并不缺少任何我们以为会缺少的东西,

---

① Elizabeth Bisland ed. *Life and Letters of Lafcadio Hearn-II*, Boston & New York: Houghton, Mifflin & Company, 1906, p. 121.

② Ibid., p. 79.

③ 指的是乔赛亚·康德尔(Josiah Conder, 1852—1920)的《日本的园艺》(*Landscape Gardening in Japan*, Yokohama: Kelly & Walsh, 1893)一书。

我们有的他们都有，只是特色不同罢了！"①

但在此之后不久，小泉八云依然完成了这篇文章。《大西洋月刊》编辑部同意接受这篇文章的回信日期是1893年10月25日②，据此我们可以判断，至迟到10月初，小泉八云已经完成了他的最终定稿。然而在发表的文章中我们可以看出，在这不到一个月的时间里，小泉八云其实并没有解决他的矛盾。

结合书信中的表述，我们大致可以梳理出小泉八云的思想脉络：首先，他认为在西方世界存在一种对女性的理想化，即所谓"永恒的女性"，这种"永恒的女性"影响到了西方社会生活的方方面面，在文学艺术乃至审美观上这种影响尤其突出。而在东方，却没有这种"永恒的女性"的理想，东方人（主要指日本人）在两性问题上更多地以道德伦理为准绳，他们的文学艺术不推崇表现情爱。他们对于自然的观感，是中性的。东西方在"永恒的女性"上的这种区别，可能是文化、艺术、思想上诸多差异的本质性原因。

对东西方文化稍有一些了解的人，便不难在小泉八云的观点中发现许多漏洞。首先西方虽然的确存在"永恒的女性"这种抽象化的女性理想，但它能否被看作是一种本质性的东西尚存疑问，而普遍性更是值得怀疑。将其作为西方审美观念的本质性代表显然是有问题的。而东方是否真的没有与"永恒的女性"相似的观念呢？应该说张伯伦对日本文学的研究、康德尔对日本园艺的研究已经回答了这个问题。东西方在审美观念和艺术表现上的巨大差异，如果仅仅用"永恒的女性"的有无作为答案，显然是远远不够的。实际上小泉八云并非没有意识到这一点，他在9月9日致张伯伦信中的表述几乎已经推翻了自己的预设，只是为了完成文章及自圆其说，他在最终发表的版本中回避了那些可能引发矛盾的说法，这也是《永恒的女性》让人感觉语焉不详的最重要的原因。

当然，说《永恒的女性》是一篇不太成熟的作品并非意味着它毫无价值，相反，作为一篇文化散论，它的价值并不在《日本人的微笑》等作品之下，它的问题在于试

---

① Elizabeth Bisland ed. *Japanese Letters of Lafcadio Hearn*, Boston & New York: Houghton, Mifflin & Company, 1910, p. 163.

② Kazuo Koizumi ed. *More letters from Basil Hall Chamberlain to Lafcadio Hearn*, Tokyo: Hokuseido Press, 1937, p. 115.

图本质性地总结一切,这也是经典哲学时代宏大叙事模式常犯的一种错误。但更重要的是,这篇文章揭示了"永恒的女性"对于小泉八云创作的重要性。小泉八云之所以会将"永恒的女性"看作西方社会的一种本质性的、普遍性的审美理想,恰恰是因为,他自己就保持着这样一种理想。

第三章
小泉八云的宗教观与日本文化论

宗教问题显然是探讨小泉八云思想与创作的关键。小泉八云的个人气质是偏宗教的,他爱幻想,厌恶鄙俗,喜欢追索终极问题。而从小接受的,也都是正规的宗教教育。尽管姨祖母没能将小泉八云培养成一位天主教神父,反倒造就了一个叛教者,但如西哲所说,亦步亦趋是模仿,反其道而行之也是模仿。小泉八云对基督教的否定,对异教的关注,其实都跟他受到的宗教教育有关。成年后,小泉八云受到过进化论思想的强烈影响,他也自认为进化论者,但进化论——乃至以进化论为代表的哲学——在小泉八云创作的体现,都远远不能与宗教思想相比。小泉八云曾在《维多利亚时期诗人的进化论思想》("Evolutionary Thought in the Victorian Poets")中讨论过丁尼生的思想,他说:"虽然受到了那个时代科学的强烈影响,但丁尼生的天性更倾向于宗教和道德,而不是科学。此外,他接受这种新知识的时候太晚了,不是在他的学生时代,而是在他作为一个优秀诗人已经进入成熟期之后。"[①]其实这段话用来评价他自己,也是非常贴切的。

第一节 小泉八云与基督教

要讨论小泉八云的宗教观念,就必须先从他与基督教的关系谈起。作为一个生活在19世纪后期的西方人,小泉八云理所当然会受到基督教的影响。但与同时代的普通人相比,小泉八云无疑是个"非主流",他始终激烈地抨击基督教,却对东方的"异教"抱以热情,这在当时是非常另类的。小泉八云为什么会形成这样的一种宗教观?他对基督教的厌恶由何而来?这些都需要结合小泉八云所处的文化语

---

① R. Tanabe etc ed. *On Art, Literature and Philosiphy*, Tokyo: Hokuseido Press, 1941, p.224.

境来解释。

　　小泉八云出生在一个基督教背景的家庭。父亲查尔斯同自己的族人及许多爱尔兰中上阶层一样，是一个英国国教徒，而小泉八云的母亲则是一个虔诚的希腊正教徒，实际上小泉八云出生后受洗就是在希腊教会进行的。后来，小泉八云为姨祖母布雷奈夫人收养，布雷奈夫人则虔诚地信仰天主教。她为小泉八云设计的人生，不仅是成为一个天主教徒，而且是成为一个神职人员。所以小泉八云的童年是在浓厚的宗教气氛中度过的，接受的是正统的宗教教育。但令人惊诧的是，这种刻意的宗教教育，居然培养出了一个叛逆。小泉八云莫说改宗天主教，他连基督教本身也放弃了。

　　其实反基督教本身并不奇怪，自基督教诞生的那一天起，对于基督教的反对就没有停止过。一般说来，基督教的反对者们要么是出于对其他宗教的信仰，要么是出于无神论。《乌鸦来信》的编辑者米尔顿·布朗纳就曾总结过小泉八云的宗教观："即便还是个孩子的时候，他对宗教事务就存在许多怀疑，这种观念后来伴随他多年，使他成为了一个激烈的唯物主义者，直到他受到佛教的影响。"①这可能代表了很多人对小泉八云的大致判断，但可惜的是，这句话只有前半句是对的。小泉八云对基督教的排斥更多的是一种情感态度的表现，而非信仰立场的表达。他崇拜斯宾塞，信仰进化论，却并不因此就成为了唯物主义者——其实斯宾塞本身也只是不可知论者而非唯物论者。小泉八云相信鬼，相信超自然现象，他虽反对基督教并受到佛教的影响，却始终没有成为一个佛教徒。

　　关于小泉八云的宗教态度，当然还是他本人的说法最为权威。1892年2月，小泉八云在写给弟弟的信中回答了几个信仰方面的问题："一、不，我不属于任何组织，我不是共济会员。二、我不相信这世上或世外的任何形式的宗教。"②同样可作为旁证的，是《我在东方的第一天》（"My First Day in the Orient"）中的一段对话：在寺院中参观时，学僧真锅晃询问小泉八云是否是基督徒，他"诚实地"答曰"不

---

① Milton Bronner ed. *Letters from the Raven*, New York: Brentano's, 1907, p. 23.
② Ray M. Lawless, "A Note on Lafcadio Hearn's Brother", *American Literature*, Mar., 1938, p. 83.

第三章 小泉八云的宗教观与日本文化论

是",问他是否是佛教徒,他答曰"不完全是"(Not exactly)。① 在19世纪末的欧美世界,尽管宗教氛围已不像中世纪那样严苛,但小泉八云的这种态度依然是非常另类的,毕竟对信仰不够虔诚和公然否认自己是基督徒完全是两个概念。那么小泉八云对基督教的这种反感是怎样形成的呢?这恐怕还要从他的童年谈起。

从3岁左右小泉八云就住到了姨祖母布雷奈夫人家,布雷奈夫人是个寡妇,没有子嗣,所以是将小泉八云当作继承人来看待的。尽管后来小泉八云由于情感上的创伤对自己的童年甚是不满,但从旁观者的角度看来,作为一个孤儿,小泉八云受到的待遇已经算是不错了(尤其是与弟弟詹姆斯相比)。

当然,尽管衣食无忧,在情感和教育上,小泉八云仍然存在不少缺憾。布雷奈夫人似乎不太有精力照管这个男孩,负责他的生活起居的,主要是几个无知的仆人。即便是布雷奈夫人极度重视的宗教,也没有及时地加以灌输。小泉八云晚年曾写过一篇《我的守护天使》("My Guardian Angel"),文中详细回忆了自己6岁左右时的许多宗教体验。他说:

> 对于宗教我几乎什么都不懂。收养了我的老夫人希望将我培养成一个天主教徒,但她从来也没给我做过任何明确的宗教教育。我学会了念几句祷文,但也只不过是鹦鹉学舌而已。我曾经被带去教堂,却不知道因为什么;我收到过许多饰有花边的小画片——一些法国的宗教画,但并不知道是什么意思。②

布雷奈夫人之所以没有尽早开始宗教教育,据小泉八云自己的揣测,可能跟他小时候的神经质有关。小泉八云幼时似乎神经不够强健,他经常声称见鬼,敏感而充满幻想,家人可能担心宗教教育会加重这种症状,甚至不允许给他讲鬼故事和童话。所以这时的小泉八云尚处于"蒙昧"之中,他连上帝、圣母的形象也不认得。他曾回忆说:"在我的卧房的墙上,挂着一幅希腊圣像,一幅圣母与圣子的小型油画,色调温暖,包着金属边,只有人物的黄褐色的脸及手脚暴露着。我以为那褐色的圣母是我的母亲,我那时几乎已经完全不记得她了,而那个眼睛大大的圣子,就是我

---

① Lafcadio Hearn, *Glimpses of Unfamiliar Japan-I*, Boston & New York: Houghton, Mifflin & Company, 1894, p. 15.

② Lafcadio Hearn, "My Guardian Angel", in Elizabeth Bisland ed. *Life and Letters of Lafcadio Hearn-I*, Boston & New York: Houghton, Mifflin & Company, 1906, p. 16.

自己。"①他也学着大人的样子祈祷,但对教义,乃至圣父、圣子、圣灵的含义都一无所知。

然而有一个称呼却引起了我极大的兴趣,这也是我印象中问过的第一个宗教问题,那就是"灵"(Ghost)。它激起了我的好奇心,我带着敬畏与激动提出了问题,因为它似乎是与某种禁忌的话题相关的。得到的回答我已经记不大起来了,但给我的印象是,圣灵就是一个白色的鬼,它不太会在晚上对着小孩扮鬼脸。虽然如此,这个名词还是让我充满了含混的观念,特别是当我在一本祈祷书上学会了正确的拼写之后。我还在大写字母G中发现了一种说不出的神秘和威严。即便是到现在,这个令人生畏的字母有时还会唤起我童年时那种朦胧而恐怖的想象。②

后来,家中来了一个姑娘,她并不是真正的亲戚,不过小泉八云叫她"简表姐"。简表姐修长漂亮,小泉八云觉得她就像画片上的天使,所谓"我的守护天使"就是指简表姐。简是个改宗者,她非常虔诚,希望将来成为一个修女,真正开始对小泉八云进行基督教教育的,其实是简表姐,但效果显然并不好。

一天早晨(我记得是一个阴暗的冬天的早晨),我对她无聊的训诫再也受不了了,我大着胆子问简表姐,为什么我应该努力愉悦上帝而不是别的什么人。当时我坐在她脚边的一个小凳上。我永远也忘不了我提出那个问题之后,她脸色阴沉的样子。她一下抓住我,把我抱到她腿上,黑色的眼珠紧盯着我的脸,那种锐利的目光让我有点害怕。她叫道:"孩子,难道说你根本不知道上帝是谁?"

"不",我嗫嚅着。

"上帝!创造了你的上帝!创造了太阳、月亮、天空,创造了树木、美丽的花朵,所有一切的上帝!……你不知道?"

---

① Elizabeth Bisland ed. *Life and Letters of Lafcadio Hearn-I*, Boston & New York: Houghton, Mifflin & Company, 1906, p. 17.

② Lafcadio Hearn, "My Guardian Angel", in Elizabeth Bisland ed. *Life and Letters of Lafcadio Hearn-I*, Boston & New York: Houghton, Mifflin & Company, 1906, p. 17.

第三章 小泉八云的宗教观与日本文化论

> 我被她的态度吓坏了,不敢回答。
>
> "你不知道",她继续说道,"是上帝创造了你和我吗?是上帝创造了你爸爸、妈妈和每一个人?……你不知道天堂和地狱?"
>
> 我不记得她全部的话了,能清楚记起的只有这些:"还有,把你送到地狱里,放在火里烤,直到永远!……想想吧!一直烤,烤,烤!一边惨叫一边烤!一边惨叫一边烤!永远也逃不掉那种火烧的疼痛!……你还记得在灯上烧到手了吗?想想吧,你的整个身子都在火里,一直,一直,一直烧!直到永远!"
>
> 从那时起我就非常讨厌简表姐,因为她让我感到一种新的、无可救药的痛苦。我并不怀疑她所说的,但我讨厌她给我说这些,尤其是用那种可怕的方式。直到现在,一想到她还会勾起一种隐痛,因为曾用孩童的世故努力掩饰过对她的厌恶。当她春天离开的时候,我盼着她快点死掉——因为这样我就再也不用看到她了。①

简表姐为小泉八云揭示的基督教世界显然缺乏吸引力,甚至还起到了相反的作用,它使小泉八云第一次将基督教与恐惧和丑恶联系起来。而简那种阴郁、病态的宗教狂热更是让小泉八云充满了对基督教伪善的憎恶。而另一方面,布雷奈夫人的天主教教育又受到了异教文化的有力竞争。小泉八云在布雷奈夫人的藏书中发现了几本古希腊、罗马神话故事的画册,他第一次看到这样的东西,不禁震惊了:

> 我屏住呼吸紧盯着,看得越久就越是觉得这些面孔和形象说不出的可爱。一个个形象让我眼花缭乱,震惊而迷恋。这种崭新的快乐是一个奇迹,也让人敬畏。这些画页上似乎有些东西让人战栗,似乎有些看不见的东西让人惊惧。我记得一些故事讲到过异教神像的魔力。但这种迷信的恐惧很快被一种信念,或者说是一种无法解释的直觉战胜了,我想这些异教神祇一定是被误解了,因为他们太美了。
>
> ……(无意中我摸索到了一个真理,一个丑陋的真理,即最高的美,无论是思想的、道德的,还是身体的美,一定是被少数人热爱而被多数人憎恨

---

① Lafcadio Hearn, "My Guardian Angel", in Elizabeth Bisland ed. *Life and Letters of Lafcadio Hearn-I*, Boston & New York: Houghton, Mifflin & Company, 1906, pp.19—21.

的!)……而他们却被叫做魔鬼!我崇拜他们!我热爱他们!我发誓谁不尊重他们我就要永远憎恨他!……哦,跟这些可爱的神祇相比我的宗教画片上的那些圣人、主教、先知们显得多么可怜啊——这简直是天堂和地狱之间的差别。……在那一刻中世纪的宗教信条对我来说就是一种关于丑陋和仇恨的宗教。在我那病态的童年,曾经教给我的那些当然就是这样一种东西。甚至直到今天,我已经有了更多的知识,不管人们怎样愚蠢轻蔑地使用"野蛮人""异教徒"这样的词,它们依然会使我唤起一种光明与美丽、自由与快乐的古老感觉。①

当然,这些事件的意义是小泉八云在追忆中润饰的,作为一个孩童,他当时不可能有如此深刻的认知,但可以肯定的是,小泉八云天生的气质与教育环境的碰撞,使他越来越偏离布雷奈夫人为他设计的轨道。

如果说家庭氛围为小泉八云离经叛道的思想奠定了基础,那么真正让他坚定起来的是学校教育和生活经历。小泉八云曾在法国和英国的天主教学校中求学②,所受的都是较为正统的宗教教育。但这些僵化严苛的训练与小泉八云敏感跳跃、富于幻想的天性发生了激烈的冲突,小泉八云不但没有被宗教体系所规训,反而在"邪路"上越走越远。根据他在伍绍(Ushaw)时同窗的回忆,小泉八云热爱诗歌、传奇、游记,在文学上花费了远超过学业的精力。他只关心自己感兴趣的课程,据说英文成绩在同学中名列前茅,但其他课程就很一般,甚至为此而留级。作为一个神学校的学生,小泉八云当然接触了更多的宗教问题,但他的气质并不满足于接受和服从。他的一个同学曾这样回忆:

> 他是那种非常喜欢冥想的类型,我非常清楚地记得,有一次他让我们几个人都非常震惊,因为他宣布他不相信圣经。但我认为,他只是为了表现出一副

---

① Elizabeth Bisland ed. *Life and Letters of Lafcadio Hearn-I*, Boston & New York: Houghton, Mifflin & Company, 1906, p.27.

② 因为缺乏资料,小泉八云求学经历中的很多问题直到今天都没有定论。一般认为小泉八云在1862年前后曾在法国伊沃托(Yuetot)的一所叫做"Institution Ecclésiastique"的天主教学校中学习过一两年,1863年9月开始在英国伍绍的一所天主教神学校"Saint Cuthbert's College"学习过几年。但只有在伍绍的经历有相对明确的证据,有无在其他地方求学的经历,在法国求学的时间和地点,学习经历的前后顺序等都还有待考证。

思想自由的样子罢了,因为过了几天之后,在跟班级同学一起乡间散步的时候,他又跟一位导师讨论起这个话题,从他所说的内容推断,他对圣经中真理的证据是非常满意的。①

从这样的旁证中我们不难发现,小泉八云显然不属于那种能够成为一个优秀神父的类型,但也并不因此就成为了坚定的反基督教者。作为一个青春期的少年,小泉八云对宗教的否定可能更多的只是一种叛逆的姿态,从他自己的回忆中我们大致也可以看出这种倾向:

> 我记得还是个孩子的时候,我躺在草地上,盯着头顶那盛夏的蓝天,恨不得能溶化在里面——成为它的一部分。关于这些幻想,我相信有一个宗教导师无意中要负有责任:他曾因为某些梦幻的问题,努力给我解释,他称之为"泛神论的愚蠢和邪恶"——结果是在十五岁的少年时期,我马上变成了一个泛神论者。而我的想象也随之变化,我不仅想把天空当作运动场,还要自己变成天空了!②

不难发现,这时小泉八云对于离经叛道思想的热爱,可能更多的只是一种为叛逆而叛逆的反抗,他并不真的懂得什么泛神论,而且小泉八云的气质实际上并不适合哲学性的思辨。但无法否认的是,尽管思想还未定型,但这些经历却为他打下了厌恶基督教的情感烙印。在伍绍,小泉八云没有多少钱,连同学都看出应该很穷;因为姨祖母家中的一些变故,即便在假期,他也依然待在学校;1866 年,由于一次意外,他在学校失去了左眼;尤其是在此后,由于无人资助,小泉八云不得不中断学业,离开伍绍。天主教神学院变成了小泉八云的滑铁卢,成为了他心灵深处的一块伤疤。这些复杂的经历和情感,使小泉八云最终形成了憎恶他在神学院的经历,进而憎恶整个基督教的心理倾向。成年后的小泉八云在给弟弟的信中写道:

> 关于有钱的姨母,应该是姨祖母,培养你哥哥作神父的事,你知道的并不准确。他在天主教神学院里极为不幸地过了些年月,在那里教育系统的主要

---

① Elizabeth Bisland ed. *Life and Letters of Lafcadio Hearn-I*, Boston & New York: Houghton, Mifflin & Company, 1906, p. 34.

② Lafcadio Hearn, *Exotics and Retrospectives*, Boston: Little, Brown, and Company, 1898, p. 177.

目标是让学生尽可能地保持无知。他甚至不是天主教徒。①

准确地说,小泉八云是个万物有灵论者、怀疑论者、不可知论者,他不信仰任何宗教,但也不信仰反对任何宗教信仰的唯物主义。在致弗里曼夫人(Mrs. Freeman)的一封信中,小泉八云这样自白:

> 我认为作为一个怀疑论者能让我更好地享受生活——像古人一样生活,不去考虑死亡的阴影。我曾经是天主教徒,至少我的监护人们曾经试图要使我成为一个天主教徒。但他们只是成功地让我将神父看作是怪物和伪君子,将修女看作穿黑袍的女妖,将信仰看作一种流行的精神病,只有在往粗俗的头脑里灌输道德规范的时候才有用。后来,我经常跟一些神父争辩,否定他们信仰的基础,看着他们震惊地发现自己无法自圆其说,这些都让我很是愉悦。②

赴日之后,小泉八云延续了对基督教的厌恶感,而且由于对日本文化的喜爱和同情,甚至更加激烈。他说自己是"一个无信仰的人——一个叛教者——一个不知羞耻和体面的人"③,他对传教士尤其苛刻,来到熊本之后,他在写给西田千太郎的信中说:"上一个教师是个传教士,就像许多传教士一样,是个骗子。"④对于学生们疏远、厌恶这个传教士的行为,小泉八云感到"非常高兴"。在给张伯伦的信中他甚至说:"就个人而言,我认为应该把传教士们都放到一艘小船上,等到离开海岸1000英里的时候把船凿穿。"⑤

对这其中可能的偏颇,小泉八云自己也很清楚,在致张伯伦的另一封信中,他专门谈到了这个问题:

> 我并不是对天主教国家普遍信仰的魅力无动于衷,你知道我写到这些的

---

① E. C. Beck, "Letters of Lafcadio Hearn to His Brother", *American Literature*, Vol. IV, 1932, p. 171.

② Milton Bronner ed. *Letters from the Raven*, New York: Brentano's, 1907, p. 136.

③ Elizabeth Bisland ed. *Life and Letters of Lafcadio Hearn-II*, Boston & New York: Houghton, Mifflin & Company, 1906, p. 284.

④ Sanki Ichikawa ed. *Some New Letters and Writings of Lafcadio Hearn*, Tokyo: Kenkyusha, 1925, p. 22.

⑤ Elizabeth Bisland ed. *Japanese Letters of Lafcadio Hearn*, Boston & New York: Houghton, Mifflin & Company, 1910, p. 190.

第三章　小泉八云的宗教观与日本文化论

时候总是非常亲切的。但我没办法将这称之为基督教的东西与我生命中经历的伪善、残忍、邪恶分别开来，与司空见惯的邪恶、阴郁、丑陋、肮脏的苦行、忧郁、阴险以及臭名昭著的对儿童的洗脑分别开来。我的经历太过沉重，让我没有办法做到公正。真的不行。我永远、永远也不会在教堂中发现信仰之美，永远也不会在一个贫苦的男女内心发现这种美，不，应该说是最贫困的阶层。我知道我过激了，我忍不住，不过在写作中我会努力控制的。①

当然，小泉八云对于基督教在日本传播的反对不仅仅只是一种情感表达，他也有自己理性的思考。由于小泉八云受到斯宾塞进化论的强烈影响，所以在宗教问题上，他承认基督教要比日本的固有宗教先进。然而，小泉八云认为，宗教是与其社会形态相关联的，相对先进的基督教与东亚社会并不适应，所以他仍然反对日本社会的基督教化：

单就其一神观念来看，我们可以认为罗马天主教要比原始的祖先崇拜先进。但中国和日本还没有达到与它相适应的社会形态——在这种形态下，古老的家族已然消散，孝道的信仰已被遗忘。……耶稣会士们不可能调整自己的信仰来适应日本的社会条件，因此传教士的命运也就被注定了。②

对于小泉八云来说，基督教的侵入比工业化更加可怕，日本的基督教化，也就意味着小泉八云所钟爱的"老日本"，日本之迥异于西方的文化、艺术之美，日本人的忠义、孝道与自我牺牲，将尽数被毁。因此，当谈到日本历史上的基督教传播问题时，小泉八云深为日本避免了基督教化而庆幸：

如果不是从一种宗教偏见出发，而只根据结果判断，耶稣会士意图将日本基督教化的努力一定会被看作是对人类的犯罪，一种破坏的工作，一种灾难——就其引起的灾难和破坏来看，只有地震、海啸、火山喷发略可相当。③

---

① Elizabeth Bisland ed. *Japanese Letters of Lafcadio Hearn*, Boston & New York: Houghton, Mifflin & Company, 1910, p.154.

② Lafcadio Hearn, *Japan: An Attempt at Interpretation*, New York: The Macmillan Company, 1904, p.371.

③ Ibid., p.358.

第二节　小泉八云与异教世界

在小泉八云三十年文字生涯的不同阶段中,他曾着迷于北欧神话、黑人迷信、巫毒教、伊斯兰教、犹太教、佛教、日本神道等,他虽非异教徒,却是个"异教迷"。因为对异教的尊重与兴趣,他对异国风情和异国文化的描述就具有了一种不同于流俗的品格。对于小泉八云来说,无论面对什么样的异教世界,一以贯之的,最为核心的,就是对鬼怪、幽灵的热爱,这也是他创作中核心的主题之一。

一、小泉八云与鬼

在基督教世界中,虽然亦有迷信的传统,但却不能见容于正统。因为一神教教义和圣经的记述,已经大致否认了鬼怪妖灵存身的空间。而小泉八云对待鬼怪的态度却与常人截然不同,他不但将谈神说鬼当作自己创作的主题之一,甚至真的相信鬼的存在。这种态度部分地源于小泉八云独特的童年体验:

> 我那时候相信鬼与妖的最为可能的原因是,我看得到他们,无论是白天还是晚上。在入睡之前,我总是会蒙住头,好让他们看不到我,有的时候,当我感到他们在拉我的被褥时,我会尖叫。我不明白为什么家里人禁止我谈论这些经历。①

在给张伯伦的信中(作为书信,其可信性当然更高一些),小泉八云亦曾有过类似的回忆,足可与其他说法相互印证:

> 当我还是个孩子的时候,噩梦对我来说是真实可见的。我能在清醒的时候看到它们。它们悄无声息地走来走去,对我露出可怕的嘴脸。很不幸我那时就没了母亲——只有一个姨祖母,她自己没有孩子。姨祖母痛恨迷信,如果我因为恐惧在黑暗中尖叫,得到的只有鞭打。但对鬼的恐惧比对鞭笞的恐惧大多了——因为我能看到鬼。老太太不相信我,不过仆人们相信,他们常常偷

---

① Lafcadio Hearn, "My Guardian Angel", in Elizabeth Bisland ed. *Life and Letters of Lafcadio Hearn-I*, Boston & New York: Houghton, Mifflin & Company, 1906, p.16.

第三章 小泉八云的宗教观与日本文化论

偷过来安慰我。直到我大一点能够被送到学校去的时候，我才感到了幸福——虽然在那里吃了很多苦头，但到晚上跟我做伴的就不是鬼了。渐渐地，那些幻影消失了，我想大概是在 10 岁或是 11 岁的时候，我不再感到恐惧了。如今只有在梦里重现过曾经的那种恐怖。①

对于普通人来说，小泉八云的这些描述显然有点让人难以置信。不过，在《阴影》中有一篇《关于噩梦》("Nightmare-Touch")，在这篇文章中，小泉八云较为详细地回忆了童年时与鬼纠缠的经历，通过其中的描述，我们大致可以猜测事实的脉络：

小泉八云幼时由仆人照料，但在 5 岁之后，他被要求单独睡一间房，而且睡觉时不再留灯。小泉八云显然没有适应这种突然的变化，高而暗的房间让他心生恐惧，总感觉有什么可怕的形象存在，好不容易睡去之后，又常常被噩梦惊醒。幼儿常常分不清现实与想象的界限，于是小泉八云便向家人抱怨见鬼的经历。但布雷奈夫人的教育方式却是简单粗暴的，小泉八云得到的回应只是否认和禁止，他因恐惧而发出的尖叫也会遭到惩罚。一方面小泉八云坚信自己看到了鬼，另一方面家人却只是简单地否认，这甚至引起了小泉八云更大的恐惧和疑虑：

> 对于这种否认我只能有两种解释：要么是那些东西害怕大人，而我年龄小，身体弱，只有我才能看得到；要么是因为某种可怕的原因，全家人一起对我说谎。后者对我来说更有可能，因为在无人陪伴的时候我已经好几次看到那些东西了。这个秘密的显露对我来说跟看到那些东西一样可怕。②

在去寄宿学校上学之前，小泉八云每天都在这种梦魇的世界中挣扎，这种生活他过了差不多五六年！这段生活彻底改变了小泉八云，鬼怪对他来说，变成了一种真实的存在，而非单纯的想象和趣味。

小泉八云与鬼的纠结不仅发生在黑暗的卧房里，甚至在白天，在生活中，他也有过可怕的回忆。在《我的守护天使》中，小泉八云记述了他童年时见到简表姐的

---

① Elizabeth Bisland ed. *Japanese Letters of Lafcadio Hearn*, Boston & New York: Houghton, Mifflin & Company, 1910, p. 213.
② Lafcadio Hearn, *Shadowing*, Boston: Little, Brown, and Company, 1900, p. 240.

可怕形象的一段经历：

> 我注意到简表姐的房间门似乎是半开的。然后我看到门慢慢开了。这让我有点吃惊，因为朝门厅开的三个门里，最里面那扇一般都是锁着的。几乎同时，简表姐穿着熟悉的黑袍从房间里出来了，朝我走过来。不过她的头向斜上方扭着，似乎是在看门厅墙上靠近天花板处的什么东西。我吃惊地叫了一声："简表姐！"但她似乎没有听到。她慢慢靠近我，头依然扭着，我看不到她下巴以上的部分。然后她从我身边走过，进了最靠近楼梯的房间，那个卧房白天的时候门总是开着的。即便在她走过的时候，我也没看到她的脸，只看到她雪白的喉咙和下巴，还有她绑着的美丽的长发。我跟在她后面跑进房间，喊着："简表姐！简表姐！"我见她绕过那架四柱大床的床腿，似乎是要到前面的窗边去，我跟在她后面到了床的另一边。然后，她好像才发现我一样，转过来了，我向上看去，希望看到她的笑脸，但……她没有脸。她的脸上只是一片苍白模糊。就在我盯着看的时候，那个人消失了。它不是慢慢消失的，是一下就没了，就好像火焰被熄灭了一样。只剩下我一个人在那个昏暗的房间，惊魂未定，好像第一次有那么害怕。我没有叫，我太害怕了，不敢叫，只是挣扎着跑向楼梯，跌跌撞撞、连滚带爬地下到二楼的门厅。①

按照小泉八云在文中的说法，这时候简表姐根本不在家，也就是说，小泉八云看到的是一个鬼魂！而且更可怕的是，过了一段时间之后，简表姐真的来做客了，小泉八云没敢告诉她自己的所见所闻。她在那个房间住了一晚之后，便生了重病，后来便死去了。简表姐的死使小泉八云陷入了更为沉重的负罪感和恐惧感之中。

《我的守护天使》一文受到许多研究者的重视，因为它的关键情节（脸上没有五官）与《怪谈》中的名篇《狸》如出一辙，对于考察《怪谈》的发生有着重要意义。但这种记述过于离奇，也很容易引起读者的质疑。到底怎样看待这篇文章，可能有几种不同的态度：首先是完全取信，但这可能会与多数研究者的理性世界观发生冲突。其次是承认其描述，而怀疑其事实。因为人的童年回忆往往会有许多错漏之处，也

---

① Lafcadio Hearn, "My Guardian Angel", in Elizabeth Bisland ed. *Life and Letters of Lafcadio Hearn-I*, Boston & New York: Houghton, Mifflin & Company, 1906, pp. 21—22.

可能小泉八云的这次体验其实是发生在简表姐做客期间,也可能只是简表姐的恶作剧,也可能是小泉八云的错觉,甚至只是他的一个噩梦……当然,还有一种可能,即《我的守护天使》只是一篇文学创作,一个成功的怪谈故事,它的情节是虚构的。如果这种可能成立的话,那么就不是小泉八云的童年经历影响了《狸》,而是日本怪谈影响了《我的守护天使》。

《我的守护天使》是小泉八云晚年写下的多篇忆旧散文中的一篇,从创作风格上来看,不太像虚构作品;此外,小泉八云在怪谈类作品中几乎从不使用第一人称叙事方式,故此笔者倾向于不将此文当作虚构之作,但无论此文中的描述是否虚构,就小泉八云本人来说,他坚信鬼的存在,是毋庸置疑的。

小泉八云对鬼怪幽灵之存在的坚信,其意义并不仅仅在于促进了怪谈类作品的创作。因自身经验而起的坚定和自信,使他怀疑进而否定基督教的正统教义,而同为"邪魔外道"的异教世界,在他的心目中,也就具有了同样的价值和意义。从这个意义上来说,小泉八云相信鬼的存在,其实是他通向异教世界的起点。

二、小泉八云的佛教观

对于小泉八云的宗教态度,许多西方人是难以理解的,也有不少人对他表示质疑。如《乌鸦来信》的编者米尔顿·布朗纳就曾说过:"他在我们面前表现出一副'生在东方并有一半东方的血统'的样子;然而,作为一个注定属于天主教的人,他却野蛮地攻击他母亲的宗教。"[1]米尔顿的质疑其实是非常有力的,因为小泉八云热爱自己的母亲,并"爱屋及乌"地热爱希腊、东方、异教世界。然而小泉八云的母亲却是个虔诚的东正教徒,如果小泉八云真的热爱母亲及与母亲相关的一切,他就应该热情地拥抱而不是"野蛮地攻击"母亲所信仰的宗教。这确乎是小泉八云的一个矛盾。这个矛盾应该怎样解释呢?

不可否认,在性格和气质上,小泉八云有母亲的遗传。罗莎在都柏林时,因长期的压力,精神上出现过问题。改嫁后,据说晚年精神再次出现了问题。小泉八云虽然精神健全,但他的敏感、偏激、冥想,都带有母亲的气质。小泉八云崇拜斯宾

---

[1] Milton Bronner ed. *Letters from the Raven*, New York: Brentano's, 1907, p.118.

塞,也读过不少哲学方面的书籍,但总体来说,小泉八云跟母亲一样,他的性格、气质都是偏于宗教气质的,这从他游览及创作的兴趣点就可以看出来。唯一的问题是他与鬼相伴的童年及宗教学校的教育无可挽回地毁坏了他信仰上帝的可能,所以小泉八云将这种天性和热忱投入了异教世界。某种意义上说,小泉八云对基督教的"攻击"和对异教的偏爱依然是对母亲追随和致敬的一种表现,只不过他本人并没有意识到这其中的矛盾[1]。

除基督教之外,小泉八云几乎对所有他能够接触到的异教及其文化都抱有兴趣,他改写过北欧的神话,编辑过中国鬼故事,对埃及、南太平洋、印度的神话传说发生过兴趣,曾经围绕巫毒教、犹太教、伊斯兰教、通灵等写过不少文章,前往日本后,自然又与日本的佛教、神道、迷信等开始了亲密接触。然而在这些宗教、迷信之中,除鬼神观念外,真正对小泉八云具有实质性影响,能够形成一种"观"的,只有佛教和神道。

从现存的资料来看,能够证明小泉八云与佛教接触的最早的证据是 1879 年 10 月 24 日发表于《消息报》的《亚洲之光》("The Light of Asia")。《亚洲之光》是埃德温·阿诺德(Edwin Arnold)1879 年 7 月左右出版的一本书,它其实是《普曜经》(*Lalitavistara*)[2]的英文译本。《亚洲之光》是西方世界最早的具有影响的佛教书籍之一,它的出版对于扩大佛教在西方世界的传播具有较大的作用。值得注意的是,小泉八云几乎是在第一时间读到了这本书,并发表文章对其加以推介。这时的小泉八云对佛教可能还没有多少了解,所以这篇文章谈不上什么深刻,而且大概可以看出,这部作品最吸引他的,可能还是叙事诗中所透露的那种异国情调的文学之美。但以此为契机,在此后较长一段时间里,小泉八云保持了对佛教的兴趣,并通过自学,对佛教有了初步的了解。

在 1884 年 1 月 13 日发表的《佛教是什么》("What Buddhism Is")中,小泉八云就开始以先觉者的身份,向敌视和恐惧佛教的欧美读者阐释佛教的常识了。客

---

[1] 很有意思的是,小泉八云对基督教的憎恶来源于从小接触的天主教教育,但他成人之后,虽然排斥基督教,但在新教和天主教之间,他对天主教的印象反而更好一些,因为新教世界更加苍白、更加无趣,更加缺乏美感。这显然是一种矛盾,不过也可以用以上类似的逻辑加以阐释。

[2] 佛陀的传记,记述佛陀降生至初转法轮(传道)的事迹。或译《方广大庄严经》《神通游戏经》。

第三章　小泉八云的宗教观与日本文化论

观来讲,小泉八云的这篇文章不算成功。假如读者果然是一个对佛教一无所知的欧美人士,这篇文章并不能帮他解决题目中所提出的问题。但从另一个角度来说,通过这篇文章,我们可以看出小泉八云对于佛教的了解及兴趣所在。小泉八云在文中主要介绍了佛教的"四圣谛"(Four Noble Truths):

1. 苦的存在。活着就是受苦。
2. 受苦的原因是欲望。
3. 痛苦的止息需要灭除欲望。
4. 灭除欲望需要修道,遵从佛的教诲——如此以达到涅槃,或曰寂灭。①

不难看出,此时的小泉八云对佛学虽非精通,却已初窥门径。小泉八云对"涅槃"的关注,大概也是从这时开始的。此后,在文章和书信中,他多次谈到"涅槃",赴日后,他还曾专门写过《涅槃》一文,对这个问题进行深入探讨。

小泉八云不懂东方语言,他对于佛教的了解只能通过其他东方学家的翻译、介绍。在多数西方人对佛教还一无所知的情况下,小泉八云的涉猎范围还是很广的。除埃德温·阿诺德外,他曾提及并对其著作较为熟悉的东方学者有马克斯·穆勒、塞缪尔·比尔、尤金·比尔努夫、莱昂·菲尔、李斯·戴维斯、亨德里克·克恩、阿尔弗雷德·辛尼特、亨利·奥尔科特②等,他甚至能够写出《近来的佛教文献》("Recent Buddhist Literature")这样的文章为读者甄别、推介西方世界新出现的佛教著作。在这种广泛的阅读中,小泉八云也逐渐形成了初步的佛教观。比如,他对当时在美国佛教传播中影响较大的奥尔科特、辛尼特等人甚为不满。奥尔科特、辛尼特等都属于神智学者,是神智学会(Theosophical Society)③的核心成员。虽然他们为佛教在欧美的传播做出了巨大贡献,但他们往往只是将佛教当作达成自己

---

① Lafcadio Hearn, "What Buddhism Is", in Albert Mordell ed. *Essays in European and Oriental Literature*, New York: Dodd, Mead & Company, 1923, p. 280.

② Max Müller (1823—1900), Samuel Beal(1825—1889), Eugène Burnouf(1801—1852), Léon Feer (1830—1902), T. W. Rhys Davids(1843—1922), Hendrik Kern(1833—1917), Alfred P. Sinnett (1840—1921), Henry S. Olcott(1832—1907).

③ 神智学(Theosophy,亦译为通神论、见神论、接神论等)是一种神秘主义学说或信仰,关注心灵、超能力、通神等神秘现象,佛教是其理论来源之一,但与佛教并不相同。1875年,布拉瓦斯基夫人(Helena Blavatsky)、奥尔科特等在纽约创立神智学会。

信仰的材料和手段,对这种夹带私货的佛教小泉八云是不能接受的。1883年,他在给友人的信中说:

> 佛教在美国需要让人感受到它的影响。但我不认为像辛尼特的,或是埃斯蒂斯和劳里亚特出版的奥尔科特那奇怪的《佛教问答》之类的作品有什么用处——它们太形而上学了,代表的是一套新诺斯替教的东西,因其与降神骗术相近而惹人厌恶。而更高级的佛教——像爱默生、约翰·韦思(John Weiss)那样的人提倡的佛教——总会有个使徒出现的。①

此后,小泉八云写过一系列文章批驳神智学派,尤其是在1886年,他连续发表了《亚洲之光的阴影》("The Shadow of the Light of Asia")、《神智学的偶像破坏》("Some Theosophical Iconoclasm")、《信仰的梦魇》("Religious Nightmare")、《混乱的东方学》("Confused Orientalism")等多篇文章抨击神智学对佛教的歪曲。小泉八云看到,佛教在美国的传播才刚刚起步,公众对佛教的理解十分混乱,而神智学所表述的佛教,更是增加了这种混乱。他说神智学者所代表的"新佛教,是真实事物的奇异的歪曲的幻影,不过是美国招魂术换个名字复活罢了,是借尸还魂!"②因此,"那些追随辛尼特们和奥尔科特们的人,不过是在追随那曾被称为招魂术的东西的鬼魂罢了,仅此而已!"③

以此为背景,我们就会理解,在《我在东方的第一天》中,小泉八云提到学僧真锅晃正在看一本奥尔科特的《佛教问答》(*Buddhist Catechism*),不管此事是否真实,但小泉八云提到这个细节绝非无意。

不过总体来说,1890年小泉八云赴日时,对佛教的了解并不算太深。虽然他有不少作品涉及佛教,但多数都是对佛教故事的改编(主要收入《奇书拾零》),真正能够深入探讨佛理的文章几乎没有。小泉八云喜欢佛教,但并不是佛教徒,至死也

---

① Elizabeth Bisland ed. *Life and Letters of Lafcadio Hearn-I*, Boston & New York: Houghton, Mifflin & Company, 1906, p.265.

② Lafcadio Hearn, "The Shadow of the Light of Asia", in Albert Mordell ed. *Occidental Gleanings-II*, New York: Dodd, Mead & Company, 1925, p.107.

③ Lafcadio Hearn, "Confused Orientalism", in Ichiro Nishizaki ed. *Oriental Articles*, Tokyo: Hokuseido Press, 1939, p.102.

不是①。《我在东方的第一天》中,学僧问他是否是佛教徒,他的回答是"不完全是",而他供佛的原因,只是因为"我尊敬他的教谕之美,也尊敬那些信仰他的人的虔诚。"②

赴日前,小泉八云的佛教知识基本都来自东方学家的转述,他并没有与佛教接触的实际体验。所以从下船伊始,他就对佛寺表现出了极大的兴趣。在东方的第一天,小泉八云对人力车夫下达的唯一命令就是"去寺庙!"他一家一家看过去,兴致盎然;在这样一片佛土之上,小泉八云对佛教的认识也逐渐深入起来。在他赴日之后的创作中,依然有许多作品涉及佛教,且题材更为多样:这其中当然包括《地藏》、《江之岛的朝圣之旅》("A Pilgrimage to Enoshima")这样的佛寺游记;也依然有《弘法大师的书法》("The Writing of Kōbōdaishi")之类的由佛教传说改编的故事;还有《石佛》("The Stone Buddha")、《轮回》("Within the Circle")这样的随想;也有《日本民歌中的佛教典故》("Buddhist Allusions in Japanese Folk-Song")、《佛足印》("Footprints of the Buddha")、《日本的佛教谚语》("Japanese Buddhist Proverbs")之类的民俗学研究,当然,也开始有了真正探讨佛理的作品。日本学者大东俊一认为,在小泉八云的日本创作中,严格意义上的佛教研究主要就是三篇:《在横滨》("In Yokohama")、《前世的观念》("The Idea of Preexistence")和《涅槃》("Nirvana")③。

《在横滨》收入《来自东方》,从形式上看可以算是一篇随笔,它有着记叙文的框架:小泉八云除抵日本时,曾到横滨的"地藏堂"拜访过一位88岁的老僧,并通过翻译与其探讨了诸多佛理。五年后再去时,老僧已经过世了。但作者的写作重点显然不在于事实的描述,而在于他们谈话的内容。而这谈话的内容,因其复杂和细致,很难确定是作者的秉笔实录,甚至这位老僧的有无亦未可知。所以,在笔者看来,《在横滨》应该是一篇披着随笔外衣的佛理论文。

在这篇"论文"中,二人探讨的问题虽然驳杂,但重点在于三个方面:生存意义、

---

① 不过小泉八云的葬礼是按照日本的佛教礼仪举行的,还给他起了一个法名"正觉院殿净华八云居士"。这是因为日本的丧葬习俗,倒未必能够引申出特殊的意味。
② Lafcadio Hearn, *Glimpses of Unfamiliar Japan-I*, Boston & New York: Houghton, Mifflin & Company, 1894, p. 15.
③ 大東俊一『ラフカディオ・ハーンの思想と文學』、彩流社、2004年、45頁。

轮回和涅槃。轮回和涅槃的问题可以放到下文跟《前世的观念》《涅槃》一起谈,在这里,我们先分析生存意义的问题。文中,小泉八云向老僧提出:

> 在西方国家,有三个重大的问题,许多人的头脑终生受其折磨。我们把这些问题称为"从哪里来、到哪里去和为什么",意思是生命从何处而来?将往何处去?为什么而存在和忍受呢?我们西方最先进的科学也宣布这些谜题是无法解开的,但同时又承认这些问题不解决,人们的心灵永远无法平静。所有的宗教都试图解决这些问题,而他们的解释又各自不同。①

而小泉八云要问的,就是佛教对这些问题的解释。小泉八云说,自己"并没有期望能够得到一个明确的答案",但出乎意料的是,老僧的回答超越了他的想象:

> 被看作个体的一切事物都是由普遍精神通过各种各样的发展和再生的形式形成的。它们在由永恒而生的存在已潜藏于其精神之中。但我们称之为精神和物质的两者之间其实并没有本质的区别。我们所谓的物质终归不过是我们自己的感觉和知觉而已,而感觉和知觉又不过是精神的现象而已。关于自在的物质我们其实毫无所知。我们所知的不过是自己精神的诸种皮相,而这些皮相受到外在的影响或强力,对此我们称之为物质。但物质和精神自身也只是无限的实存的两种皮相而已。
>
> ……
>
> 唯一的真实就是绝对精神,日语称之为"真如",即自在的、无限的、永恒的真实。而这种自在的无限的精神亦可以得到对自体的知觉。正如迷乱中的人会将幻景视为真实,绝对精神也会将自体所见视为外在的存在。我们把这种幻觉叫做"无明"。②

老僧说,每个人的原初都是"真如",而相伴的也定会有"无明"。"每个人要努力的不过就是回归无限的原初的自我,而这也就是佛的真义。"③

---

① Lafcadio Hearn, *Out of the East*, Boston & New York: Houghton, Mifflin & Company, 1895, p. 314.
② Ibid., pp. 315—316.
③ Ibid., p. 318.

第三章 小泉八云的宗教观与日本文化论

在这篇文章中,小泉八云提出生存意义的问题并非偶然。年轻时代的小泉八云在弱肉强食的西方现代工业文明中吃尽了苦头,来到日本后,尽管日本人的生活水平低于西方,但小泉八云认为他们的生活质量,尤其是精神生活质量却远较西方人为高。所以生存意义这个西方哲学和宗教最为关注的终极问题,对于小泉八云来说,由于有了东西对比的亲身体验,也就有了更为重要的价值。老僧的回答(本质上是小泉八云在留日初期一些思考的总结)切中了这个终极之问的要害。因为所谓生存意义问题其理论基础是物质世界与精神世界的二元论,人作为一种自为的存在却总要追求自在与自为的统一,这就是这个问题难以解答的关键。而老僧的回答确立了"真如"与"无明"的对立统一,并将困扰人们心灵的多数问题归之于虚妄,这也就从本质上消解了这个问题。显然,佛教的智慧在很大程度上完善了小泉八云的思想,在日本与佛教接触的便利帮助他把对佛学的认识提高到了一个新的高度。

相比于《在横滨》,《前世的观念》要更加专业和哲理一些。作者也不再需要假托老僧之口,而是敢于直接表达自己对佛教的理解了。文章开篇,小泉八云就引出主题:

> 如果我问一个在佛教氛围中真正生活过一些年的勤于思考的西方人,东方的思维方式跟我们有着特别不同之处的基础性的观念是什么,我肯定他会这样回答:"前世的观念。"这种观念超乎一切,它渗透在远东人民的整体心理存在之中。它像空气一样普遍,它渲染了一切情绪,它直接或是间接地影响着一切行动。①

但在《前世的观念》中,小泉八云讨论的重点却并不是"前世的观念"本身,而是"自我"(Ego)问题。因为这篇文章并非就事论事地阐释佛理,而是从比较文化的视角入手的。渗入日本人灵魂,影响他们一切情感和行动的"前世的观念"必然会追溯到一个前提,即自我是一复合体。前世之我为我,今世之我为我,来世之我亦为我。按照佛家的观点,"我(Self)是一种幻影,或者说是一种幻影的集合体"②。

---

① Lafcadio Hearn, *Kokoro*, Boston & New York: Houghton, Mifflin & Company, 1896, p.222.
② Ibid., p.251.

然而这种观念在西方的宗教中却是无法理解的。基督教的教义认为灵魂是被创造出来赋予每个肉体的，所以灵与肉存在着统一性，灵魂乃"我"之灵魂，肉体乃"我"之肉体。固然有灵魂的有无、死灭与否的争论，但"自我"的唯一性却是无法讨论的。由于东西方思维范式的这种根本差异，导致了理解上的困难。

在《前世的观念》中，小泉八云所取的，依然是西方文化本位的视角，他所要做的，是让西方人能够理解"前世的观念"，不以其为异，甚至能够宽容地接受它。为了达到这个目的，小泉八云使用了一种非常诡异的论证方法，即借助进化论（主要是斯宾塞的观点）来阐释佛理。当然，考虑到小泉八云的知识背景，细细梳理其思维逻辑，这种论证方法倒也不是完全无法理解。首先，小泉八云引证斯宾塞的心理学，将"本能"认定为人类历史经验的遗传，"由此，前世的观念以及复合自我的观念便有了坚实的生理学的基础"[①]，而轮回的说法也就不那么不可接受了。进而，小泉八云开始讨论"自我"：

> 我的意思是，通过心理的个性，我们区分意识和意识，区分我和你，对此，我们称之为"我"。对于佛教来说，它是一种暂时的幻影的复合。造成它的是因果。使它转生的是因果——过去生命的行动和思想的总和——其中的任何一个，就像某种庞大的加减运算精神系统中的某个数字一样，都会影响其余的全部。因果就像磁力，由某种形式传递到另一种形式，从某种现象传递到另一种现象，根据结合决定条件。因果之集合和创造作用的终极秘密，佛教认为是无法解释的，但这些作用的内聚力，佛教认为是由"渴爱"——生的欲望——而生，相当于叔本华所谓的"生命意志"。在赫伯特·斯宾塞的生物学中我们会发现与其出奇相似的观念。他阐释倾向性的传递以及变化，使用的是极性理论——生理单位的极性。在这种极性理论和佛家的渴爱理论之间，其差异性要远小于相似性。因果或是遗传，渴爱或是极性，他们的终极本质都是无法解释的：佛教和科学在这一点上是相同的。值得注意的事实是在不同的名称之下两者发现了同一个现象。[②]

---

① Lafcadio Hearn, *Kokoro*, Boston & New York: Houghton, Mifflin & Company, 1896, p. 231.
② Ibid., pp. 239—240.

第三章　小泉八云的宗教观与日本文化论

通过这种相似性的寻找,佛教对于"我"的看法也得到了斯宾塞的背书。小泉八云的这种论证方式从学术的角度看当然不够严密,但也有他的无奈和巧妙。就小泉八云本人的思想来说,他更倾向于佛教的观点,他希望西方文化能够吸取东方思想的精髓,治疗自身的痼疾。"那想象'我'为独一无二的盲目的自信不被打破,那自我和自私的情感得不到完全的消解,对于无限的自我——就如宇宙一般——的了解就永远也无法达到。"①但因东西方思想的巨大差异,在当时的背景下,让一个西方读者理解东方的思想尚且不易,何况是认可并接受它。而与此相应的,是近代科学发展对于传统基督教世界观的巨大冲击。到了19世纪末,西方世界对于包括进化论在内的新思想已经逐渐熟悉并部分接收,所以小泉八云便采用了一种进化论观念具有科学性——佛教观念与进化论思想相似——佛教观念也具有科学性的三段论。

《涅槃》出自《佛土拾穗集》,文章的主题是阐释"涅槃"这个佛教核心概念。其实,早在《在横滨》中,小泉八云就借老僧之口,谈到过涅槃问题:"涅槃是一种绝对自足,全知、全识的状态。我们不把它看作完全的无为,而是一种免受一切束缚的超然状态。……我们相信涅槃就是一种无限洞察、无限智慧和无限的精神宁静的状态。"②但在《涅槃》中,小泉八云所取的,依然是一种作为先觉者向欧美读者阐释的视角,所以这篇文章的阐述是用否定形式展开的。一开篇,小泉八云就说:"在欧洲和美国依然流行着一种观念,认为涅槃在佛家的思想中,就意味着绝对的虚无——完全的毁灭。这种观念是错误的。但它之所以错误是因为它只包含了一半的真理。"③

在小泉八云看来,涅槃意味着寂灭(extinction)。所以欧美人对于涅槃的看法并非完全不着边际,但他们错误的地方在于,往往将涅槃当作一种从有到无,从有限到无限的变化。这是因为"我""自我""灵魂""肉体"等观念的局囿,而在东方,是没有这些观念的对应之物的。所以,小泉八云花了很大力气去廓清这些观念对于

---

① Lafcadio Hearn, *Kokoro*, Boston & New York: Houghton, Mifflin & Company, 1896, p. 249.
② Lafcadio Hearn, *Out of the East*, Boston & New York: Houghton, Mifflin & Company, 1895, p. 319.
③ Lafcadio Hearn, *Gleanings in Buddha-Fields*, Boston & New York: Houghton, Mifflin & Company, 1897, p. 211.

隐含读者的影响,而且按照他的"传统",又再次引证了斯宾塞和一些心理学研究的成果作为辅助。但这种方式是否有效,他自己并没有信心。所以他说:"我怀疑不熟悉较高形式佛教信仰的人是否能够理解以下我从《弥兰陀王问经》第一卷中摘录的文字"①,此后,他又说:"显然,不解决这些经卷中提出的谜题,想要理解涅槃的意义是毫无希望的。"②因此,尽管小泉八云采用了面向欧美普通读者的写作视角,但实际上,他更多地是在与自我对话,试图在西方思维背景和东方智慧之间寻找一种平衡。

三、小泉八云的神道观

赴日之前,小泉八云对于日本神道几乎毫无概念。所以初到日本时,他的关注重点主要放在寺庙及与佛教相关的事物上,这从《陌生日本之一瞥》的篇目安排上就可以看出。然而,随着小泉八云对日本了解的深入,他越来越意识到神道的重要性。

其实小泉八云对于神道力量的关注,是一种必然。由于神佛融合的传统,多数日本民众对于神道和佛教的信仰,区分得并不是那么严格。《我在东方的第一天》中,在小泉八云"去寺庙"的命令下,人力车夫就曾将小泉八云带到过一个神社。在这里小泉八云第一次见到鸟居、注连绳,第一次感受到神道的陌生和神秘。此后,在江之岛,在松江,在他参观游览的几乎每处地方,几乎都能发现神道的痕迹。尤其是前往松江任教,对于小泉八云来说,是一个重要的契机。松江地处偏僻,相对于日本的大城市和开放口岸,这里保存了更多的传统,此外松江乃古之出云国所在,小泉八云谓之"神国的都城",是神道信仰的大本营。尽管只在松江待了一年,但这一年对于小泉八云的神道观乃至宗教观的影响却是决定性的。

1890年9月,刚刚在松江任教两个星期的小泉八云,经同事西田千太郎的介绍,前往杵筑的出云大社参观,成为第一个进入出云大社的欧洲人。这次的经历,应该是小泉八云第一次明确意识到神道力量的开始。此后在松江的日日夜夜,都

---

① Lafcadio Hearn, *Gleanings in Buddha-Fields*, Boston & New York: Houghton, Mifflin & Company,1897, p. 214.

② Ibid. , p. 218.

第三章 小泉八云的宗教观与日本文化论

在加深这种感受。11月,他在致张伯伦的信中说:"在这里,每天都益发地感受到神道相比于佛教的重要性。"①1891年4月,同样在致张伯伦的信中,他对比了佛教和神道:

> 关于神道……就其哲学(我非常喜欢,虽然我热爱赫伯特·斯宾塞),以及关于宗教感情的传奇、故事和艺术来说,我在出云的体验一点也没有改变我对佛教的热爱。如果我可能接受一种信仰的话,那么就会是佛教。但神道对我来说像是一种神秘的力量——巨大而特别,只是它一直没有被认真地看作是一种力量。我认为它是日本基督教化的一种无法逾越、不容置疑的障碍(对此我不厚道地表示支持)。它不完全是一种信仰,也不完全是一种宗教。它像磁力一般无形,像遗传本能一样难以描述。它是民族之魂的一部分。它意味着整个民族对于其君主们的一切忠诚,家臣对于王子们的献身,对于神圣事物的尊重,对于规则的保护,一个英国人将会称为责任感的一切意识,只不过这种意识似乎是遗传的,与生俱来的。②

12月,以这种认识为基础,小泉八云将自己参观出云大社的经历整理成文,以《杵筑:日本最古老的神社》("Kitzuki: The Most Ancient Shrine in Japan")为名发表在《大西洋月刊》上(后收入《陌生日本之一瞥》),在这篇文章中,小泉八云将自己对神道力量的认识以更加文学化的手法表达了出来:

> 但我在杵筑不仅只是看到了一座壮观的神社。看到杵筑城也就等于看到了神道的依然活跃的中心,并感受到这种古老信仰的脉动,在这19世纪,它的跳动依然像在《古事记》中那未知的过去一样有力,虽然这本书是用一种如今已不再使用的语言写成的,但它依然能够记录当代。经过多少世纪,佛教正在改变形式或是慢慢衰落下去,也许有一天它会在日本这片土地上消失,毕竟它只是一种外来的宗教;而神道却没有变化也不会变化,它依然统治着这片诞生它的土地,而且随着时间的流逝,它似乎获得了更多的力量和尊严。佛教有着

---

① Elizabeth Bisland ed. *Life and Letters of Lafcadio Hearn-II*. Boston & New York: Houghton, Mifflin & Company, 1906, p. 15.

② Ibid., p. 27.

卷帙浩繁的理论，深奥难懂的哲学，浩如烟海的经卷。而神道却没有哲学，没有伦理规范，没有形而上学。可是，正是因为它的非物质性，它才能抵抗西方宗教的入侵，而这是其他东方宗教做不到的。

……

但神道的现实性不在经文中，不在仪式中，也不在戒律中，而是存在于民族的心灵中，这是一种最高的宗教情感表现，它亘古不变，青春永驻。深藏在它那古怪的迷信，朴拙的神话，离奇的魔法的表象之下，隐藏着一种巨大的精神力量，它用全部的本能、力量和知觉激动着整个民族的灵魂。一个想知道神道是什么的人，就必须学着了解那神秘的灵魂，在那神秘的灵魂中，美的判断力，艺术的力量，英雄主义的激情，忠诚的吸引力以及信仰的情感都已变成一种与生俱来的、内在的、无意识的、本能的东西。①

可以说，在很大程度上小泉八云将神道理想化、神秘化了。他将佛教看作是一种外来影响，而将神道视为原生的、本能的、固化的、不变的日本民族灵魂的一部分。尽管他说自己对于佛教的热爱并没有改变，但事实上已经为佛教和神道分出了高下。

随着在日本居留日久，小泉八云对于神道的认识也有所修正。1893年张伯伦与小泉八云在书信中争论过神道问题，他在6月24日的信中说：

你认为用神道的"吸收的能力"能够恰当的解释地藏、鬼子母神以及其他佛教神祇（包括神祇之外的许多事物）进入神道的现象吗？对我来说，倒宁可认为这些现象证明佛教对于人性的影响和把握更胜一筹。这些慈悲的神祇自然地吸引人心，因此甚至能够在与制造它们的信条名义上相敌对的国家为自己赢得一席之地。不过，你知道，我的同情——或者说是偏见——在佛教一方，我把它看作是一种无比伟大的宗教。所以我更倾向于认为，如今神道所赖以存在的财富大多都是由佛教提供的，而儒学则一点也没有，这是可以证

---

① Lafcadio Hearn, *Glimpses of Unfamiliar Japan-I*, Boston & New York: Houghton, Mifflin & Company, 1894, pp. 208—210.

第三章 小泉八云的宗教观与日本文化论

明的。①

显然,张伯伦更加看重佛教,对小泉八云将神道内在化、神秘化的观点是不以为然的。对此,小泉八云在 6 月 27 日的信中回应道:

> 我是带着懊悔读你上封信的某一部分的。我现在完全同意你在佛教问题上的看法,而我最初对于神道的狂热,恐怕是错的。我认为在神道中看出了日本人忠义的核心——自我牺牲之类的。关于这个我热心地写过一些东西,恐怕你会公正地驳斥我的观点了。可能我会把校样中的某些部分修改一下。是的,佛教吸引人心,而神道只对传统和民族情感起作用。②

不过,小泉八云尽管对自己的观点有所修正,但基本看法并没有改变,从他后来的思想发展来看,他不但没有放弃这种观点,反而以此为基点,逐渐发展出他以神道为中心的日本文化观。

小泉八云对于神道的认识,最为集中地体现在《日本试解》之中。《日本试解》某种意义上来说就是一本神道之书。在《日本试解》的手稿封面等处,有多处毛笔书写的汉字"神国"③,应该是小泉八云为此书设计的日文书名。所谓"神国",意指日本是被"神"掌控的国家,这里的神,指的就是神道教的神(かみ)。

"古代祭仪"一章开篇就写道:

> 日本真正的宗教,依然以某种形式行于全国的宗教,同时也是所有高级形式的宗教和文明社会基石的宗教,就是祖先崇拜。在几千年中,其原始祭仪经历了变化,呈现出种种形式,但在日本各地,其基本特性仍然没有改变。不将各种佛教形式的祖先崇拜包括在内的话,我们发现有三种纯粹日本原生的礼仪形式,当然它们后来因中国的影响和礼仪或多或少发生了改变。这些日本

---

① Kazuo Koizumi ed. *More letters from Basil Hall Chamberlain to Lafcadio Hearn*, Tokyo: Hokuseido Press, 1937, p. 83.
② Elizabeth Bisland ed. *Japanese Letters of Lafcadio Hearn*, Boston & New York: Houghton, Mifflin & Company, 1910, p. 128.
③ 笔者曾就此询之于小泉凡(小泉八云的曾孙)先生,据他所说,这些字系助手新资资良所写。

形式的祭仪都被统称为"神道",意思是"神的道路"。①

在小泉八云看来,神道的核心即"祖先崇拜"(当然这个观点有商榷的余地),而三种日本原生的祖先崇拜的形式即家祭、社祭、国祭,或曰对家族祖先的崇拜,对氏族、部落祖先的崇拜,对皇家祖先的崇拜。这三种崇拜形式互相交织,成为日本社会各个层面的基础。日本的家庭、社会组织、法度、风俗、意识形态,乃至民族性,都受到祖先崇拜,也即神道的影响乃至决定。相应的,如果以"祖先崇拜"为核心的神道体系遭到破坏,则日本人的国民精神乃至日本社会也将不复存在。可以说在《日本试解》中,小泉八云基本排除了佛教、儒学对于日本社会的作用,将神道的地位提高到了无以复加的地步。

第三节 小泉八云的日本文化论

如前所述,小泉八云的思想体系有两个核心:其一是进化论,其二是宗教观。他对于日本的认识,也是以这两个核心为基础的。小泉八云对于日本未来的预言,对于政治形势、发展趋势的判断,大致以进化论为准绳;而他的日本文化论,则基本是从宗教视角出发的。

由于小泉八云对于儒学的生疏,更重要的原因在于儒学的非宗教性②,所以在探讨日本文化问题时,他几乎没有考虑过儒学的影响,他所关注的,主要是佛教和神道。

初到日本时,小泉八云的兴趣主要在于佛教,这一点从《陌生日本之一瞥》的篇目就可以看出来。但这时的创作大多是游记,只是将所见所闻记录下来,较少深入的思考。随着知识和经验的积累,小泉八云开始越来越多地关注日本人的内心。

我们不妨从《阿弥陀寺的尼姑》("The Nun of the Temple of Amida")开始。

---

① Lafcadio Hearn, *Japan: An Attempt at Interpretation*, New York: The Macmillan Company, 1904, p. 27.

② 对于"儒学"和"儒教",学界一直存在争议。笔者倾向于"儒"非"教"。至于小泉八云,限于其兴趣和学力,几乎没有涉及过日本儒学的问题。而且即便认定"儒"是宗教性的,它在日本普通民众中的影响与在中国的情况完全不可同日而语,所以小泉八云对于"儒"的忽略虽属瑕疵,但也可以理解。

第三章　小泉八云的宗教观与日本文化论

《阿弥陀寺的尼姑》是《心》中的一篇叙事散文,当然也可以说是一个故事,它讲述了一个女子失去丈夫、孩子后,在佛教中找到寄托的故事,小泉八云试图用这样一个女子的个案表现日本人灵魂深处的佛教情感。正如小泉八云在《心》前面的引言中所宣称的,"本卷文章所涉及的更多的是日本的内在生活而不是外在生活"①,《阿弥陀寺的尼姑》试图表现的正是日本人的心灵。

作品的主人公叫做阿丰(O-Toyo),她曾经有过短暂的幸福,但后来,她的丈夫、儿子都死去了,阿丰陷入了深深的痛苦之中。为了缓解对儿子的思念,阿丰找人招魂,与幼子的灵魂进行了短暂的对话。儿子安慰她,自己是为了替代阿丰而死去的,而且他希望阿丰不要再哭泣,因为阿丰哭泣的话冥河的水就会上涨,灵魂就不能渡河了。自此,阿丰不再悲恸,她平静、恬淡,为父母恪尽孝道。后来,父母为阿丰在阿弥陀寺建起一座小庵,阿丰出家为尼了。她照管着院中护佑病童的地藏菩萨像,她喜欢一切细小的东西,她为经常来寺中玩的孩子们而感到欢喜。在她死后,一群孩子来访问"我",他们希望"我"能出钱为阿丰再建一座小小的墓碑——因为她生前有过这样的期望。"我"答应了,但同时担心孩子们将没有玩耍的地方了。一个小姑娘回答我说:"我们还会在阿弥陀寺的院子里玩的。她就埋在那里。听到我们在玩,她会很高兴的。"②

在这个故事中,体现了小泉八云对于日本佛教的许多感受。首先,当然是佛教对于日本人心灵的塑造作用。阿丰面临的窘境对于任何一种宗教、文化来说都是非常棘手的,对于这样一个失去未来和希望的妇人,如何能够让她继续生存下去?她继续存在的意义在哪里?要回答这个问题并不容易。但佛教的因果、轮回等观念很好地解决了阿丰的问题。通过招魂者的法术,阿丰得知,儿子的死是为了替代自己而主动做出的牺牲,这就为儿子的死赋予了意义,也避免了对神佛正义性的怀疑(在跟儿子的灵魂对话时,阿丰的确质疑过这一点);冥土、轮回、转生等观念也使得阿丰能够为了避免伤害死者的利益而努力克制内心的悲痛,从而最终走向平静。阿丰的故事当然只是个案,但这种类似的机制使得千千万万日本人的心灵变得坚忍,能够安然接受命运的安排。其次,是日本的宗教与民众现世生活的和谐。一般

---

① Lafcadio Hearn, *Kokoro*, Boston & New York: Houghton, Mifflin & Company, 1896, Epigraph.
② Ibid., p.86.

说来,尽管宗教的目的和利益在于现世,但其理论基础大都不会建设于现世生活之上,而在于彼岸世界。以基督教为例,其教义或是憧憬天堂的美好来吸引信众,或是以末日审判和地狱的可怕来威慑异教徒及叛逆者,总的说来,它是不会赞美现世的快乐,欣赏现世价值的①。小泉八云自小熟谙基督教的威严、可怕与伪善,来到日本之后,日本的佛教、神道、迷信等宗教体系与民众的和谐让他深为感动。初抵日本,小泉八云就在《地藏》中描写过这样的场景:

> 在放盛甘茶的器皿的漆架旁另有一个架子,要矮一点,上面放着一口钟,样子像个大碗。一个和尚拿着包了衬垫的鼓槌过去敲了一下,声音却有些不对,和尚吃了一惊,往里看去,弯腰拎出一个笑嘻嘻的婴孩来。那孩子的母亲一边笑着,一边跑过来把孩子接过去。那和尚、母亲和孩子都欢笑着看着我们,逗得我们也笑起来。②

在佛寺中,民众对于神像也好,和尚也好,敬而不畏,并没有害怕的感觉,反倒是一幅其乐融融的景象。小泉八云显然将佛教看作是一种宽厚平和的宗教。在《阿弥陀寺的尼姑》中也同样如此。孩子们喜欢到阿丰所在的寺院中玩耍,一方面是因为阿丰喜欢孩子,另一方面也是因为日本孩子本就有到附近的佛寺、神社玩耍的习惯,他们并不将宗教场所看作威严可怕的所在。即便在阿丰死后,孩子们也并不害怕,他们还会在她的身边玩耍,并为彼此感到愉悦。这样的宗教观、生死观,在小泉八云看来,与日本民众的生活显然是和谐的。

在松江的经历促使小泉八云开始关注神道与日本人心灵之间的关系。《陌生日本之一瞥》下部中的《家中神龛》("The Household Shrine")一文算是这方面比较早的一次尝试。《家中神龛》较少受到研究者的关注,实际上,这篇文章虽然不长,意义却很重大,说它是《日本试解》的胚胎亦不为过。

《家中神龛》表面看以家庭中摆放供奉的神龛为主题,包括其材质、样式、价格、供奉方法、仪式、风俗等,但实际关注的是祖先崇拜问题。文章开篇即点出:"在日

---

① 当然,为了适应新兴的资本主义社会体系,通过宗教改革,基督教做了不少努力以使现世价值与教义相调和,关于这种变化最为著名的论述当属马克斯·韦伯的《新教伦理与资本主义》。

② Lafcadio Hearn, *Glimpses of Unfamiliar Japan-I*, Boston & New York: Houghton, Mifflin & Company, 1894, p. 36.

本有两种死人的信仰：一者属于神道，一者属于佛教。前者是一种原始祭仪，通常称之为祖先崇拜。"①这已经为后来《日本试解》中对于祖先崇拜的集中探讨埋下了伏笔，只不过《家中神龛》对于神道和佛教是平均用力，而到了写作《日本试解》时，由于小泉八云观点的改进，就只谈神道，而将佛教中的祖先崇拜悬置了起来。而且，在《家中神龛》中小泉八云就已经注意到了库朗热的《古代城邦》以及萨托、平田笃胤等人的观点②。此外，这时的小泉八云就已经认识到，所谓"祖先崇拜"并非只是对家族祖先的祭祀，在神道体系中它还有更为广泛的形式，所以他补充说："祖先崇拜虽仍是神道的突出特点，但并非国教的唯一组成部分，这个词也不能完全代表神道的死者祭仪。"③以此为基础，后来在《日本试解》中才发展出家祭、社祭、国祭三种形式的观点。

《家中神龛》最为重要的价值在于，它开始探索神道与日本国民性之间的联系，这是后来小泉八云在日本文化论中长期关注的话题，也是《日本试解》的核心问题。在《家中神龛》中，小泉八云说："今天，神道那隐秘的生机勃勃的力量——这种力量抵制了传教士劝化改宗的企图——其意味比传统、信仰或是礼仪还要深刻得多。……它是一种宗教——但这种宗教已经转化为遗传的道德本能，变成了伦理的天性。它就是这个民族的全部情感生活——日本的灵魂。"④只不过这时的小泉八云还没有发展出日本的方方面面都受神道（祖先崇拜）影响的思想，在这种神道的本能或是天性中，小泉八云关注的，主要是忠。他说：

> 这种狂热的忠诚是国民生活的一部分，它是渗透在血液中的——如同蚂

---

① Lafcadio Hearn, *Glimpses of Unfamiliar Japan-II*, Boston & New York: Houghton, Mifflin & Company, 1894, p. 385.

② Fustel De Coulanges(1830—1889)，法国历史学家，其《古代城邦》一书对小泉八云影响甚大，《日本试解》在形制上有强烈的模仿《古代城邦》的痕迹。Ernest Mason Satow(1843—1929)，英国外交官，日本学家，他的几篇关于神道的论文，特别是 1882 年发表的《纯神道的复兴》("The Revival of Pure Shin-tau")是小泉八云写作《日本试解》的重要参考。平田笃胤(1776—1843)，日本国学家，小泉八云非常欣赏其观点，在《日本试解》中征引他达到 13 次之多。具体可参见拙著《拉夫卡迪奥·赫恩文学的发生学研究》，第 196—203 页。

③ Lafcadio Hearn, *Glimpses of Unfamiliar Japan-II*, Boston & New York: Houghton, Mifflin & Company, 1894, p. 385.

④ Lafcadio Hearn, *Glimpses of Unfamiliar Japan-II*, Boston & New York: Houghton, Mifflin & Company, 1894, pp. 388—389.

蚁为其小国献身一样是一种与生俱来的本能,如同蜜蜂忠于蜂王一样是一种无意识。这就是神道。

　　那种为了忠义,为了上级,为了荣誉而愿意牺牲自己生命的准备,使这个民族在当代闻名于世,看来也已成为这个民族从其最早独立存在以来就有的民族性。①

这里的表述应该是小泉八云第一次明确地将忠义与神道联系起来。

与《家中神龛》不同,《达成的心愿》("A Wish Fulfilled")是一篇叙事文,收入《来自东方》,但它与《家中神龛》一样,探讨的也是忠义的问题。文章的背景是1894年爆发的中日甲午战争,主人公叫做小须贺浅吉(译音,Kosuga Asakichi),按照作品中的说法,是小泉八云在松江教过的一个学生。浅吉在参战之前到小泉八云家中拜访,二人促膝而谈,相聚甚欢,文章标题所谓"达成的心愿",是浅吉从学生时代就表达的一种心愿,即能为天皇而死。此刻马上就可以奔赴朝鲜战场,这个心愿算是达成了。

但事实上,小泉八云在松江教过的弟子中,并没有叫做小须贺浅吉的人,从主人公的经历上看也与任何人都对不上号,也就是说,这个人物是杜撰的,小泉八云只是把他当作一个日本普通民众的代表,借其口阐释日本人忠义的原因。在小须贺浅吉的回答中可以看出,普通日本人的生死观大致是这样的:一、灵魂不灭;二、为国捐躯的人死后可以成神;三、死去的魂灵继续与家人在一起,保佑他们;四、魂灵将受到家中子嗣的供奉。这些观念实际上也就是神道的基本观念。当然,这其中也掺杂着佛教的因素,如冥土、转生等,但就其主体来说,这种生死观基本是建立在神道信仰之上的。浅吉还用了一首西行法师的和歌来表达自己对古老的神社的感情,对此小泉八云说:

　　这已经不是我第一次听到这样的表白了。我的许多学生都会毫不犹豫地讲出这种被神圣的传统和古老神社的朦胧庄重所引发的感情。这绝不是浅吉的个人体验,只能算是深不可测的大海的一阵波纹罢了。他只是讲出了一个

---

① Lafcadio Hearn, *Glimpses of Unfamiliar Japan-II*, Boston & New York: Houghton, Mifflin & Company, 1894, pp. 389—390.

第三章 小泉八云的宗教观与日本文化论

民族自古以来的感受——朦胧却又深不可测的对于神道的感情。①

此后（也可能是在受到张伯伦的批评之后），小泉八云对自己的观点有所修正。从《日本文明的特质》("The Genius of Japanese Civilization")我们就可以发现这种变化。这篇文章写于甲午战争之后，1895年10月发表于《大西洋月刊》，后收入《心》，是小泉八云阐释日本文化的一篇名文。

文章从日本在战争中的胜利谈起，许多人认为日本的变化得益于近三十年的学习西方的努力，但小泉八云对此却有独特的见解。在他看来，日本近三十年的变革，所改变的不过是理智的、物质层面的东西，而在感情的、精神的深处，根本就没有发生任何变化，简而言之，日本所产生的这些变化，其根源都在日本文明自身的核心之中，即所谓日本文明的"特质"。小泉八云认为日本文明之不同于其他民族的特质，就在于日本人生命形态的流动性（fluidity）。

但日本国民这种"流动性"并没有导致自由涣散，相反的，他们总是具有惊人的一致性，能够朝着一致的目标前进，恰如沙或水为风赋形。小泉八云认为，"这种对改造的顺从得益于其精神生活的旧传统——难得的无私和完全的忠诚"②。简单说来，即所谓"克己"和"忠义"。但对于"克己"和"忠义"的成因，小泉八云有新的思考："日本应该感谢她的两大宗教，她道德力量的创造者和保存者：一是神道教，它教导一个人在考虑自己的家庭或是自己之前先想到皇上和国家；二是佛教，它训练一个人战胜悔恨、忍受痛苦，将所爱的消失和所恨的苛酷视为永恒的必然。"③通过这种论证，小泉八云就将自己对日本国民性的认识（克己、忠义）与日本的宗教文化（神道、佛教）连接起来。在小泉八云的思想进化中，这是非常重要的一环。

此后，小泉八云由宗教视角出发的日本文化观又有所变化。他逐渐将佛教对于日本国民性的影响悬置起来，而将关注点主要放在了神道上。而在神道中，他将"祖先崇拜"认定为神道信仰的起点及核心，神道对于日本文化及国民性的影响也不再限于忠义。这些观念集中体现在《日本试解》之中，小泉八云把这些观念发展

---

① Lafcadio Hearn, *Out of the East*, Boston & New York: Houghton, Mifflin & Company, 1895, p. 299.
② Lafcadio Hearn, *Kokoro*, Boston & New York: Houghton, Mifflin & Company, 1896, p. 36.
③ Ibid., pp. 36—37.

成了一种体系,用以祖先崇拜为核心的神道信仰解释日本的社会、文化、国民性格等一切事物。不过在此之前的一些文章或是书信之中,这种变化已有所体现。例如在《心》中收录的《关于祖先崇拜的思考》("Some Thought about Ancestor-Worship")一文中,小泉八云说:"在日本,对逝者的感情是完全不同的。那是一种感激和虔诚的爱。它可能是这个民族的感情中最深沉、最有力的,尤其是在引导民族生活和形成民族性格上。爱国心属于它,孝道基于它,亲情根植于它,忠义也以它为基础。"[①]这显然是将更为广泛的日本国民性归因于祖先崇拜了。与同样收录于《心》的《日本文明的特质》相比,《关于祖先崇拜的思考》已经体现出思想演进的趋势。

小泉八云将日本的宗教看作日本社会的基石。他认为日本社会的一切上层建筑,包括其制度体系以及道德、传统、文化、艺术乃至日本人的国民性等社会意识形态,都是与佛教、神道等宗教体系相适应的。如果根基受到了动摇,那么上层建筑也将不复存在。《阿代的故事》("The Case of O-Dai")就从反面佐证了日本宗教的价值。

《阿代的故事》出自《日本杂录》,是一篇叙事散文,讲述了一个日本女子的悲惨命运,只不过造成她的命运悲剧的元凶,是外来的基督教。

阿代是一个孤女,父母、哥哥都去世了,为了生存她接受了两个英国女传教士的条件,丢弃了家中的牌位,改信基督教,去为她们做助手。阿代丢弃先人牌位的行为极大地触犯了乡邻,她被孤立了。后来,两个传教士解雇了阿代,她无法回到原来的生活,只好走向堕落。而最为可悲的是,即便是堕落,她也不能为当地人接受,最终被转卖到大阪去了。

在这个故事中,小泉八云对那两个英国女传教士用笔不多,但她们的自私、冷漠、伪善却跃然纸上,这与小泉八云对传教士一贯的厌恶态度是相符的。不过总体说来,《阿代的故事》的主要目的并不是为了揭露传教士的伪善。文章开头,小泉八云描述的就是阿代在丢弃牌位时内心的挣扎。这些牌位代表着逝去的父母、哥哥,代表着他们的爱,代表着对过去美好生活的回忆。而且不仅如此,从传统观念上说,牌位可以在转生之前为亡魂充当临时的身体,它是日本由佛教、神道等多种思

[①] Lafcadio Hearn, *Kokoro*, Boston & New York: Houghton, Mifflin & Company, 1896, pp. 282—283.

第三章　小泉八云的宗教观与日本文化论

想杂糅而成的传统信仰的一个焦点。也正因为如此，阿代丢弃牌位的行为，激怒了整个社会。"她反对孝道的最高美德，反对祖先的信仰，反对一切信仰、感恩、礼法和责任，反对她所属民族的全部道德经验，阿代犯下的是不可原谅的错误。"①其实对乡邻来说，阿代改信基督教并不是不可容忍的——因为日本的宗教观念是宽容的、和谐的；不可容忍的是她对日本人传统宗教观念的否定和践踏，而这正是促使阿代犯错的西方宗教所坚持的一种态度。

在《日本杂录》的篇目分类中，它属于"研究偶得"（Studies Here and There）的一部分，而且文章题名中的"case"除了故事、事情，还有案例的意思，与"研究"相联系，我们当然可以认为，小泉八云在这篇作品中是有所寄托的。他想要表达的，是他对宗教与日本社会关系的一种判断，而在作品末尾，他说得就更加明白一些："也许她的存在只是提供了一个每位外国传教士都应该努力理解的真实的范例"。②

---

① Lafcadio Hearn, *A Japanese Miscellany*, Boston: Little, Brown, and Company, 1901, p. 248.
② Ibid., p. 252.

第四章
小泉八云的文艺思想与文学批评

第一节 浪漫主义者小泉八云

当人们提到小泉八云的时候,本能地就会将他归入浪漫主义者的行列,对于这一点,多数人大概都不会有异议。惟夫甚至说"他是对一切的美抱同情同感而谋所以享乐的人。……像这样有浪漫的人格的人,在世界上恐只是他一人而已。"①,但小泉八云为什么是一个浪漫主义者?关于这一点却很少有人能说出个所以然来。

我们按照文学史的标准对作家进行归类的时候,无非是参考他们作品的风格,分门别类给他们打上标签。如果这位作家又喜欢表达、宣扬自己的文学观念,则对于研究者来说就更加便利了。当然有时作家们的表述与创作未必全然合拍,比如有着整套自然主义理论的左拉,其主要创作依然还是现实主义的路子,但总体来说,言行一致的作家毕竟还是多数。读完小泉八云的作品之后,其华丽细腻的文字,空灵奇诡的风格,自然会给人一种似曾相识的浪漫感觉。他的创作以游记和怪谈类作品闻名,游记主要表现异国情调,这一点与拜伦、雪莱、夏多布里昂、洛蒂等颇为相近;而怪谈则表现恐怖、怪诞乃至病态之美,与雨果、波德莱尔、爱伦·坡等浪漫主义者们算是一脉相承,所以从创作风格上看,将小泉八云归入浪漫主义不会有多少异议。更何况划定一个作家的风格和流派主要靠的是一种感性体验,多数人将小泉八云看作浪漫派作家本身就已经足够说明问题了。

但除此之外,小泉八云还是一个文学批评家,他在论文、书信中,有着大量的文学观念表述,他在东京大学讲授文学的讲义在其殁后被辑录出版,曾经广为流传。考虑到小泉八云曾经作为专任教师,以学术的态度在大学讲坛上教授文学,其文学

---

① 惟夫:《介绍小泉八云》,《小泉八云文学讲义》,北平:联华书店,1931,第11页。

第四章　小泉八云的文艺思想与文学批评

批评著作流传于世并产生过广泛的影响,称其为文学批评家显然并无不妥。既然是文学批评家,进入了理论层面,那么对其进行文学史定位就不能只是做简单的感性判断了。所以小泉八云的文学观就成为了一个必须细细考究的问题。

一、浪漫主义文学观

作为批评家的小泉八云,其文学观主要体现在几类文本之中,其一是他在美国时期的文学散论。其二是 1896 至 1902 年间他在东京大学讲学的文学讲义。其三是他在致友人的书信之中涉及的文学批评。当然,需要注意的是,小泉八云从来不曾自居为批评家,他只受过中学教育,他的文学素养、文学趣味、文学观念基本是靠着自己的天性和凭着兴趣的大量阅读逐渐建立起来的,思想来源较为庞杂,体系、标准亦不甚严密。但总的说来,如同他的作品一样,小泉八云的文学批评和文学观念都带着典型的浪漫主义色彩。

不过,要证明这一点却并不容易,因为什么样的风格和观念才算是"典型的浪漫主义"至今也没有定论。以赛亚·伯林在其著名的《浪漫主义的根源》一书中就承认:

> 我从未想过给浪漫主义的性质和目的下个定义,因为,诺斯洛普·弗莱明智地告诫过我们,如果有人试图证明某些特征是浪漫主义诗人的显著特征,比如说,对自然和个体的全新态度,试图证明这些特征只有在 1770 年到 1820 年之间的那些作家才具备——并将这些作家的态度与蒲柏或拉辛的态度做个对比,那么必定会有别人从柏拉图或迦梨陀娑那里找到反证;从哈德良皇帝那里找到反证——肯尼斯·克拉克就是这么做的;从赫利奥多罗斯那里找到反证——塞埃就是这么做的;从一个中世纪西班牙诗人或前伊斯兰阿拉伯诗人那里找到反证;最终还会从拉辛和蒲柏那里找到反证。[①]

所以以赛亚·伯林的态度非常现实:

> 在我看来,十八世纪后半叶,在我们明确地称之为浪漫主义运动之前,发

[①] [英]以赛亚·伯林:《浪漫主义的根源》,吕梁等译,南京:译林出版社,2008,第 4 页。

生了一次价值观的根本转变,影响了西方世界的思想、感情和行为。对这一转变最生动的表述见于浪漫派最典型的浪漫形式中,而非他们表现出来的所有浪漫形式,也非那些属于他们所有人的浪漫形式;而是见于浪漫派所具有的最典范的东西中。没有这些典范,则我意欲言及的革命以及那些被认为革命的后果和现象(浪漫主义艺术,浪漫主义思想)便不可能产生。如果大家说我还未论及深藏在浪漫主义之内或哪条宣言核心中的特征的话,我欣然承认。我并不想定义浪漫主义,只想研究隐匿在重重伪装之下的这场革命能够暴露出来的那些最明显的形式和症状。此外无他:但这也足够了。①

同样的,在小泉八云与浪漫主义的问题上,我们也可以学习伯林的态度,小泉八云的文学风格特别是文学观念,并不一定符合所有的浪漫形式,也不一定是符合所有浪漫主义者的形式,但只要能够与"浪漫派最典型的浪漫形式"相应和,也就足够了。

在小泉八云的文学批评中,首先我们会发现,他像那些"典型的"浪漫主义者们一样,推崇天才。他认为:"诗人一定是生为诗人的,就像英国的谚语说的,'诗人是生成的,不是造成的'。任何教育都不能使一个人成为诗人"②。小泉八云的这种观念与浪漫主义诗人们的经典论述如出一辙,甚至有可能本身就是对前人观点的转述,因为柯勒律治曾说:"音乐的快感或产生这种快感的才能是想象力的赐予;还有那种化众多为效果上的一致性的能力,和用某一主导的思想或感情来润色一系列的思想的能力,这些都可以培养、可以改进,但却绝对不是学得来的。就是在这种意义上,'诗人是天生的,不是人为的'。"③斯达尔夫人也曾说过:"诗的天才是一种内在的禀赋",所以"散文是人为的,诗是自然的"。④ 不过,小泉八云并不是一个诗人,他的天才在于散文文体,所以他不单推重诗歌,他认为"文学的两大门类——情感的,特别表现为诗歌;以及想象的,特别表现为戏剧或是戏剧性的小说——都

---

① [英]以赛亚·伯林:《浪漫主义的根源》,吕梁等译,南京:译林出版社,2008,第5页。
② Erskine, John ed. *Life and Literature*, New York: Dodd, Mead and Company, 1917, p.24.
③ [英]柯尔律治:《文学生涯》,章安祺编:《西方文艺理论史精读文献》,北京:中国人民大学出版社,1996,第427页。
④ [法]德·斯太尔夫人:《德国的文学与艺术》,丁世中译,北京:人民文学出版社,1981,第42—43页。

完全取决于性格和遗传。教育虽然有所助力，然而靠教育是无法造就伟大的诗人或戏剧家的"①。小泉八云认为这两种特质所对应的是两种相反的文学，即"浪漫的"和"现实的"。但无论是"浪漫的"还是"现实的"文学，在他看来都要依靠主观想象。"小说和戏剧的伟大作品，都是主观的，而不是客观的"②。"戏剧和小说的最高形式就是直觉和想象的著作。"因为"伟大的想象性作品比现实本身更加现实，比客观研究的结果更加客观"③。甚至不仅仅是小说和戏剧，推而广之，"一切文学的核心在于其想象力"④。

对于想象力的推重几乎是浪漫派的同识。雪莱认为"诗可以解作'想象的表现'"⑤，柯勒律治说："诗的天才以良知为躯体，幻想为服饰，行动为生命，想象为灵魂，这灵魂无所不在，它存在于万物之中，把一切形成一个优美而智慧的整体。"⑥他们推崇想象的真实性，济慈说："我只确信心灵所爱的神圣性和想象的真实性——想象所认为美的一切必然也就是真的——不管它过去存在过没有。"⑦而维尼则说："想象就是一种伟大的创造力；想象所提供的人物，和它使人联想到的真实人物具有同样的生命。"⑧可以说，小泉八云的观点与浪漫派的经典论述并无二致，可能还更为激进一些。

浪漫主义者强调自我，强调主观，强调个人情感的自由抒发。最为著名的论断可能要算是华兹华斯在《抒情歌谣集》序言中的结论了："一切好诗都是强烈情感的自然流露。"⑨同样的，小泉八云也抱持着类似的观念。在《作文论》中，他说："在这

---

① Erskine, John ed. *Life and Literature*, New York: Dodd, Mead and Company, 1917, p. 30.
② Ibid., p. 26.
③ Ibid., p. 27.
④ Ryuji Tanabe and Teisaburo Ochiai ed., *A History of English Literature*, Tokyo: Hokuseido Press, 1934, p. 926.
⑤ [英]雪莱：《为诗辩护》，古典文艺理论译丛编辑委员会编：《古典文艺理论译丛·第一册》，北京：人民文学出版社，1961，第 77 页。
⑥ [英]柯尔律治：《文学生涯》，章安祺编：《西方文艺理论史精读文献》，北京：中国人民大学出版社，1996，第 425 页。
⑦ 中国社会科学院外国文学研究所外国文学研究资料丛刊编辑委员会编：《欧美古典作家论现实主义和浪漫主义·第一册》，北京：中国社会科学出版社，1980，第 296 页。
⑧ 同上书，第 95 页。
⑨ 同上书，第 261 页。

次课程的整个过程中你们都别忘了,我对于文学的定义就是情感表达的艺术。"①当然,如同华兹华斯不仅仅要求"强烈情感",还强调"自然流露"一样,小泉八云也不仅关注情感的作用,他还要求文字、形式的完美,所以对他来说,"文学意味着强烈的情绪和高贵的情感之最高形式的语言表现。"②

小泉八云的浪漫主义文学观还体现在他对于神秘怪诞的偏爱。小泉八云自幼就对神秘主义的作品有着特殊的偏好,无论是美国时期,还是赴日之后,以鬼怪或是神秘事物为主题的作品都是他的一大创作门类。东大时期,他专门有一篇讲演探讨神秘怪诞的问题,题目就叫做《小说中超自然的价值》("The Value of the Supernatural in Fiction")。

当时的日本也正值赛先生大行其道,所以面对已不相信鬼怪的日本学生,小泉八云不得不先阐释,超自然的故事并没有过时。他甚至认为:"凡有优美的文学的地方,无论在诗歌还是在散文中,你都能找到活跃的超自然的因素。"③"一个诗人或是小说家,如果不能不时地给予读者一点神秘的乐趣,那他就成不了真正伟大的作家或是思想家。"④小泉八云的这种文学趣味在浪漫主义者中并不罕见。夏多布里昂说:"除了神秘的事物以外,再没有什么美丽、动人、伟大的东西了"⑤夏尔·诺谛埃则说:"我喜爱善于从事神秘创造的巧妙的想象,它能给我讲述世界起源的故事和过去时代的迷信,从而让我迷失在废墟和古迹之间。""想象是那么喜欢捏造,它喜欢吓人的幻象甚于喜爱具有赏心悦目而又自然的真实性的描绘。腻烦了平常感情的人类心灵这一最后源泉,就是人们所谓的浪漫主义样式。"⑥

所以,针对浪漫主义的这种倾向,罗素在《西方哲学史》中评价说:

> 浪漫主义者的性情从小说来研究最好不过了。他们喜欢奇异的东西:幽

---

① Erskine, John ed. *Life and Literature*, New York: Dodd, Mead and Company, 1917, p. 48.
② Ibid., p. 48.
③ John Erskine ed. *Interpretations of Literature-II*, New York: Dodd, Mead & Company, 1915, p. 90.
④ Ibid., p. 92.
⑤ 中国社会科学院外国文学研究所外国文学研究资料丛刊编辑委员会编:《欧美古典作家论现实主义和浪漫主义·第二册》,北京:中国社会科学出版社,1981,第68页。
⑥ 同上书,第65—66页。

灵鬼怪、凋零的古堡、昔日盛大的家族最末一批哀愁的后裔、催眠术士和异术法师、没落的暴君和东地中海的海盗。菲尔丁和斯摩莱特写的是满可能实际发生的情境里的普通人物，反抗浪漫主义的那些现实派作家都如此。但是对浪漫主义者来说这类主题太平凡乏味了；他们只能从宏伟、邈远和恐怖的事物领受灵感。①

二、与浪漫主义的偏离和抵触

如前所述，小泉八云的文学观念中有许多本能自发的成分，他一直将自己定位为作家，少有那种评论家的严密和自觉。而且小泉八云所处的时代，已是浪漫主义的后期，经典浪漫派吹响的是与古典主义战斗的号角，而小泉八云却受到现实主义乃至更多新思想的吸引和冲击。所以，尽管我们已经申明，小泉八云的文学观念无需符合所有的浪漫形式，也无需符合所有浪漫主义者的形式，但在他的思想体系中，还是存在许多观念，与浪漫主义南辕北辙，甚至格格不入。

首先，让人感到特别的就是小泉八云文学观念中"南方文学"与"北方文学"的对立，有的时候这种对立又用"北方"和"拉丁"来表述。"北方"指的是英国、美国北方、北欧、俄国等寒冷地区；"南方"指欧美的温暖地带；"拉丁"则特指拉丁语族的地区，如法国、意大利、西班牙、美国南方、西印度群岛等。在"北方文学"和"南方文学"、"北方民族"和"拉丁民族"之间，小泉八云热爱后者。

所谓"南方"与"北方"的对立，在小泉八云的时代几乎是一种常识。较早开启这个话题的，是18世纪法国启蒙思想家孟德斯鸠。但对于孟德斯鸠来说，他对于"北方"的肯定是非常明确的，在《论法的精神》中，他就有这样的表述："你将在北方气候之下看到邪恶少、品德多、极诚恳而坦白的人民。当你走近南方国家的时候，你便将感到自己已完全离开了道德的边界"。②

在文学领域，最为著名的"北方文学"与"南方文学"的裁断者是斯达尔夫人。在《论文学》中，她提出：

---

① [英]罗素：《西方哲学史·下》，马元德译，北京：商务印书馆，1976，第217页。
② [法]孟德斯鸠：《论法的精神·上册》，张雁深译，北京：商务印书馆，1961，第229页。

我觉得存在着两种完全不同的文学,一种来自南方,一种源出北方;前者以荷马为鼻祖,后者以莪相为渊源。希腊人、拉丁人、意大利人、西班牙人和路易十四时代的法兰西人属于我所谓南方文学这一类型。英国作品、德国作品、丹麦和瑞典的某些作品应该列入由苏格兰行吟诗人、冰岛寓言和斯堪的纳维亚诗歌肇始的北方文学。①

我们不难发现,这种南北方文学的归类标准与小泉八云的观念是极为相近的。但出于对新兴的浪漫派文学,尤其是"忧郁"的文学的偏爱,斯达尔夫人明确表示过对于"北方文学"的认同:"我的一切印象、一切见解都使我更偏向北方文学"②。

小泉八云热爱南方,厌恶北方有其特殊的原因。他生于希腊,又加以对母亲的怀念,所以对希腊一直怀有一种特殊的情感,他将希腊乃至以希腊为代表的南方都看作是美和艺术的象征。而在英国和美国北方的经历,则让小泉八云把代表着现代工业文明的北方看作是一种非人化的、丑陋的东西,是对美的戕害。有时候,他又将"南方"与"拉丁"混用(南方指方位,拉丁指种族,其所指地域倒是基本重合的),表达对于拉丁文学的认同。1883 年,他在致友人的信中说:"长久以来我就想创作一种具有热烈的风格和丰富的想象力的英语小说,迄今为止这种特色都是拉丁文学所特有的。我自己作为南欧种族的一员,一个希腊人,我觉得更认可拉丁民族而不是盎格鲁-撒克逊。"③十余年后,他的观点依然没有变:"不管我们怎样自夸在道德上如何优胜,在艺术知识上,我们,我们所有人——俄国人、英国人或是斯堪的纳维亚人——相比于拉丁民族,都还只是吃奶的孩子罢了。"④而相比之下,"北方民族根本没有艺术感觉。"⑤

其实对于希腊、拉丁或是南方民族艺术天性的颂扬并不是小泉八云的一家之

---

① [法]斯达尔夫人:《论文学》,徐继曾译,北京:人民文学出版社,1986,第 145 页。
② 同上书,第 146 页。
③ Elizabeth Bisland ed. *Life and Letters of Lafcadio Hearn-I*, Boston & New York: Houghton Mifflin & Company, 1906, p.276.
④ Elizabeth Bisland ed. *Japanese Letters of Lafcadio Hearn*, Boston & New York: Houghton, Mifflin & Company, 1910, p.393.
⑤ Elizabeth Bisland ed. *Life and Letters of Lafcadio Hearn-II*, Boston & New York: Houghton Mifflin & Company, 1906, p.300.

第四章 小泉八云的文艺思想与文学批评

言,在他的时代,这种文学地理学的说法几乎已经是一种常识了。文学评论家丹纳就曾就说过希腊人是"世界上最大的艺术家"①,他也赞扬过拉丁民族的艺术天分:"拉丁民族的想象力不是一面包罗万象的镜子,它的同情是有限制的。但在它的天地之间,在形式的领域之内,它是最高的权威;和它相比,别的民族的气质都显得鄙俗粗野。"②即便是更认同北方的人,如斯达尔夫人也并不否认南方或拉丁民族的艺术天性。斯达尔夫人曾说过:"法兰西民族是拉丁民族中最有教养的,倾向于从希腊罗马人那里学来的古典诗。英格兰民族是日耳曼民族中最出色的,喜爱浪漫诗和骑士诗,并以珍藏的这一类杰作为自豪。"③可能是由于对浪漫主义诗歌的偏爱,所以斯达尔夫人推重北方民族胜过自己所属的拉丁民族。在这一点上,小泉八云是与浪漫主义的经典表述是存在差异的,他热爱美、热情、想象、感受性超过一切,因而坚定地支持南方与拉丁,却将产生了拜伦、雪莱、史雷格尔兄弟、海涅等人的"北方文学"视若无物。对于北方文学,他只热爱一个例外,即北欧文学,而这是由于北欧神话那种原始的神秘与奇异之美。

从这一点上来说,小泉八云似乎已经具备了唯美主义的倾向,而且的确在创作早期,他曾毫无保留地热爱过法国唯美主义作家戈蒂耶,并受到戈蒂耶唯美、无功利的文学观念的深刻影响,他在给友人的信中曾说:"我相信特奥菲尔·戈蒂耶关于艺术的观念,只研究美的东西,为此只创作理想"④。但小泉八云在思想和气质上与戈蒂耶毕竟存在着较大的差异,其实从一开始,他就没有全盘接受戈蒂耶的唯美主义思想。早在1881年的一篇评论中,他就针对戈蒂耶的"艺术无功用"的观点表达了自己的思考:"在某种意义上它们(美的事物)确实无用,但在另一种意义上,它们的价值是非常大的。诗人和小说家能让语言丰富,艺术上能够培养美感的一切事物都能对思想及其行动给予滋养——作用于思想并间接地影响社会自由。"⑤

---

① [法]丹纳:《艺术哲学》,傅雷译,桂林:广西师范大学出版社,2000,第292页。
② 同上书,第106—107页。
③ [法]德·斯太尔夫人:《德国的文学与艺术》,丁世中译,北京:人民文学出版社,1981,第47页。
④ Elizabeth Bisland ed. *Life and Letters of Lafcadio Hearn-I*, Boston & New York: Houghton Mifflin & Company, 1906, p.437.
⑤ Lafcadio Hearn, "Some Fancies about Fancy", in Charles W. Huston ed. *Editorials*, Boston & New York: Houghton, Mifflin & Company, 1926, p.135.

这时小泉八云对艺术功用的思考还停留在文学艺术自身的范畴之内,但随着时间的进展,他对于文学的作用有了更多的思考。东大讲学时期,小泉八云有一篇名为《文学与政治见解》("Literature and Political Opinion")的讲义,专门探讨了文学的社会功用。在他看来西方社会的政治决定于公共舆论,而公共舆论则主要决定于情感的、道德的力量,那么作为情感表现的文学自然会对公众舆论产生极大的影响,进而会影响人民的政见,乃至影响到对另一国的商贸与外交。所以小泉八云对日本学生说,创造能够影响西方社会政治见解的日本文学实在是一种"政治的必须"和"国家的需要"①。

如果仅以此篇来看,小泉八云的观点与浪漫主义就相去甚远了。浪漫派作家未必人人赞同艺术无功利的观点,但将文学与现实的关系联系得如此紧密,实在不像浪漫派的风格。

此外,作为一个浪漫主义作家,小泉八云最为特别的地方就在于他关于文学理想的观念。他曾在书信中说戈蒂耶式的对美的崇拜并不是"最高的艺术"。那么"最高的艺术"到底是什么呢?后来在《最高艺术的问题》("The Question of the Highest Art")的讲义中,小泉八云解释说:

> 我要说,最高形式的艺术在鉴赏者身上激起的热情,应当与爱情在一个高尚的情人身上所起的作用相同。这种艺术是值得人们牺牲自我的道德之美的表现,是人们愿为美好事物赴死的道德观念的表现。这种艺术应当使人们充满了热望,愿意为某些伟大而高贵的目的而放弃生命、娱乐,乃至一切。正如无私是对强烈爱情的真正考验一样,无私也应当是对最高艺术的考验。一种艺术能够使你感到高尚,使得你愿意牺牲自己,尝试伟大的事业吗?如果的确是这样的话,那么它即便不是最高的艺术,也至少属于较高的艺术了。但如果一件艺术作品,不管是雕塑、绘画还是诗歌、戏剧,未能使我们体会到仁爱,不能让我们更加高尚,道德上进步,那么我要说,无论它多么巧妙,它也不是最高

---

① John Erskine ed. *Interpretations of Literature-I*, New York: Dodd, Mead & Company, 1915, p. 391.

的艺术。①

按照这种标准,小泉八云甚至认为:

> 最高的艺术应该表现道德的理想,而不是物质的理想,它引发的作用应该是一种道德的热忱。我想,在这个意义上,雕塑、绘画、音乐,这些艺术永远无法成为最高的艺术。而戏剧、诗歌、长短篇小说,换句话说,伟大的文学,则可以在将来尝试并很有可能成为最高的艺术。②

可以说,这种观点是小泉八云文学观中最难理解的地方。因为浪漫主义者虽然并不绝对排斥文学的道德功用,但几乎没有人会将它抬高到"理想"的境地。如同艾布拉姆斯对雪莱的概括那样,浪漫主义者"试图表明诗何以能使道德和社会得到改善,而不必露出它的'道德目的',也不必竭力去'教给人某些原则'"③。小泉八云这种"文以载道"的追求更近于古典主义或是某些现实主义作家,而与多数浪漫主义者拉开了距离,而且更重要的是,他自己的创作显然也与这种"最高的艺术"相距甚远。

那么小泉八云是怎样形成他关于"最高的艺术"的观点的呢?

表面看起来,小泉八云的观点与托尔斯泰颇为接近。之所以提到托尔斯泰是因为小泉八云喜欢托尔斯泰的作品,并有一篇讲义专门谈《托尔斯泰的艺术理论》("Tolstoy's Theory of Art")。1898年,托尔斯泰的《艺术论》刊行,立即成为了世界文坛的一个大事件,自然也引起了小泉八云的关注。在《艺术论》中,托尔斯泰说:"艺术一般说来是各种感情的表达,狭义地说,只有传达我们认为重要的感情的那一类我们才称之为艺术。"④而决定什么是重要的感情的在托尔斯泰看来则是

---

① John Erskine ed. *Interpretations of Literature-I*, New York: Dodd, Mead & Company, 1915, pp. 9—10.
② Ibid., p.10.
③ [美]艾布拉姆斯:《镜与灯:浪漫主义文论及批评传统》,郦稚牛等译,北京大学出版社,2004,第410页。
④ [俄]列夫·托尔斯泰:《列夫·托尔斯泰文集·第十四卷》,陈燊等译,北京:人民文学出版社,1992,第314页。

"宗教意识"。"在当代,人们的共同的宗教意识是人类友爱和互相团结的幸福。"①在情感表达和理想追求的意义上,小泉八云与托尔斯泰的观点是非常接近的,在讲义中,小泉八云也承认这一点。但同样在这篇讲义中,小泉八云说:"不过在那时候,我还没读过托尔斯泰关于这同一主题的名文。"②所谓"那个时候",是指此前一年,写《最高艺术的问题》讲义的时候。虽然作家的自述往往并不靠谱,但在这个问题上,我们姑且相信小泉八云,而且小泉八云与托尔斯泰观点虽然相近,却也存在着本质性的差异:托尔斯泰的关注重心在于宗教意识和艺术的人民性、大众性,而小泉八云则更关心道德理想和自我克制,所以我们还得在本文中寻找答案。

在《最高艺术的问题》开篇,小泉八云又再次引证了赫伯特·斯宾塞作为理论依据:"总之,斯宾塞关于道德的美要远胜于知识的美的观点,当可成为解答这个问题的令人满意的向导。如果道德之美是美的最高可能形式的话,那么艺术的最高可能形式就应该是表现道德之美的。"③不难看出,斯宾塞的观点是小泉八云最高艺术论的重要理论基础。限于学力,笔者没有查考到斯宾塞所谓"道德美远胜于知识美"的原话(小泉八云也只是转述,并没有使用直接引语),不过即便从小泉八云的引述来看,斯宾塞的观点与小泉八云之间也存在很大距离。斯宾塞只是强调道德胜于知识,并没有承认道德之美是美的最高形式,而表现道德之美的艺术最高就更是小泉八云自己的引申了。实际上,小泉八云对斯宾塞的引证与神父们引证《圣经》或是我国80年代前的文学评论中动辄引证马恩列斯毛颇有相似之处,只是为了增加权威性而已,至于能否合拍,实在无法细究。严格说来,小泉八云的艺术理想其实与斯宾塞哲学颇有龃龉之处。斯宾塞哲学中最为核心的是所谓"第一原理"(First Principle):"每个人都有做一切他愿做的事的自由,只要他不侵犯任何他人的自由"④。对斯宾塞来说,社会完善的关键在于每个人各尽本分,实现个性在规则范围内的最大满足。道德作为一种行动规则,斯宾塞更加关注其自我克制的功

---

① [俄]列夫·托尔斯泰:《列夫·托尔斯泰文集·第十四卷》,陈燊等译,北京:人民文学出版社,1992,第315页。

② Erskine, John ed. *Life and Literature*, New York: Dodd, Mead and Company, 1917, p. 288.

③ John Erskine ed. *Interpretations of Literature-I*, New York: Dodd, Mead & Company, 1915, p. 7.

④ [英]赫伯特·斯宾塞:《社会静力学》,张雄武译,北京:商务印书馆,1996,第52页。

能，而非为他人所做的牺牲。至于善行，斯宾塞认为它源自人们的同情心，而同情心则源自捍卫个人权利的本能。所以小泉八云所推崇的"牺牲自我"的"道德之美"，如果严格按照斯宾塞哲学推演，由于它在实现他人（或集体）自由的过程中侵犯了自我的自由，对于社会的进步倒是有所损害的了。

小泉八云关于最高艺术的观点，可能更多地还是受到了日本文化的影响。小泉八云在厌恶西方现代文明、批判西方个人主义的思想背景之下，对于日本传统文化中的"克己"精神深以为然，他关于艺术当表现自我牺牲的道德理想的观点，更像是在东方的"克己"精神而非西哲斯宾塞的启发之下产生的。小泉八云一生都将斯宾塞视为偶像，但问题在于，小泉八云所抱持的浪漫主义总体来说是一种反现代至少是非现代的思想。如亚瑟·亨克尔所说："浪漫派那一代人实在无法忍受不断加剧的整个世界对神的亵渎，无法忍受越来越多的机械式的说明，无法忍受生活的诗的丧失。……所以，我们可以把浪漫主义概括为'现代性'的第一次自我批判。"① 然而斯宾塞的进化论哲学对于现代化却是基本认同和接受的。小泉八云终其一生都没有能够调和这两者之间的矛盾，而在他的文学理想观念中，也鲜明地体现了这一矛盾。

第二节　小泉八云的创作论

小泉八云首先是一名作家，然后才是批评家。作为感同身受的创作者，他评点作品、向学生传授文学知识时，自然会有特别的体验。因此，在小泉八云的文学评论中，还有非常特殊的一个部分，即文学创作论。事实上，除了与三五知己在书信中偶然话及，小泉八云极少谈论自己的创作过程和创作心理，他对于创作的主要观点，基本体现在东大的讲义之中。根据厨川白村的回忆，在东大授课时：

先生的讲义是每周九个小时，其中英国文学概论三个小时，作品讲读三个小时，还有关于诗歌小说戏剧等各种题目的零散的讲义三个小时。让先生那

---

① Arthur Henkel, "Was ist eigentlich romantisch?", in *Festschrift für Richard Alewyn*, Köln: Böhlau, 1967. 转引自刘小枫：《诗化哲学：德国浪漫美学传统》，济南：山东文艺出版社，1986，第6页。（刘小枫书中将亚瑟·亨克尔误记为马丁·亨克尔）

十足的天分和别人断然无法模仿的独创性毫无遗憾地发挥出来的,以及他那特有的基于趣味鉴赏的批评在听讲学生面前充分展示出来的,主要就是在这零散的三个小时讲义之中。①

厨川白村所盛赞的这三个小时的讲义,授课内容是小泉八云可以相对自由处置的,其创作论,也就基本出现在这部分讲义之中。

小泉八云在东大授课的时期,也正是日本现代文学发育勃兴的时期,即在小泉八云的学生之中,就有上田敏、厨川白村这样著名的文学者,但小泉八云却并不鼓励自己的学生从事文学。1894 年,他曾劝诫大谷正信——他在松江和东京两次教过并非常喜欢的一个学生——去学习应用科学:"我认为你不应该去学以后对你没有实际用途的东西。我总是很乐于听到一个学生正在学习工程、建筑、医学,或是任何应用科学。"②作为一个厌恶工业文明和实利主义的浪漫派,小泉八云给出这样的建议的确有点出人意料。当然,小泉八云也并非毫无理由。他认为,

> 文学是一门你可以在院校之外学得很好的学问。但科学就不是这样了。与科学相关的职业可以让你为国家做出伟大的事业,而且不管怎样它能让你谋生自立。但我无法想象,文学除了作为乐趣对你还能有什么意义。即便在英国,要想靠文学为生,或是获得声名,都是极其困难的事情。③

不仅是针对大谷正信,在对全体学生的《临别赠言》("Farewell Address")中,小泉八云也强调:"现实就是,对任何人来说,仅仅依靠创作严肃文学为生几乎都是不可能的,在多数情况下,文学者都需要具有一份职业。"④不管自身坚持什么样的观点和理想,但对自己的学生,却希望他们"适应"社会,少受苦楚,这种思维逻辑,于常理出发,倒也不算矛盾。但对于小泉八云来说,他这种表面上的矛盾,可能还有更多的理由。

---

① 厨川白村「小泉先生」、『厨川白村全集第四卷』、改造社、1929 年、14 頁。
② Sanki Ichikawa ed. *Some New Letters and Writings of Lafcadio Hearn*, Tokyo: Kenkyusha, 1925, pp. 197—198.
③ Ibid., pp. 202—203.
④ John Erskine ed. *Interpretations of Literature-II*, New York: Dodd, Mead & Company, 1915, p. 374.

第四章 小泉八云的文艺思想与文学批评

1900年,在劝诫过大谷正信之后多年,这位学生依然没有改变自己的志趣,当他就成立文学社团的设想向小泉八云请求支持的时候,小泉八云几乎是毫不客气地批评了他。在信中,小泉八云解释道:"我之所以这样说,是因为我认为文学是非常严肃和神圣的事情——不是娱乐,也不是可以轻视和玩弄的东西。"①由此可见,小泉八云不建议学生追随自己的脚步以文字为生,当然有爱护学生的目的,但更多地,仍是出于对文学的尊重与热爱。在《生活、性格之与文学的关系》("On the Relation of Life and Character to Literature")中,小泉八云指出,欲从事创作的年轻人,都应该先问自己几个问题:第一个问题就是自己是否有创造力?如前所述,小泉八云崇尚天才,他认为诗歌、戏剧、小说等创作都需要有相应的天分,若没有这天分,只靠教育的补救是毫无作用的,教育只对那些平庸的文学者(The ordinary class of literary men)有些帮助。所以若无天分,还是远离文学较为有利。第二个问题就是:"我能够奉献我的生命——至少是闲暇时间中最好的部分——于文学吗?如果你没法花费许多时间,那么至少也要能每天抽出片刻用在一个持久不变的目标上。"②对于小泉八云来说,文学需要献身精神,需要大量时间和精力的投入,所以他认为"闲暇对于任何国家、民族的任何艺术创作来说都是必需的。"③需要说明的是,有的学者据此将小泉八云的创作观念总结为"闲暇论",其实小泉八云的"闲暇"更多只是指自由支配的空闲时间而已,并无闲适之意,他所强调的依然是对于艺术的献身精神。"一件艺术作品的成形,出自缓慢地劳作、苦思及千百次的体悟。在这个意义上说,闲暇之于艺术是绝对必需的。"④

一个年轻人,如果有天分,又有时间愿意奉献于文学,那么就要问自己第三个问题,自己的性格是愿意与世俗日日为伍呢,抑或是更喜欢离群索居,沉默静思?在小泉八云看来,不同的文学创作需要不同的性格:

> 在文学的诸种形式中,诗不需要作者与忙碌的生活多加接触。相反,诗实

---

① Elizabeth Bisland ed. *Life and Letters of Lafcadio Hearn-II*, Boston & New York: Houghton Mifflin & Company, 1906, p.463.
② Erskine, John ed. *Life and Literature*, New York: Dodd, Mead and Company, 1917, p.22.
③ Ibid., p.33.
④ Ibid.

在是一种孤独的艺术。诗需要大量的时间,大量的思索,大量沉默的工作,以及一个人天性中所能有的全部的真诚。一个真正的诗人与社会接触越少,他的作品越好。①

小说在小泉八云看来,当分为两类,即"主观的"和"客观的"。前者是"浪漫的",后者是"现实的"。虽然没有明确的论断,但从倾向上看,小泉八云更加认同"主观的"或是"浪漫的"小说,所以优秀的小说家,亦应当是孤独的。只有天才的戏剧家,在小泉八云看来,具备在喧嚣的社会中游刃有余的天才。所以,"伟大的浪漫小说家都是孤独的,而伟大的戏剧性小说家基本都是爱好社交的人。"②

小泉八云的这种论断中其实有自身经验的成分。小泉八云不是诗人,算是小说家,而且是一个"主观的"或是"浪漫的"小说家。而在小泉八云看来,"主观的"或是"浪漫的"作品比之"客观的""现实的"作品,对于天分的要求要高得多,他自己,显然是一个具备天分的作家。所以,从情感上说来,小泉八云更加认可孤独、寂寞的作家,因为他本人,就是这样一个人。

妻子小泉节的回忆,足可印证小泉八云的清闲和孤寂:"他讨厌到外面交际,我也尽量避免社交,我们很少有客人拜访。去大学上课,读书,思考,写作,听我讲讲故事,教教一雄英语,稍散上一会步,这就是他的日常生活。"③在小泉八云的书信中,抱怨社交之苦的文字也比比皆是:"最能伤害一个作者的,不是财富和悠闲,而是交际、会议、职责、在形式和浮华中浪费时间"④"我的朋友比敌人更加危险。……祝福我的敌人们,永远的光荣属于那些恨我的人!"⑤"只有孤独和思想的宁静才能够产生好的作品。注意力的麻木僵化,可以毁坏一切灵感。"⑥"为什么我要错过一个晚上的重要工作(对我来说),劳累我自己,而只是为了跟什么 G 先生、M 先生坐在一起呢?……为什么我要偏离我的轨道而只是为了一些我根本不认

---

① Erskine, John ed. *Life and Literature*, New York: Dodd, Mead and Company, 1917, p. 22.
② Ibid., p. 29.
③ Yone Noguchi, *Lafcadio Hearn in Japan*, Yokohama: Kelly & Walsh, 1910, pp. 48—49.
④ Elizabeth Bisland ed. *Life and Letters of Lafcadio Hearn-II*, Boston & New York: Houghton Mifflin & Company, 1906, p. 396.
⑤ Ibid., p. 412.
⑥ Ibid., p. 451.

第四章 小泉八云的文艺思想与文学批评

识,也不想认识的人呢?"①

因为认定伟大的文学需要孤寂,所以小泉八云反对结社。在给大谷正信的信中,他说:"没有什么好的文学作品,至少是原创性作品,是出自社团的。""对于文学或艺术的研究需要并依赖于个人的努力和创造性的思考。"②在《文学社的弊害及效用》("Note upon the Abuse and Use of Literary Societies")中,小泉八云对学生们也做了类似的教谕:"我认为一个想要以文学为业的大学毕业生,没有什么比加入文学社团更加有害于自己的了,就好比一个想要爬山的人,在每只脚踝上先绑上一块大石头一样。"③

小泉八云对社交的厌恶,有个性的原因,更多地是为了将时间花费在创作上。小泉八云的作品闲适、散淡、清雅,然而创作这些文字的过程,却充满了汗水,需要大量的时间。小泉八云在给友人的书信中,曾描述过自己的创作过程:

> 主题定下来后,我甚至不去思考,因为这会让我过于疲倦。我只是整理笔记,写下一见这主题最让我感兴趣的东西。我尽快写出毫不顾虑,然后将手稿放到一边,做些其他愿做的事情。第二天我再把昨天写的东西审阅、修改,重写一遍。……再过一天我又重写第三遍。这一遍最为关键。结果通常会大有改观——但还不够完美。接着我就会誊清,开始写定稿。一般要写两次。④

小泉八云的这种创作态度和创作方法显然与许多人的想象不同。朱光潜说,他在读到这封信的时候"诧异之至","因为我从来没有想到小泉八云的那样流利自然的文字是如此刻意推敲来的。我不敢说凡是做文章的人都要学小泉八云一般仔细。……但是初学作文的人,总应该经过一番推敲的训练。"⑤小泉八云自己在给学生讲义中,也告诫他们:"一次写成的东西不是文学"⑥。小泉八云说,所谓一气

---

① Elizabeth Bisland ed. *Life and Letters of Lafcadio Hearn-II*, Boston & New York: Houghton Mifflin & Company, 1906, p.457.
② Ibid., p.461.
③ Erskine, John ed. *Life and Literature*, New York: Dodd, Mead and Company, 1917, p.75.
④ Elizabeth Bisland ed. *Japanese Letters of Lafcadio Hearn*, Boston & New York: Houghton, Mifflin & Company, 1910, pp.42—43.
⑤ 朱孟实:《小泉八云》,《东方杂志》1926年第23卷第18号。
⑥ Erskine, John ed. *Life and Literature*, New York: Dodd, Mead and Company, 1917, p.40.

呵成的作品等等,以他的经验,都是传说而已。真正好的作品,都是反复修改后的成果,"文学比之任何其他艺术,都更需要耐心。"① 按照小泉八云这样的观念和方法,创作需要大量的时间和精力,也就必然要求作家具备献身精神和忍耐孤寂的能力。

如前所述,小泉八云重视文学的情感表现,他认为文学的定义就是情感表现的艺术。对于小泉八云来说,情感(emotion)与感觉(sensation)是不一样的,感觉是由感官而来的第一印象,或是这种印象在记忆内的复活,如果打个比方,那么它就如同照相一样。但对于小泉八云来说,照相似的文学,描写感觉的文学,不是真正的文学。而情感,则是客观对象在观察者心中激起的感受(feeling)和情感(emotion),文学、艺术的主旨,就是要描摹、表现这种情感。因此从本质上说,小泉八云的文学观不是客观的、反映的,而是主观的、表现的。当然,情感是相当难以把握的,对它的描写,需要天才,教育无助于这种天才,此外,小泉八云还建议,要珍视第一印象,在第一时间将自己的感受记录下来。

除此之外,小泉八云认为,还有一种办法可以表现情感,即所谓"非人格化方法(impersonal method)",使用这种方法,"非常冷静而平淡地叙述种种现实,用这种态度引发强烈的感受,或是将对话如实地传达给读者,令其完全感受到说话人的感受,而且即便没有任何描写,也能让读者想象到每一个表情举动。"② 不过小泉八云也指出,使用这种方法需要相当的天分,还需要长期的经验和训练,对于初学者来说,是极难驾驭的。在他看来,能够成功运用这种方式表现感情的作家,也只有莫泊桑、梅里美、都德等少数几个法国作家而已。不难看出,无论是小泉八云所描述的写作方法,还是他推崇的这几位作家,都属于现实主义的范畴。浪漫主义与现实主义虽不能说是水火不容,至少也是南辕北辙,但在表现情感这一点上,小泉八云将它们统一起来,同时纳入了自己的创作观体系。也正是通过这一点,有助于我们理解,为何喜爱雨果、洛蒂、缪塞、戈蒂耶、波德莱尔的小泉八云,同时又会喜欢巴尔扎克、福楼拜、莫泊桑乃至左拉。

---

① Erskine, John ed. *Life and Literature*, New York: Dodd, Mead and Company, 1917, p. 41.
② Ibid., p. 55.

第四章　小泉八云的文艺思想与文学批评

第三节　小泉八云的文学批评

　　无论在美国时期,或是在东京大学的讲坛上,小泉八云都有相当多的文学批评,这些文章内容广泛、形式多样,当然,因为个人兴趣、学养和课程设置的原因,小泉八云的文学批评以英国文学为主要对象,但除此之外,其涉及的国家、作家和文学现象都相当广泛。在这些巨量的文学批评中,折射着小泉八云自身的文学观念和创作风格。

　　小泉八云殁后,他的文学批评(基本都是在东京大学时期的讲义)被后人编辑出版,畅行一时,尤其在日本和中国,有过相当大的影响。但对于这些文学批评,世人的评价并不一致。编选者厄斯金对其给予了极高的评价,他甚至认为:"拉夫卡迪奥·赫恩的讲义在英国文学中有着独特的位置,在质量上只有柯勒律治最好的那些论述才可与之相较,而在数量上则罕有其匹。"[1]但研究者文森特却认为,"虽然他比多数作家尤其是那极少数的由记者而成为作家的人都要好学,但他关于英国文学的知识还是充满了缺陷和随意性。……在日本,他努力提升他关于经典英国作家的知识,但即便在此后很久,他也没能完全消除某些长期持有的偏见,亦未能让自己具备从事教育职业的人所应具有的学术视野。"[2]所以文森特认为,所幸小泉八云教授的是一群日本学生,因为要令他们满意比让熟稔本国文学的英国学生满意容易得多。

　　因为小泉八云的多数文学批评都是以授课讲义的形式出现的,所以不少读者将其视为入门读物,杨开渠译小泉八云的文学批评取名为《文学入门》,大概也是这种道理。台湾地区学者吴鲁芹在其散文集《英美十六家》中回忆,青年时期小泉八云的文学批评曾经给自己相当大的影响。然而,

　　　　读了三厚卷之后,我对小泉八云的兴趣已经淡了。最初是因为他讲诗论

---

[1] John Erskine,"Introduction", in *Appreciations of Poetry*, New York: Dodd, Mead and Company, 1916, p. xiv.
[2] Mary Louise Vincent, *Lafcadio Hearn and Late Romanticism*, Ph. D Dissertation, University of Minnesota, 1967, p. 216.

道,是专对东方莘莘学子,容易接受,渐渐发现他有时故作惊人之笔,求东方学生可懂就于愿已足,不再作更多层次或更高层次的解释,期期以为不可。当时觉得他若在西方大学释诗,不会就到此止步吧。①

有意思的是,夏志清在此书的序言中也提到了类似的阅读经验:

鲁芹同我初读英国文学,启蒙师都是小泉八云……我们正轨研究英国文学的,较易接近小泉八云:他那几本浅论英国文学的书,原是写给日本学生看的讲义,中国学生看了,也觉得亲切易懂。但他的观点完全是维多利亚时代的,我们一接触到二十世纪的文艺批评,就觉得他没有多大道理了。②

两人都是因小泉八云入门,开始接触欧美文学的批评,但在此后,却都投向了更加"高深"的批评家,似乎再次印证了关于小泉八云的"入门"之说。

到底小泉八云的文学批评水平如何,读者当然可以见仁见智,不过对于这些作品之"肤浅"的批评,却略显过苛了。因为这些作品系针对日本学生授课而作,其出版、发行、公之于众,并非小泉八云的本意,并不能公正地反映小泉八云的水平。而且小泉八云从来不曾自居为批评家,他对自己的讲义,有着非常清醒的认识。1899年,在致好友米歇尔·麦克唐纳(Mitchell McDonald)的信中,小泉八云这样说:

多谢你对我的讲义的关注,但你认为这些讲义值得出版可能是错的。它们只是些口述讲义——直接出自我的头脑,甚至不是出自笔记;所以它们的形式不可能是完善的。如果让我每篇重写上十到十五遍,我说不定会出版它们。但是那可能并不值得③。我不是一个学者,也不是一个足可自傲的一流批评家,有大批的人做同样的事要比我做得好得多。当然,这些讲义对于东京大学来说是很好的。因为它们通过长期的经验,针对日本学生的思维和情感方式进行了调整,而且是用尽可能简单的语言来表述的。④

---

① 吴鲁芹:《英美十六家》,台北:时报文化出版事业有限公司,1981,第138页。
② 夏志清:《杂七搭八的联想——〈英美十六家〉代序》,见吴鲁芹:《英美十六家》,台北:时报文化出版事业有限公司,1981,第22页。
③ 尽管小泉八云反对在前,但在其殁后,麦克唐纳依然推动了《文学的解释》的出版。
④ Elizabeth Bisland ed. *Life and Letters of Lafcadio Hearn-II*, Boston & New York: Houghton, Mifflin & Company, 1906, p. 429.

第四章 小泉八云的文艺思想与文学批评

1902年,在给另一个朋友亨德里克的信中,小泉八云再次谈到了自己在东大的授课:

> 从事英国文学教学六年后的主要成果是让我确信,我对英国文学懂得实在不多,而且永远学不了多好。实际上,在不借助笔记和参考书籍的情况下,要讲授英国文学的主要历史,我已经学得够多了,而且我还能讲授近代的一流诗人和散文体作家。但是我缺乏批评才能——在这个名词的标准意义上——的发展和运用所需的学养。我对于盎格鲁撒克逊毫无了解,而且我对于英国文学与其他欧洲文学的关系的知识仅限于近代法国与英国的浪漫主义和现实主义时期。①

我们不难发现,在东大授课的几年中,小泉八云对自己的认识是相当客观的。他并不妄自菲薄,对自己的优势和长处有着自信,但这仅限于在东京大学针对日本学生的授课。而在另一方面,他也没有因为他人的赞誉而失去自我,将自己看作真正的批评家。因此,仅仅从小泉八云的东大讲义出发,探讨其文学批评的优劣,是不公平也不科学的。

无论小泉八云的文学批评是否浅显或是散乱,但有一点是肯定的,即这些作品有过相当的影响并且具有独特的风格。梵·第根对斯达尔夫人的文学批评曾有过这样的评价:

> 总之,她的文学知识是不完全的、不均衡的;但是她的论断,不论其价值如何,都是从她纯粹个人的印象,从她与作品的直接接触中,自发地迸发出来的,而未曾通过文学史著作或文学评论的传统见解这样一个媒介;这就说明为什么她的这些论断时有漏洞,也常有弱点,不过这也使这些论断具有清新的魅力,使我们可以从每一个论断中看到她个人的精神气质,看到她的感情和她特别喜爱的思想。②

---

① Elizabeth Bisland ed. *Life and Letters of Lafcadio Hearn-II*, Boston & New York: Houghton, Mifflin & Company, 1906, p.480.
② [法]保尔·梵·第根:《导言》,见[法]斯达尔夫人:《论文学》,徐继曾译,北京:人民文学出版社,1986,第6页。

这段话给我们以相当大的启发,实际上,如果把这里的"她"换成"他",用来评价小泉八云的文学批评,其结论大致也是成立的。

小泉八云的文学批评可能缺乏严谨的实证和深厚的理论,但与许多浪漫派文论家一样,他注重直觉的敏锐,其批评具有感性化、形象化的特点。例如,在《法国浪漫派》("Note on some French Romantics")中,小泉八云是这样评价英法浪漫主义诗歌的差异的:"英国诗人将提供给你无数的思想情感。但法国诗却是一种完全不同的状态,比通常的英国浪漫诗要更加热情、温暖,更具有音乐性和明亮的色彩。"①在这段评论中,小泉八云使用的完全是感性的语言,运用了触觉、听觉和视觉的通感手法。尽管说不上论证的严谨,但对于听众或读者来说,却很容易得出切实的感受。他比较吉卜林与洛蒂的差异时也说:"他们的神经组织有着巨大的差异。洛蒂全然是靠眼、耳、嗅、味,而吉卜林则全靠心与眼。"②洛蒂倚重感官描述的法式浪漫风格与吉卜林相对冷静的英式文笔之间的差异便跃然纸上了。再如,小泉八云在探讨几位法国作家的创作风格时说:

> 像戈蒂耶和雨果这样的风格华丽的散文体作家,被称为近视的文体家,指他们在写作时如同近视眼一样,看得很近,能够看到所有的细节,能够描述一切信息。而另外一类作家,比如梅里美,则被称为远视眼的文体家,在描述时仿佛置身极远之处看得清清楚楚,但对于相邻的细微之物则不加分辨。③

严格说来,使用比喻对于讲求实证的研究工作是不适当的,但文学批评与科学研究毕竟有所不同,而作为研究对象的文学本身又是一种感性体验的产物,所以在小泉八云的文学批评中,运用"近视眼""远视眼"这样的比喻手法,读者便很容易对不同作家之间的风格差异获得直观的认识,这未尝不是其特别之处。

一般来说,小泉八云在品评作家作品时,极少做长篇大套的理论分析,也较少运用哲学、心理学等学科的知识作为支撑,他擅长抓住作家作品的主要特点,加以具象化的描述,虽攻其一点,不及其余,但因形象鲜明,对于读者,尤其是初学者来

---

① Erskine, John ed. *Life and Literature*, New York: Dodd, Mead and Company, 1917, p.247.
② John Erskine ed. *Interpretations of Literature-I*, New York: Dodd, Mead & Company, 1915, p.278.
③ Erskine, John ed. *Life and Literature*, New York: Dodd, Mead and Company, 1917, p.248.

第四章 小泉八云的文艺思想与文学批评

说,的确有以简胜繁之感。在这个意义上,小泉八云的文学批评与《世说新语》中品评人物的方法倒有几分神似。

例如,在《十九世纪下半叶的英国小说》("English Fiction in the Second Half of the Nineteenth Century")中,小泉八云介绍了吉卜林。对于这位他相当喜爱的作家,小泉八云认为其主要特点便是其力量(power)。无论是其语句的简练,还是用字的生动,都与这种特别的力量感有关:

> 他有些故事只有两三页,但这两三页让你读后决不会忘记,同时无法忘记的还有这两三页中有些词的特别的运用——几乎给了这些词全新的力量和色彩。简洁是其风格的主要特点,但这种简洁却绝不是用简单的方法制造出来的。他的句子坚硬,非常短而有力,句句相连如同疾风劲扫,冲撞着想象力使人产生一种震惊混合着欢悦的情感,法国人称之为"不安",戈斯先生则称之为"理智的不宁"。①

与这种力量相应,吉卜林的缺点便是粗暴(brutality)。

> 他不仅仅是有力,而且是粗暴的有力,并将这种力量的自负以令人不快的方式表现出来。他几乎总是在冷嘲热讽,而且常常是非常唐突的。一切令其厌恶的事物都难逃因此受到他的攻击,但也正因为如此,他才能驾驭这种恶魔式的力量与嘲弄。在他所有的杰作之中,极少有温和、文雅和感动,倒是有无数的怪异、恐怖、血腥、道德上的可怖和自然的可怖。他的所有文学表现,倒像是一场强力——精神的、道德的、身体的强力——作为人类统治者的庆典。它是一首力量的伟大颂歌,大神奥丁和雷神托尔的颂歌,古斯堪底那维亚精神的现代表达。②

小泉八云对于作家、作品的点评简洁、形象,而且常常使用类比和对比的手法,在衬托中凸显其特点。例如,小泉八云评价司各特时,便以莎士比亚做比。小泉八云认为,司各特描摹人物栩栩如生,但也仅是"如生"(seem alive)而已,而与之相

---

① John Erskine ed. *Interpretations of Literature-I*, New York: Dodd, Mead & Company, 1915, p. 279.
② Ibid., p. 282.

比,莎士比亚笔下的人物则是真正的活人。司各特笔下的人物初看之下,似乎是有生命的,他做到这一点靠的是对大量细节的把握。比如塑造一个人物,对其穿着打扮,言谈举止,司各特都有细致的研究。但尽管如此,

> 他的情感思想总是不太真实。我们会觉得一个真实的人在同样的处境之下,其思想感受会有所不同,然后我们就会发现,我们所看到的,是一个游魂,而不是一个人。而这在莎士比亚身上,就完全不同了。莎士比亚不会关注于人物外在的细节,他只是给你真正的思想和真正的情感,之后他所创造的灵魂便立刻被赋予了温暖的血肉,变成活的了。①

对于司各特的批评并非孤例,这种方法在小泉八云的文学批评中俯拾皆是。在谈萨克雷时,他将其与同样出身于印度并喜欢讽刺的吉卜林作比;在介绍戈蒂耶时,他将其唯美与雨果的怪异对比,又将其华美与梅里美的简洁对照;在评价爱伦·坡时,他则广引霍桑、安徒生、梅特林克乃至《天方夜谭》作为映衬。即便对于批评家的批评,小泉八云也要排好座次,加以品评。在《论现代英国文学批评及当代英法文学关系》("On Modern English Criticism, and the Contemporary Relations of English to French Literature")一文中,小泉八云介绍了他最为尊崇的三位文学批评家,即乔治·圣茨伯里(George Saintsbury)、埃德蒙·戈斯(Edmund Gosse)、爱德华·道顿(Edward Dowden)。对于这三位批评家在文学观念上的包容精神,小泉八云是这样评价的:"圣茨伯里先生在许多事情上是保守派,戈斯先生大多持自由主义,而道顿先生则对于一切事物都持自由主义。"②多数时候,小泉八云对于作家作品的评判都是这种形象生动令人迅速抓到要点而又不太谨严的点评,不少读者将其作为文学入门的指南,而一旦入门之后又像敲门砖一样抛弃,大概也是因为这样的原因吧。

尽管小泉八云的文学批评因为是授课讲义的缘故,具备一定的体系(所以他的学生们才能汇编出《英国文学史》这样的著作),但总体来看,他的批评依然是非常

---

① John Erskine ed. *Interpretations of Literature-Ⅰ*, New York: Dodd, Mead & Company, 1915, p.234.

② Erskine, John ed. *Life and Literature*, New York: Dodd, Mead and Company, 1917, p.104.

个人化的,具有相当的倾向性,美国时期的评论是这样,东大时期的讲义依然如此。小泉八云喜欢法国作家,他便不遗余力地介绍法国文学;他倾向于浪漫主义,便更多地介绍、赞颂浪漫主义作家;即便在浪漫主义作家中,他也有自己的取舍和偏爱,比如对雪莱,他大加赞颂,而对华兹华斯,却评价不高。他不喜欢现实主义,甚至说某些描写已"堕落到动物性的现实主义的水平"[①],但对托尔斯泰、陀思妥耶夫斯基、莫泊桑这样的现实主义作家,乃至自然主义的宗师左拉,他都毫不吝惜其溢美之词。因为喜欢怪异的、超自然的文学,所以无论在探讨哪个时代的文学时,他都会特别关心那些"特别"的作家作品。对于感兴趣的、喜爱的作家作品,他不但详加论述,还会反复提及(如莎士比亚、爱伦·坡等),当然,对这些得到青眼的作家作品,小泉八云也基本是根据自己的关注点进行讨论的,而对不在兴趣范围内的作家作品,他便匆匆带过,所以小泉八云的文学批评总的说来是"跟着感觉走"的,即厨川白村所谓"基于趣味鉴赏的批评",往往以个人的兴趣和品味为主要评价标准,并不顾及批评体系的完整,结构的均衡,乃至观点的统一。

---

① John Erskine ed. *Appreciations of Poetry*, New York: Dodd, Mead and Company, 1916, p. 9.

第五章
小泉八云的怪谈类创作

如果对存世的小泉八云所有著作——包括新闻报道、文学创作、改编作品、散文、杂文、书信、翻译及后人整理汇编的笔记等——做一统计,总字数几有三百万之巨。然而在如此巨量的创作中,影响最大的,最能体现小泉八云创作特色的,使小泉八云成其为小泉八云的作品,当首推怪谈类作品。如果说怪谈类作品是小泉八云创作的核心,大致是没错的。

一般的读者提到小泉八云就会想起他的《怪谈》,实际上,小泉八云的这类创作并不限于《怪谈》一书,题材也不限于日本。可以说,从初入文坛之时,小泉八云就开始谈妖说鬼了。但这部分创作从题材到内容都比较驳杂,在美时期,他改编过中国的"鬼故事"(Ghosts),也创作过以西方社会为背景的鬼怪故事(Spooky Stories),有的作品则属于神话(Myths)、传说(Folklores)的范畴。赴日之后,则以改编日本的怪谈为主。"怪谈"在日语中是指以妖怪、幽灵、鬼、狐、狸等为主题的故事、传说。1904年,小泉八云出版了以"怪谈"为名的著名作品(Kwaidan,现在的罗马字拼法为"Kaidan"),但实际上,早在《陌生日本之一瞥》中小泉八云就已经开始搜集整理日本的怪谈了,《灵的日本》《骨董》《阴影》《日本杂录》等书中都收录了不少这类作品。而且他的创作兴趣也不仅限于日语意义上的"怪谈"。即便在《怪谈》中,《安艺之介的梦》和《蓬莱》("Horai")两篇按照日本的标准也不应该算是"怪谈"。《怪谈》的副标题是"关于奇异事物的故事和研究"("Stories and Studies of Strange Things"),可见对于小泉八云来说,所谓"怪谈",其实就是讲说"异事"的故事,并非专指鬼狐。所以小泉八云在日本整理、改编的这类作品包括却不限于"怪谈",它们可能对应着日语中的"怪谈""奇谈""昔话""民话""物语"等多个词。想要用一个名词来涵盖小泉八云从美国到日本一直在创作的这些纷繁复杂的故事是不太可能的,更何况无论是英语还是日语中的这些名词,其定义本身就相互交叉,界限不清,所以为了研究的便利,本书将它们统称为"怪谈类创作",主要的甄别标准是:是否将超自然因素的描写作为故事主题。

第一节 怪谈类创作概述

小泉八云对于怪谈类作品的偏爱,并不是赴日之后才有的,从他进入文坛的那一天起,他就一直保持着对于鬼怪、神秘、怪诞的兴趣。究其首要原因,当然跟小泉八云的童年经历和鬼神观念有关。如前所述,与普通人不同的是,小泉八云真的相信鬼的存在,而这种坚信,来自他童年"见鬼"的实际体验。但这必然地会引发一个问题:小泉八云与鬼相伴的童年其实并不是什么美好的体验,相反,是一种精神折磨,是一种心灵创伤,人们面对心灵创伤的心理机制一般是选择回避和遗忘,而小泉八云却特别偏好这种创作题材,乐于挖掘和体验那种心灵深处的恐怖,这难道不是一种矛盾吗?

其实,小泉八云本是一个充满了矛盾的人,而且不仅他是如此,许多作家,乃至普通人的思想和行动之中,都会有诸多自相矛盾之处,这些矛盾并不是都能得到解释的。所以对小泉八云的这个矛盾,笔者亦没有一个完美的答案,只能尝试从几个方面做一阐释:

首先,从心理学上说,小泉八云在进行怪谈类创作的过程中,可以实现对童年创伤性体验的疏泄和升华。如本书第二章所述,小泉八云童年时期长时间在对鬼的恐惧中入睡的特殊遭际,显然给他造成了精神创伤。按照弗洛伊德的理论,应对这种精神创伤的手段应该是通过重复,引导被压抑的潜意识上升至意识层面,从而疗治精神创伤,此即所谓疏泄法(cathartic method)。弗洛伊德的疏泄法是通过精神分析师进行的,小泉八云进行怪谈类创作的过程虽系自发行为,但其机理却有相似之处。其实通过文学艺术作品实现心理压力宣泄的理论,古已有之。亚里士多德在《诗学》中就指出,悲剧"通过引发怜悯和恐惧使这些情感得到疏泄"[①],亚里士多德所谓的"疏泄"(或译"净化"),即"catharsis",与后来弗洛伊德所用的"疏泄"从

---

① [古希腊]亚里士多德:《诗学》,陈中梅译,北京:商务印书馆,1996,第63页。

词根上来说是同一个词。在古希腊,这个词有宗教意味,同时也有医疗上的意义。根据罗念生的考证:"卡塔西斯并且是个医学术语。在希波革拉第学派的医学著作中,这个词指'宣泄'作用,即借自然力或药力把有害之物排出体外。"① 亚里士多德认为悲剧可以通过模仿,激发观众怜悯和恐惧的情感,从而疏泄有害的情绪,使人保持精神上的平衡。小泉八云阅读和写作怪谈类作品的过程,大致会产生相似的作用。尤其是创作的过程,完全可以用弗洛伊德的"升华说"解释,即通过对被压抑的童年创伤体验的凝缩、转移、润饰、变形,以带有间离感的安全面目重新浮现,从而实现对童年体验的脱敏和超越。

其次,恐惧感并不只是给人带来负面的体验,尤其是文学艺术作品——如鬼怪小说、恐怖电影、绘画、音乐等——带来的恐惧更是如此。本质上,恐惧是人面对危险时的一种情绪,带有对象性和自发性,它并不是一种良性的心理体验,所以人们对于恐惧感在本能上是厌恶的。然而恐惧的对象既可以是真实存在的危险,也可以是想象性的危险,文学艺术作品就是通过想象作用来激发接受者的恐惧感的。在感受和激烈程度上,这种恐惧感与真实情境激发的恐惧感并无二致,但在本质上,二者却存在巨大的差别。读者或观众在接触这些作品时,是主动的、自发的,整个过程具有可控性,而且更重要的是,它只是一种对危险的仿真,并不会像真实的危险那样带来生理的伤害和心理的创伤,所以这类作品的接受,在紧张和恐惧之后,会给人带来快感,否则我们就无法理解这类作品何以成为一种单独的门类并拥有如此巨大的接受群体。在《诗学》中,亚里士多德即要求"诗人应通过模仿使人产生怜悯和恐惧并从体验这些情感中得到快感"②,所以小泉八云阅读和创作这类作品,与他的童年体验并不矛盾。

再次,小泉八云对怪谈类创作的偏好,系其特殊的文艺观和审美观使然。在本书第三章中,笔者曾论及小泉八云对于创作中超自然因素的推崇。小泉八云喜爱怪谈类创作,绝不仅仅只是从个人经验出发的一种选择,1893 年,他在致张伯伦的信中专门解释过这个问题:

---

① 罗念生:《卡塔西斯笺释》,见《罗念生全集·第八卷》,上海人民出版社,2004,第 159 页。
② [古希腊]亚里士多德:《诗学》,陈中梅译,北京:商务印书馆,1996,第 105 页。

第五章 小泉八云的怪谈类创作

我现在相信鬼,因为我曾见过它们吗?绝对不是。我相信鬼,尽管我不相信灵魂。我相信鬼是因为现代社会是没有鬼的。而且充满了鬼的世界与另一种世界的差别,给我们展示了鬼和神的意义。

我想,在这里我们可以引用皮尔森著作中那沉重的思考:"生活中的热望已经永远消逝了!"虽然可怕,但这是真的。是什么让生活充满热望?是鬼。有些叫作神,有些叫作魔,有些叫作天使,他们改变了人类的世界;他们给予人们勇气和目标,以及对自然的敬畏,这又会逐渐转化为对自然的热爱,他们将一切都注满了无形生命的感觉和动作,他们既制造恐惧也制造美。

现在没有鬼,没有天使,没有魔和神,他们全都死去了。电、蒸汽和机械的世界,是空白、冰冷、空虚的。甚至没有人能描写它。谁能在这个世界里找到一丝浪漫呢?……那些写作的人,必须在世界上还有鬼流连的部分寻找素材——在意大利,在西班牙,在俄国,在传统的天主教气氛中。新教世界已经变得如此单调、冰冷,像教堂一样。鬼逝去了,他们的离去恰恰证明了他们是多么真实。①

作为前现代、非科学的一种标志,鬼在工业社会俨然具有了一种浪漫化的意义,而隐藏在鬼背后的恐惧等心理感受也由真实的痛苦体验逐渐转变为带有艺术气息的特殊情境。如尼采所说:"人们集体害怕自毁于厌倦和麻木,于是唤出一切恶魔,让他们像猎人驱赶野兽一样来驱赶自己,人们渴望痛苦愤怒、仇恨、激昂、出其不意的惊吓和令人窒息的紧张,把艺术家当作这场精神狩猎的巫师召到自己面前"②。所以小泉八云的怪谈类创作,与其特殊的世界观和审美观相适应,是其特殊经历、气质、观念相互作用的结果。

一、美国时期的怪谈类创作

如前所述,小泉八云谈神说鬼的创作自美国时代就已经开始了,这类创作虽不

---

① Elizabeth Bisland ed. *Japanese Letters of Lafcadio Hearn*, Boston & New York: Houghton, Mifflin & Company, 1910, pp. 213—215.
② [德]尼采:《瓦格纳在拜洛伊特》,见《悲剧的诞生》,周国平译,北京:生活·读书·新知三联书店,1986,第133页。

如赴日之后数目为多,影响及艺术价值亦有不及,但在美国时代的创作中也占有相当比例。根据笔者的粗略统计,如附录表一所示,计有52个之多①。不过值得注意的一点是,小泉八云在美国时期的怪谈类创作还没有发展成独立的创作门类,不具有独立的品格,它们只是小泉八云对于各类奇异怪诞事物兴趣的一个方面而已。

考察小泉八云美国时期的创作,我们必须要注意他当时的身份:报社记者。这也就意味着小泉八云的创作受到大众文学和大众文化的决定性影响。小泉八云进入文坛之后,一直在一些小报任职,即便是在最为辉煌的时期,他供职的《民主党时报》也只是在美国南方影响较大而已,还不能算是主流大报。而且小泉八云负责的不是时事新闻,而是文学、文化评论等,用今天的话说,算是副版的记者、编辑。因此,为了吸引读者的注意,其创作就必须求新、求变,也就是说,市场需求决定了小泉八云的创作中猎奇的成分。副版编辑和文坛无名小卒的身份使得小泉八云很难在主流文学创作风格的竞争中脱颖而出。蓬勃发展的大众文学细分市场,小泉八云自身独特的思想与气质,爱伦·坡的影响及示范作用,美国南方多文化共生的特殊氛围……在种种因素的共同作用下,小泉八云逐渐明确了自己的创作重心和创作风格。我们不妨大胆下一个断语:小泉八云的创作其实就是对相异性的追寻,无论是在美国还是在日本,都是如此。

小泉八云的文字生涯由报章上的纪事、短论开始。那么,在这段时期,他所关注的是什么呢?鬼怪传说、通灵术、巫毒教、佛教、犹太教、伊斯兰教,对于基督教统治的美国社会来说,这当然是相异性;黑人、混血的克里奥尔人、"拉丁民族"、华人、马来人、西印度群岛的土著,对于盎格鲁-撒克逊为核心的美国主流社会来说,这当

---

① 统计来源有以下这样一些作品:"An American Miscellany","Occidental Gleanings","Lafcadio Hearn's American Articles(1—5)","Stray Leaves from Strange Literature","Some Chinese Ghosts","Two Years in the French West Indies"。因小泉八云美国时期的创作散落于各种编辑本之中,目力未及之处,或有遗漏。即便在所掌握的这些文本之中,52可能也不是一个定数。小泉八云曾在某些文章中提及《圣经》《神曲》等经典文本中的一些情节,考虑到相异性原则,未统计在内。此外,有些作品如《哈梅林的笛手》("The Piper of Hamelin"),讲述一人吹笛,将哈梅林地方的黑鼠诱入河中淹死等神奇事件(基本情节与《格林童话》中的《魔笛》相类),这类作品情节虽曲折离奇,但未涉及超自然因素,亦未计入。还有的作品,如《奇异的体验》("Some Strange Experience"),虽有多处描述涉及鬼神,但情节淡薄,很难称为故事,故不计入。再如《在鬼魂之中》("Among the Spirits")这样的作品,虽事涉鬼神,情节亦属完整,但笔者倾向于将此文视为叙事散文(当然可能有想象加工的成分),而非虚构作品,亦不计入。故此,附表中所列故事只是笔者按照自身标准选择的结果,如有错讹不当之处,尚请方家指正。

然是相异性；屠宰场、精神病院、墓地、贫民窟、肥料加工厂，这些场所对于"体面"的中产阶级读者来说，当然是相异性；杀人、卖淫、死刑、吸鸦片、闹鬼、咒术、通灵、催眠术、占星术、灵魂照相、天文学、器官移植、火葬、盗掘尸体……小泉八云的每篇文章，似乎都在挖掘相异性题材的极限。

小泉八云的独立创作（相对于报章杂志而言）是由翻译开始的，1882年，《克里奥佩特拉的一夜》出版。书中包括了小泉八云翻译的6个戈蒂耶的短篇。除此之外，小泉八云还翻译过洛蒂、福楼拜、莫泊桑、法朗士、左拉、都德等人的作品。翻译本身就是一种相异性的文学，更何况小泉八云挑选的也多是一些题材奇异的作品。此外，小泉八云为迎接新奥尔良世界工业博览会开幕而编选的三本书：《新奥尔良指南及历史略述》《克里奥尔谚语》《克里奥尔烹调法》，虽然文学价值不高，但对于美国主流社会而言，其相异性色彩却是非常明显的。小泉八云在美时期出版的其他作品就更是如此，《奇书拾零》《中国鬼故事》的编选从题目上就昭示了其相异性；两部中篇《希达》《尤玛》都以海岛上的女性为主角，充满了异国情调；而作为游记，《法属西印度群岛二年记》则以其题材显示了无需证明的相异性。

赴日之后，小泉八云以英语创作向欧美社会的读者介绍日本，这时他的一切创作都成为了相异性文本。尽管《希达》《尤玛》证明小泉八云具备小说创作的天赋，但他并没有沿着这条道路走下去。《陌生日本之一瞥》等作品延续了《法属西印度群岛二年记》的道路，《阴影》《骨董》《怪谈》等怪谈类作品走的是《奇书拾零》《中国鬼故事》的路子，而《日本试解》之类的日本文化论作品则继承了小泉八云做记者时文化散论的风格。贯穿始终的，是小泉八云创作的相异性原则。

美国时期的怪谈类创作当然只是这种相异性创作中的一类，但可以算是相异性较强的一类，而且正是这个时期的创作练习，为赴日之后的怪谈类创作打下了坚实的基础。根据我们所能掌握的文本，小泉八云在美期间最早的一篇怪谈类创作是1874年3月1日发表在《寻问者》的《松板房》（"The Cedar Closet"）。

《松板房》是一个典型的哥特式鬼怪故事。主人公"我"是一个孤女，与哥哥生活在一起。后来，"我"嫁给了哥哥的朋友罗伯特·德雷，搬进他家的古宅。在婚礼前夜，"我"住在一间"松板房"——衬了松木墙板的一间房中，当夜，"我"从睡梦中醒来，先是听到一些声音和残酷的对话，然后"我"看到了一个矮个、残废的女人，当

"我"看清她那可怕的面容时,"我"昏了过去。此后很长一段时间"我"都处在惊恐之中。几年后,丈夫将他知道的情况告诉了"我"。

在16世纪的时候,德雷家族曾经有一个女人,她矮小、残疾、邪恶,她喜欢家中雇请的西班牙乐师菲利普,然而菲利普却爱上了寄居的穷亲戚玛丽安,玛丽安为此受到了殴打。后来菲利普走了,玛丽安也消失了。人们怀疑他们一起私奔了。十年之后,菲利普因政治迫害,又带着女儿上门求助。德雷女士收留了他们,每天夜里偷偷去他们住的地方,后来,德雷女士却再也不去了,再后来,人们发现德雷女士服毒自尽了。

为了缓解"我"的恐惧,罗伯特决定将松板房所在的建筑拆毁重建,在这个过程中,却在松板房的墙板内发现了一个男子和一个孩子的骸骨。于是真相水落石出:德雷女士收留了菲利普,却因他的"背叛"而愤恨不已,于是每晚前去折磨他们,后来终于将父女二人迫害致死,尸体就藏在松板房的墙洞里。后来自己也绝望自杀。"我"在新婚前夜所看到的女人,正是德雷女士的鬼魂,所听到的对话,就是菲利普的哀求和她残酷的拒绝。

跟后来的作品相比,《松板房》几乎算是一个孤例。首先它是创作,而非改编;其次,它使用了第一人称叙事,这在小泉八云的鬼故事中极为罕见的。再次,它一点也不异国情调,故事发生在英格兰的上流社会,可以说,它看起来跟一般的英国哥特式小说并没有多少差别。哥特式小说是18世纪末开始出现的一种文学形式,一般认为英国作家霍勒斯·沃波尔(Horace Walpole)1764年发表的《奥特朗托城堡》("The Castle of Otranto")是第一部哥特式小说。当然,"哥特式小说"只是一种泛化的说法,作为一种文学体裁或是文学类别的指称,它与"恐怖小说""神秘小说""鬼故事"等名词的界限并不是那么明显。哥特式小说自从产生以来,在英美文学界流行一时,出现了不少名作,连狄更斯、德·昆西、劳伦斯·斯特恩、萨克雷等"经典"作家亦不能免俗,都创作过类似的作品。研究者科因认为,这部作品是对利顿(Edward Bulwer-Lytton)的模仿:"1873年1月19日,赫恩那时还是辛辛那提的一个年轻记者,他为《寻问者》写过一篇《布尔沃-利顿讣告》。不到一年之后,作为对利顿鬼故事的模仿,赫恩写出了《松板房》。"①科因的这种说法并非空穴来风,因

---

① Robert Francis Coyne, *Lafcadio Hearn's Criticism of English Literature*, Ph. D Dissertation, The Florida State University, 1970, p. 144.

第五章 小泉八云的怪谈类创作

为小泉八云的确很喜欢利顿的作品,对他的鬼怪小说推崇备至。他甚至说利顿的"《鬼屋与鬼》"("The Haunted and the Haunters")绝对是任何语言或是任何国家的鬼故事中最好的一篇。"①而《松板房》也的确在很多地方与《鬼屋与鬼》有相似之处,比如设置专门的第一人称叙事者、闹鬼的房间,在墙壁中发现隐秘的罪恶,甚至包括拖沓的情节、矫揉的文风以及因限知视角造成的直到结尾都无法完全揭示真相的迷离感。但可惜的是,这种模仿是无法确证的,单就墙壁中夹藏尸骨的情节来说,爱伦·坡的《黑猫》同样可以进入作者模仿的名单。我们只能说,作为自己的第一部鬼故事,小泉八云本能地套用了当时文坛上最流行的模板,但这种尝试并不算成功。

例如,《松板房》在叙事节奏上可能就存在一些问题。故事是用"我"的回忆开始的,开篇就点明事情发生在十年之前。但叙事者并没有立即展开故事,而是大谈此事给"我"造成的精神创伤。当读者对情节乃至叙事者都还没有任何了解的时候,这种冗长、拖沓的情感表述只能让人一头雾水。此外,《松板房》的情节进展较慢,为了制造一种真实的感觉,作者在文中提到了许多无需涉及的细节,比如"我"的婚姻、病症、旅行、女儿的出生、圣诞节的聚会、宾客的名字等,这些枝蔓性的细节影响了故事的进程,冲淡了故事的紧张感。当然,这在维多利亚时代的英国小说中倒也不算是个大毛病。《松板房》最大的问题在于叙事方法的设计。鬼怪故事本身并不排斥第一人称叙事,它的优势在于能够比较方便合理地描述心理感受,营造恐怖氛围,爱伦·坡就非常喜欢使用这种叙事视角,疑似《松板房》源头的《鬼屋与鬼》也是第一人称叙事。在小泉八云看来,鬼怪故事最重要的价值在于制造令人颤栗的恐怖感。比如他所盛赞的《鬼屋与鬼》,"为什么说它是最好的鬼故事就是因为它带着令人惊异的真实感表达了梦魇的体验。"②他之所以使用第一人称大概也是为了表达这种体验。但小泉八云笔下的"我"却更像是一个单纯叙事者,因为我既不是罪行的主角,也不是真相的揭示者(真相揭示者其实是丈夫罗伯特),除了在见鬼

---

① Ryuji Tanabe and Teisaburo Ochiai ed. *A History of English Literature*, Tokyo: Hokuseido Press, 1934, p.634.

② John Erskine ed. *Interpretations of Literature-II*, New York: Dodd, Mead & Company, 1915, p.94.

之夜的短暂叙述之外,很难运用第一人称的便利。反过来说却因为第一人称叙事的限知视角,造成了情节的模糊和拖沓,可谓得不偿失。

应该说,小泉八云在《松板房》中的细节描写和氛围塑造基本还算成功,但情节、叙事等方面的缺陷却拉低了整个作品的成色。小泉八云自己大概也意识到了这一点,可资佐证的是,他在此后的类似创作中几乎再也没有使用过第一人称叙事。更重要的问题在于,这种以过度的激情为主题,以古堡、罪恶、残酷等为要素的哥特式小说,小泉八云不是创始者,也不是其中写得最好的,这样的创作模式对于小泉八云来说绝不是一条光明的道路。

小泉八云在美时期的怪谈类创作大致可以分为三类,其一是创作作品,如《松板房》、《不安宁的死者》("The Restless Dead")、《班卓琴吉姆的故事》("Banjo Jim's Story")等,这类作品数目较少,艺术价值也一般。这些故事的核心主题就是鬼怪等超自然现象,除此之外并无更深层次的文化和艺术价值,因此小泉八云很快就放弃了这种类型的创作。其二是自行搜集的作品[①],如《法属西印度群岛二年记》中收录的故事,这类作品数目不多,带有较强的地域文化色彩。其三就是改编作品,以《奇书拾零》和《中国鬼故事》为代表。这类作品都有原始文本,由小泉八云根据自己的原则挑选后改编而来。改编作品是小泉八云在美时期怪谈类创作的主体,赴日之后也基本延续了这种创作方式,可以说是小泉八云在实践中认可和主动选择的一种创作形式。

小泉八云的改编作品创作中存在两种指向:其一是东方学家们的著作,所以小泉八云在《奇书拾零》和《中国鬼故事》中都罗列了参考文献,添加了解题和注释,甚至在《中国鬼故事》中制作了"词汇表",并纠结于作品的准确来源乃至所依据原本的可信度,而这些对于一个作家来说本来是不重要的。其二则是灵异故事的名家之作,如利顿、爱伦·坡等人的作品。所以小泉八云面对原作时所持的是一种创作的心态,他绝不满足于只是翻译(由法文转译为英文)[②],或是简单地编选,他所做

[①] 其实这两类作品很难明确区分开来,创作作品可能是从别人那里听来的,自行搜集的作品中也可能有虚构和改造的成分,所以此处只是为了研究的便利根据题材和地域性所做的一种大致分类。

[②] 以《奇书拾零》为例,在书中的 27 个故事中,小泉八云自己也承认,只有出自《卡勒瓦拉》的三个故事是"逐字逐句"的"真正的翻译"。

第五章　小泉八云的怪谈类创作

的是再创作，有时甚至是脱胎换骨的改造。这两种南辕北辙的努力戏剧性地统一在他的创作中，甚至形成了一种风格，并一直保持到日本时期的创作之中。

二、日本时期的怪谈类创作

怪谈类创作是小泉八云在日期间的一种重要写作类型，根据笔者的统计，小泉八云在日期间发表的这类故事，有 111 个之多。当然，由于统计标准和统计方法的原因（比如有一些没有出现超自然因素的纪事、历史、传说就被笔者排除了），这个数字未必精确，但如果与美国时期的创作相比，小泉八云在日本写作的怪谈类创作，无论是在数量上还是在质量上都出现了较大的提升。

小泉八云在日期间的怪谈类创作几乎全部是改编作品，这与他在美期间的创作趋势是一脉相承的。然而与美国时期不同的是，小泉八云的怪谈类作品的原本，并不完全是自己直接搜集而来的。小泉八云虽在日十四年，娶了日本太太，甚至入籍日本，但他至死也没有完全掌握日语。他能够与日本人进行简单的口头交流，会用片假名写便签，但阅读对他还说还是太难了。小泉八云的日本怪谈是靠着家人、同事、学生、导游等日本人的转述，然后挑选、翻译、改造、润色而来的。可以说，小泉八云的怪谈类创作其实是与日本"中介"们合作完成的。日本"中介"们的作用相当之大，因为他们是小泉八云创作中的眼睛、耳朵和手，如果没有"中介"们的帮助，小泉八云不可能接触到这么多原汁原味的日本怪谈，也不可能有如此深刻的理解。与美国时期的怪谈类创作相比（如《中国鬼故事》），虽然同为改编作品，但小泉八云在日写作的作品质量要高得多，对异文化缺乏理解造成的讹误也大大减少，在这背后，日本"中介"们功不可没。但另一方面，小泉八云对"中介"们提供的故事并不是照单全收的。他会依照自己的兴趣进行判断、抉选，然后进行改造，并因此反过来影响"中介"们的初选标准。从这个意义上说，他对日本怪谈的改编，与美国时期又没有什么本质的不同。

因为这些作品系改编而来，所以在人物形象、故事情节上就带有很强的非个人化色彩，很多常见的作品分析方法也就不太适用了。但这也并不意味着毫无可能，因为至少在两点上，这些故事依然能够体现出一种统一的小泉八云的特色：一是故事的母题，从母题我们可以看出小泉八云的心理偏好及选择标准；二是故事与原本相较的变化,从这种变化我们可以看出小泉八云的改编方法和写作风格。

从故事母题来看,小泉八云在日期间创作的这 111 个怪谈类故事中,虽然来源驳杂,但不少故事却暗含着较高的同质性。其中数量最多的一类就是"变化"故事。所谓"变化",指的当然是超自然的变化,这类故事就情节本身来看差异很大,但如同奥维德的《变形记》一样,它们之间共同的一点是,都有变形的因素,由人变为动物、植物或非生物,或者相反,由非人变为人。在笔者所列附录表二中,故事 3、5、6、8、12、19、38、39、40、41、42、43、44、45、57、58、60、69、70、77、79、82、86、87、88、92、96、100、106、109、110,共 31 个故事都具有这种"变化"的母题,几乎占了日本时期怪谈类创作的三分之一。而与之形成对比的是,在美国时期这样的故事却较为罕见,只有故事 15《鸟妻》、25《祸母的传说》等少数几个具有典型的变化母题。由此我们不难得出结论:变化类母题是日本怪谈文化中较为丰富的一类(仅相对于西方文化而言),而且是小泉八云最感兴趣的一类。

实际上这 31 个故事中的"变化"还可以继续细分。如故事 3、12、69 讲述的变化是菩萨显身为人,这是一种佛家的神通,重点并不在于变化,而在于宣扬佛教的伟力,可归为一类(故事 5、6、8 虽非神佛的直接变化,但意在宣扬神佛之力,亦可归入此类);故事 43、44、79、86、87、92、106 的情节都是由人变化为非人,如虫、花、星辰等,可归为一类,但由于人类不具有直接变化的神力,所以这种变化要通过轮回转生才能实现;而其余的故事,除了少数故事不易归类,大都属于由妖化人的变化。

第二类母题是所谓"禁忌"故事。故事 5、6、8、20、21、29、31、32、50、67、75、80、88、99,共 14 个故事以禁忌和打破禁忌为情节的核心(与"变化"等其他类型故事有重合)。这类故事描述藐视规则或打破禁忌者受到的惩罚,宣扬鬼神之力的可怖,暗示人们应安分守己,敬重鬼神。这类故事在任何民族、任何文化的民间文学中几乎都有存在。但悖论在于,一方面这类故事希望人们遵守禁忌,不要越雷池一步,而另一方面,从功能上说,这类故事中设置的禁忌就是为了打破的,只有打破禁忌,惩罚才能出现,故事才能完成。

小泉八云的怪谈类作品中第三种常见的母题就是阴阳转生。故事 9、11、13、43、44、47、54、55、64、76、79、87、91、103 都属于这一类,共有 14 个故事。如果再行细分的话,故事 9、11、13、54、76、79 都以还阳为母题,而其他故事则以轮回转生为

第五章　小泉八云的怪谈类创作

母题。实际上阴间、阳间、轮回等观念都是由中国传入的佛教思想,所以许多故事不可避免地带着外来文化的印记。例如故事79《兴义法师的故事》,本身就是由中国传来的翻案故事,其中国原本为《醒世恒言》第二十六《薛录事鱼服证仙》。当然,这些观念传入日本之后,经过时间的磨洗,已与日本传统的宗教体系融合为一体。所以对于小泉八云来说,他所接触的就是一种独特的日本佛教观念,而且是让他大感兴趣的,在美国时就曾关注过的观念[①]。《达成的心愿》("A Wish Fulfilled")、《前世的观念》、《轮回》("Within the Circle")、《鬼》("Gaki")等文章都是小泉八云这种兴趣的注脚。

还有一种小泉八云较为关注的母题就是执念。故事45、52、61、71、83、85、86、93、94、95、98都属于这种类型。执念本身是一个佛教的观念,佛家有贪、嗔、痴三毒的说法,凡过于拘执于世间诸相的,就会羁绊灵性,妨碍证道。即便是执着于证道成佛本身,也会成为证道的阻碍。正如六祖慧能所说:"菩提本无树,明镜亦非台。本来无一物,何处染尘埃。"佛教的执念与日本本土产生的御灵信仰、物怪信仰等相结合,成为日本怪谈中一种非常常见而又独特的母题。在怪谈中,执念往往是冤屈、苦闷、忌妒、忧虑等极度强烈的情感,由于无法排解,而产生生灵、死灵等作祟人间。在《来自东方》的《石佛》一文中,小泉八云就讲述过一个生灵作祟的故事:有一富人无后,就在妻子同意之下纳一妾,许以种种条件,妾果然为其生下一子。产子之后,妾被送走,富人却尽食前言。不久,富人忽染恶疾,渐至危亡。其妻向氏神祝祷,得神示,此为生灵作祟,若不得苦主原宥,其夫必死。富人乃悟,生灵必定是妾所化,遂派仆人四下寻访,妾却不知所踪。富人终被纠缠至死,家人只得从家中搬出。

然而最让小泉八云感兴趣的还不是这个故事本身,而是身边的日本人对于妾的激烈的批评态度。令他不解的是,生灵的产生并不是其主人有意为之的结果,何以日本人会将批评的矛头对准无意中进行报复的受害者呢。而日本人的解释让小泉八云大感兴趣:"他们谴责她只是因为她过度的愤怒——因为她没能充分抑制隐

[①] 1880年9月7日,小泉八云在《消息报》上曾发表过《轮回》("Metempsychosis")一文,应该是他第一次谈及轮回问题。

藏于心的怨恨;因为她本该知道,默默地放任愤怒会产生妖异。"①在小泉八云看来,这类母题是东西方思想差异的一种体现。所以,他整理了不少关于执念的作品,在《骨董》中,还专列了《生灵》《死灵》两篇作品以为代表。

当然,除了母题之外,我们还可以选择其他的标准审视小泉八云的怪谈类创作。例如,在小泉八云在日创作的怪谈类作品中,有两类是较为突出的,它们的特点可以用《神国的都城》("The Chief City of the Province of the Gods")一文中的两个怪谈"杜若之歌"和"买糖浆的母亲"分别作为代表。《神国的都城》是小泉八云抵达松江之后的一篇游记,文中收录了六个松江当地的传说。此文1891年11月即发表于《大西洋月刊》,后收入《陌生日本之一瞥》,所以按时间来看,这六个故事是小泉八云最早发表的日本"怪谈"。在文中,小泉八云解释说,他之所以选取了"杜若之歌"和"买糖浆的母亲",是因为"它们各自很好地代表了日本民间传说的一种类型"。②

"杜若之歌"讲的是在小豆磨桥边有女鬼常夜半洗豆(所以此桥才被称为"小豆磨桥",意为"洗红小豆的桥"),此女鬼最讨厌听到"杜若之歌",有个轻狂的武士半夜到桥畔大唱此歌,却并无异象,遂得意而回。在路上武士遇到了一个美貌的妇人,为他献上一个漆盒,盒中装的竟是他幼子的头颅!而"买糖浆的母亲"讲的是中原街有家卖饴糖浆的小店,每天都有一个全身缟素的女子来买一厘钱的饴糖浆,好奇的老板跟随他走到墓地便因害怕折了回来。第二天女子又来,却不买糖浆,只是招手引老板去。老板和朋友跟到墓地,忽听地下传来哭声,便打开坟墓,发现躺在墓中的就是每天来买糖浆的那个妇人,旁边居然是一个活着的婴儿。原来这个女子是怀着身孕死去的,孩子就诞生在坟墓里,因为没有奶水,母亲的鬼魂便用糖浆来喂养他。

"杜若之歌"是一个禁忌类的故事,只不过主人公因违反禁忌而遭受的惩罚极为血腥,展示了赤裸裸的"死"的恐怖。而"买糖浆的母亲"虽然同样讲述了一个女

---

① Lafcadio Hearn, *Out of the East*, Boston & New York: Houghton, Mifflin & Company, 1895, p.176.

② Lafcadio Hearn, *Glimpses of Unfamiliar Japan-I*, Boston & New York: Houghton, Mifflin & Company, 1894, p.164.

鬼的故事，但给人的感觉却毫无恐怖感，它所展现的是"爱"，这深沉的母爱甚至超越了生死的阻隔，正如作品中所说的："爱要比死更强大"①。可以说"爱"与"死"，正是小泉八云在日怪谈类作品的两面。

小泉八云对于令人战栗的恐怖作品有着独特的喜好，他在美国写作的哥特式小说往往并没有特别的寓意，其主旨就是展现这种心理的恐怖感。在日期间的怪谈类创作同样包含了这类作品，如故事 80《幽灵瀑的传说》("The Legend of Yurei-Daki")、97《狸》("Mujina")等，它们即属于那类单纯吓人的鬼故事，以勾起人们内心深处对于死亡的恐怖感为目的。除此之外，还有一些作品，如故事 57《画猫的少年》、58《蜘蛛精》、68《和解》("The Reconciliation")、71《骑尸》("The Corpse-Rider")、75《毁约》("Of a Promise Broken")、89《无耳芳一的故事》("The Story of Mimi-nashi-Hōōchi")、95《食人鬼》("Jikininki")、97《轆轤首》("Rokuro-Kubi")等，虽在主旨上有更多的寄寓，但也包含着相当出色的恐怖描写。

不过从数目上可以发现，以"死"为代表的这类作品在小泉八云的怪谈类创作中属于少数派，尤其是描写鬼战胜人，以死亡的血腥为结局的作品，除"杜若之歌"之外只有《幽灵瀑的传说》一篇。小泉节也曾在回忆录中说，小泉八云"讨厌单纯为了恐怖的目的而讲述的故事"②。他的多数怪谈类创作，虽有超自然因素的描写，但其主旨，却依然是"爱"。有亲情之爱，如故事 84《死灵》("Shiryō")；有夫妻之爱，如故事 91《阿贞的故事》("The Story of O-Tei")；有朋友之爱，如故事 74《守约》("Of a Promise Kept")；有主仆之爱，如故事 92《乳母樱》("Ubazakura")；还有描写最多的是人与鬼、妖之间的异类爱情，如《雪女》《青柳的故事》等。可以说正是这种对爱的关注和渴望，将小泉八云改编的怪谈类创作与传统意义上的日本怪谈区分开来。

第二节　小泉八云怪谈类创作的改编策略

小泉八云的怪谈类创作大多都是改编之作，如何改编，也即小泉八云的改编策

---

① Lafcadio Hearn, *Glimpses of Unfamiliar Japan-I*, Boston & New York: Houghton, Mifflin & Company, 1894, p.166.

② Yone Noguchi, *Lafcadio Hearn in Japan*, Yokohama: Kelly & Walsh, 1910, p.56.

略是其怪谈类创作独特价值的重要体现。从美国到日本,小泉八云在创作这类作品时使用了大致相同的改编策略,但前后对比来看,也不难发现其间的进化和渐变。

一、改编策略:从美国到日本

就在美期间的怪谈类创作来说,小泉八云的改编大致有两个特点:一是突出故事的"异国情调";二是对原作进行风格化的文学改造。

小泉八云的改编故事其原本基本是英法东方学家的译著,从来源上看主要出自印度(其中的佛教故事多来自汉文佛经)、中国、北欧、希伯来和阿拉伯国家,本身就带着强烈的异国情调色彩。正如小泉八云在《奇书拾零》前言中所说:"这些故事、传说、寓言等等,不过是我可以搜集到的最具有异国情调的文学中那些令我感动的最有想象力的美妙作品的改编。"[①]然而即便如此仍不能令小泉八云满意,他依然做了种种烈火烹油、鲜花着锦的努力以使这些异域之作显得更加奇异。首先,是大量使用标志性的异国事物营造充满异域风情的故事情境。例如,在《大钟魂》("The Soul of the Great Bell")开篇,小泉八云是这样引入故事的:

> 滴漏指示着"大钟寺"——大钟楼——的时刻:钟锤开始重击金属制作的庞然大物的钟壁,那巨大的钟壁上镌刻着由《法华经》《楞严经》等佛经而来的经文。听那大钟的回响!虽不能言,可它的声音多么洪亮:可——爱!在低沉的声波中,绿色屋顶边高高翘起的屋檐上,所有的龙形装饰,连它们镀金的尾巴都在颤抖着;所有的瓷制滴水,在雕花的支架上抖动着;宝塔上数以百计的铃铛也全在震颤着,几乎要发出声来。可——爱!寺庙那金碧辉煌的瓦片全在震动着,屋顶上木制的金鱼向天扭动着,高踞在信徒们头顶的佛像那竖起的手指在蓝色的香烟中颤动着。可——爱!这音色多像雷声的轰鸣!宫殿屋檐上所有涂漆的精灵在钟声中抖动着它们火红的舌头。在每一次巨大的震动之后,到处都是令人惊奇的回声和巨大的轰鸣,最后,在那巨大的钟声消逝之后,

---

① Lafcadio Hearn, *Stray Leaves from Strange Literature*, Boston & New York: Houghton Mifflin & Company, 1884, p. 8.

第五章 小泉八云的怪谈类创作

就会突然出现一声呜咽传入人们的耳朵,仿佛是一个女子在低声呼叫:"鞋!"①

实际上,以上所有描写在原作中都没有,是小泉八云根据自己的汉学知识结合想象添加上去的。他使用了滴漏、大钟、中式建筑上的种种装饰、寺庙、佛像等各种标志性的中国元素,为孝女故事堆砌出一个"异国情调"的发生语境。在《泉中仙女》("The Fountain Maiden")、《鸟妻》("The Bird Wife")、《祸妖的传说》("The Legend of The Monster Misfortune")等许多作品中,都使用了类似的手法。

其次,就是在语言上模拟异国情调。如同影视作品中的外国人不能说标准语言一样,作为异国情调的一种套话模式,小泉八云尽可能在改编作品中为人物量身打造特殊的语言风格。在《托特神的魔法书》("The Book of Thoth")中,一位老巫师是这样说话的:"我父亲的父亲的父亲告诉我父亲的父亲,他又告诉我父亲说……"②对于这种刻意的啰嗦,除了异国情调,似乎也没有更为合理的解释了。此外,他还常常使用古英语模拟神仙、皇帝的语言,以营造庄重、神秘的氛围。在《泉中仙女》中,当仙女得知自己怀孕后,对阿迪说:"Lo! I am not of thy race, and at last I must leave thee. If thou lovest me, sever this white body of mine, and save our child; for if it suckle me, I must dwell ten years longer in this world to which I do not belong. Thou canst not hurt me thus; for though I seem to die, yet my body will live on, thou mayst not wound me more than water is wounded by axe or spear! For I am of the water and the light, of moonshine and of wind! And I may not suckle the child."③我们可以看到,仙女使用了 thy,thou,lovest,canst,mayest 等古英语中的代词和用法,以显示仙女的特别之处。在《大钟魂》中,关宇两次铸钟失败后,皇帝给他下了一道圣旨,同样使用了古雅而繁复的英语,对于中国的读者来说,这份圣旨虽然不伦不类,但它对于西方读者的异国情调却是无可置疑的。

---

① Lafcadio Hearn, *Some Chinese Ghosts*, Boston: Roberts Brothers, 1887, p.10. 小泉八云对中国古建筑的形制样式并不了解,所以在描述中有不少似是而非的地方,因原文如此,在翻译中未做改动。

② Lafcadio Hearn, *Stray Leaves from Strange Literature*, Boston & New York: Houghton Mifflin & Company, 1884, p.33.

③ Ibid., pp.38—39.

此外，小泉八云还喜欢在作品中添加各种奇异的装饰性元素，以渲染作品的异国情调。例如在《奇书拾零》和《中国鬼故事》中，小泉八云几乎在每个故事之前都制作了题记，这些题记有的是解释性的文字，有的是引用的经文、诗歌、谣曲，它们与故事本身并没有必然的联系。不仅如此，小泉八云还亲自设计书中的插图。这些插图有的是装饰性图案，有的是漫画，有的则是印度、中国、阿拉伯的文字，它们与故事内容多数没有关联（尤其是外国文字，显然小泉八云自己也不太了解这些文字真正的意思），唯一的作用就是凸显作品的异国风情。小泉八云还常常在文中装点外国事物，而且他更愿意使用音译，这些音译外来词以其不可解的特殊形态，在作品中昭示着其异国情调。例如在《瓷神的故事》("The Tale of the Porcelain-God")中，小泉八云使用了大量关于中国瓷器和制瓷工艺的名词，如"Kao-ling"（高岭土）、"Kouan-yao"（官窑）、"Yao-pien"（窑变）等，其泛滥和详尽，几乎到了影响阅读的程度。

1886年，在写给克雷比尔的信中，他提到了这个问题：

> 波士顿的罗伯特兄弟出版社写信给我，说他们愿意出版《中国鬼故事》，不过他们希望我删掉大量的日语、梵语、汉语和佛教的名词。
>
> 因此我发了一份庞大的文件去恳求他们，我引证了骚塞、莫尔、福楼拜、埃德温·阿诺德、戈蒂耶、《海华沙之歌》，以及诸多诗人和诗歌，乃至散文诗的正当性和形式的决定性价值作为支持。
>
> 但至今还没有收到答复。
>
> 我怎么能牺牲掉东方风情呢？[①]

不管出版商的意见如何，从《中国鬼故事》的定本来看，小泉八云依然得以保留了大量的音译外来词。对此比斯兰评论说："这个要求对赫恩来说特别痛苦，因为他热爱这些异国情调的词，不仅仅因为它们本身，还因为它们给他的风格带来的装饰色彩。"[②]

---

① Elizabeth Bisland ed. *Life and Letters of Lafcadio Hearn-I*, Boston & New York: Houghton, Mifflin & Company, 1906, p.84.

② Ibid., p.85.

第五章 小泉八云的怪谈类创作

小泉八云怪谈类创作的另一个改编策略是对原作进行风格化的文学改造。小泉八云在美时期改编的怪谈类作品其原本大都并非文学作品,即便是文学作品,也都是传统意义上的体裁和形态。而小泉八云的改编,则把它们转换成了现代意义上的短篇小说,此即所谓文学改造。而不管原作出自哪个国家、何种文化,是什么风格,经小泉八云之手改造后,它们都体现出一种共同的"味道",此即所谓风格化改造。

小泉八云的风格化文学改造首先就是对故事情节的改造。日本学者森亮在《小泉八云的文学》一书中对小泉八云的诸多改编作品进行了比较,发现小泉八云的改编作品相比于原作在篇幅上都有较大的增加,从几倍到几十倍不等,这些多出的文字主要就用在了情节的扩展上。例如《织女的传说》("The Legend of Tchi-Niu"),其原本出自汉学家儒莲译法文版《太上感应篇》,原文只有百余字,而小泉八云将其扩充为3000余字,情节主线中的一切细节都是小泉八云添补的,而且还增加了董永重病,织女下凡看护的情节,作为二人相见的缘起。不过小泉八云对于故事情节的扩展有两点值得我们注意:一是这种扩展并非同比例放大,而是有所选择,其大致原则是突出情节主线,对于枝蔓和无关紧要的细节甚至会加以删减;二是基本尊重原作,只补充细节,而较少新创造情节,不会进行戏仿和颠覆性改造。小泉八云对原作情节所做的重大改变,基本都有创作上的充分理由。有的改动是为了使情节更加合理,如在《泉中仙女》中,泉中仙女被阿迪捉到成婚后,原作只说"他们在一起生活得很快乐"[①],显得过于突兀,难以置信,而小泉八云则加上了每当新月升起时仙女就暗暗哭泣的情节,显然更为合理。有的改动则是为了丰富人物性格,完善形象塑造。仍以《泉中仙女》为例,故事结尾仙女在阿迪死前重新出现将其灵魂带走的情节其实是原作中没有的,但这个情节的添加呼应了前文阿迪由于肉体凡胎无法与仙女同归仙境的细节,也确证了仙女与阿迪之间的爱情,显然比原作要更加精彩。

小泉八云还在作品中大量使用景物描写、情境描写等,利用各种细节烘托作品气氛。小泉八云所依据的原作多是非文学作品或是传统文学样式,再加上字数有

[①] W. Wyatt Gill, *Myths and Songs from the South Pacific*, London: Henry S. King & Co. 1876, p. 265.

限,所以往往只叙述故事情节,而极少有景物和情境的描写。而小泉八云在改编中则充分体现了法式浪漫派作家的特色:用笔铺张,辞藻华丽,描述详尽。在这一点上,《茶树的历史》是一个非常突出的范例。这篇作品的原本出自植物学家布列施耐德(Emil Bretschneider)1871 年发表的一篇文章《中国植物学著作的研究及价值》。布列施耐德的描述如下:

> 有一个日本的传说,说在大约公元 519 年的时候,有一个僧人来到中国,愿意奉献他的灵魂给神。他发愿要日夜不停地冥想。经过多年的警醒之后,最后他实在是太累了,就睡着了。次日清早醒来之后,因为破了誓言他愤而切下了自己的眼皮扔在地上。第二天在同样的地方,他发现每个眼皮都变成了一株灌木。这就是之前无人知晓的茶树——中国人似乎并不太知道这个传说。[1]

布列施耐德的原作极为简略,只能算是个故事梗概(因为本来就不是文学作品,只是顺便提及而已),小泉八云在情节上只做了细微的调整:僧人与困倦的斗争变成了与幻觉的斗争,而在幻觉中则增添了一个美艳的女子作为诱惑——显然,与美女相比,困倦实在是太无趣了。而最终割下眼皮的行为也变成了幻觉之后的第二层幻觉,这种惨烈行为被从现实层面隔离出去之后,在审美上对于读者的刺激也就小多了。这种情节改造的主要目的是为了营造浪漫而富于异国情调的氛围。小泉八云将原作从百余字扩充到了 3500 字左右,这些增加的文字基本都用在了情境描写上。

在故事的开头,为了抵抗幻觉,僧人不停地祈祷:

> 哦,莲花中的珍宝!(O the Jewel in the Lotos!)
>
> 就像乌龟将它的四肢缩进壳去一样,哦,圣尊,让我把我的意识完全缩回禅定中去吧!
>
> 哦,莲花中的珍宝!
>
> 就像雨水能滴穿无人居住的房屋的屋顶一样,没有被禅定占据的灵魂也

---

[1] Emil Bretschneider, "The Study and Value of Chinese Botanical Works", *The Chinese Recorder and Missionary Journal*, 1871, p.220.

第五章　小泉八云的怪谈类创作

会被激情攻破。

……①

像这样相同形式的譬喻和祈祷,僧人重复了六次。但诱惑却依然侵入,祈祷在第七次时变成了"哦,她耳朵上的宝石!"(O the jewel in her ear!)应该说,小泉八云的这种笔法是相当巧妙的。此后便是反复的诱惑与警醒之间的鏖战,小泉八云使用了大量排比、重复的句式来渲染这种心灵斗争的惨烈。最终,经过长途的跋涉,僧人发现自己来到了中国:

> 他发现自己独自待在盆地前的一个奇怪的地穴之中,这地穴不深,形如贝壳,中间有一圆柱,不到一人高。它那圆滑的柱头上有花环围绕。上面悬挂着不少灯笼,用的是棕榈油,也如花环一般环绕着。此外并无神佛的雕像。各种各样的鲜花堆满了小路,恰如一条厚而柔软的地毯,在他的脚下吐放着诡异的芬芳。一股肉欲的、令人陶醉的、带着邪气的香气似乎要钻进他的大脑。一种无法抵挡的倦怠控制了他的意志,他慢慢倒下,在鲜花之上,睡着了。
>
> 一阵脚步声,轻柔如呢喃,伴随着催人入睡的脚铃叮咚,穿过凝重的静寂而来。突然,他的脖颈感觉到有女人臂膀的温热柔滑。是她,是她!他的幻觉,他的诱惑。但这形象是多么美妙!她的美丽多么奇异,她的魅力不可思议!紧贴在他脸上的小脸蛋精致得像是茉莉花瓣儿,那注视着他的双眼如黑夜一般深沉,如盛夏一般亲切。"偷心贼",她如花一般的双唇呢喃着:"偷心贼,我找得你好苦!总算找到你了!我的爱人,我会带给你甜蜜,红唇酥胸,鲜花水果。渴了么?在我的眼波中畅饮吧!要献身么?我就是你的祭坛!要祈祷么?我就是你的神!"
>
> 他们的双唇碰上了。她的吻似乎让他血液中的每一个细胞都燃烧了起来。这一刻幻觉胜利了,魔罗占了上风!……直到结束,在中国的星空下,梦中人从暗夜中醒了过来。②

我们可以看出,无论是景物的描写,还是氛围的营造,乃至人物的对话,小泉八

---

① Lafcadio Hearn, *Some Chinese Ghosts*, Boston: Roberts Brothers, 1887, p.110.
② Ibid., pp.125—127.

云都做了精心的设计,营造出一种似真似幻的迷离气氛,对于作品的主题起到了重要的烘托作用。

赴日之后,小泉八云的改编作品数量更多,质量也有了进一步的提升,但在改编策略上,与在美时期相比,并没有本质的变化。其常用手法依然是突出"异国情调"和对原作进行风格化的文学改造。不过由于写作环境的变化及技法的圆熟,在具体的改编策略上,小泉八云还是做了一些微调。

首先在异国情调的塑造上,小泉八云依然喜欢使用标志性的异国事物和语言,但相比于美国时期的作品,讹误和装饰性点缀的情况大大减少了。正如民间俗语所说:"一瓶子不摇,半瓶醋晃荡。"在美时期的小泉八云,只是通过一些东方学著作获得的二手知识进行改编创作,说他是"半瓶醋"也不算冤枉,而他所涉及的国家及文化又极为广泛,即便是饱学之士亦有力所不逮之处,所以小泉八云恨不能把自己知道的所有异国风物都一点不糟践地点缀在作品之中,于是不免会产生讹误(如《大钟魂》中将"大钟寺"和"钟楼"混淆,《孟沂的故事》中通过上下篡接制造老子的名言等),纯粹装饰性的元素对于作品的可读性和完整性也有一定影响。而赴日之后,小泉八云对于日本文化有了实质性的体验,对于日本文化的把握也越来越深刻,这种文化自信的取得使得他的改编作品逐渐返璞归真,风格由华丽走向平实。相对来说,小泉八云的早期作品有一种矫揉、雕饰的倾向,喜欢进行夸张、琐细的描述,喜欢用繁琐的句式和生僻的词汇。但在创作逐渐成熟之后,他已不再需要依靠外在的装点来强调其异国情调,所以在风格上要比前期明白晓畅许多。小泉八云在日期间创作的改编作品虽仍然大量使用日本人名、地名、器具、专有名词等,而且依然倾向于使用罗马字拼写日语原音而非意译,但这些名词的使用多数都有创作上的需要,并非单纯的点缀。可以说是因为使用了这些词汇而带来了异国情调的装饰性效果,而不是为了异国情调的装饰性效果而使用这些词汇。从排版上来看,小泉八云在日期间出版的改编作品虽然也使用照片、日式插图、汉字等作为装饰,但像《中国鬼故事》那样,把"黑松使者""龙图公案"等无关汉字当作装饰图案使用的现象已经绝迹了,其他装饰性元素,如献诗、题记等也大为减少。

而在文学化改造的问题上,情况要更为复杂一些。小泉八云在日期间的改编作品与美国时期的最大区别就在于,他并不是直接依据原本进行改编的。限于语

言能力,小泉八云没有办法直接阅读日文文本,而是通过妻子、友人等"中介"的转述进行选择和改编。小泉节曾回忆说:

> 他非常喜欢怪谈,曾说"怪谈书就是我的宝贝"。我就一本接一本的到旧书屋去给他找寻。……我给赫恩讲故事的时候,总是先将这个故事的梗概大致讲一下。如果有意思的话,就把梗概写下来放在一边,然后再给他详细地讲述,反复讲述好多遍。我一边看书一边讲的话,他就会说:"不要看书,一定要用你自己的话,自己的语气,自己的想法。"①

根据这种描述不难推测,"原作语句中有趣的地方,作品结构上的细致技巧等,无法传达给赫恩的部分会有许多。此外,只有小学文化程度的节子,其文学理解力、鉴赏力造成限制的情况也是无法否认的。"②总的说来,小泉八云在日期间改编作品的"创作"气息要更加浓厚一些,这种传达上的障碍显然是原因之一。小泉八云在美时期的改编作品,有许多其原作是相当简略的,因此对情节的大量增补、改动是一种必然选择,而在日期间的多数改编作品其原作本身就是较为成熟的文学形态,而小泉八云却能不为原作所拘囿,在故事情节上进行了相当多的合理化改动,将这些故事改造为带有明显自身风格烙印的现代意义上的短篇小说,可见其刻意为之的成分居多。因此我们对这些作品改编过程的研究也就更容易得出有价值的结论。

二、《孟沂的故事》与《伊藤则资的故事》

《孟沂的故事》是1887年出版的《中国鬼故事》中的一篇,《伊藤则资的故事》("The Story of Itō Norisuké")则收入1905年出版的《天河的传说及其他》,是小泉八云的遗作之一。这两篇作品相距18年,看似毫无关联,但此前已有不少学者关注到它们内在的相似之处。故此,笔者将以这两个故事分别作为美、日期间改编怪谈类创作的代表,对小泉八云的改编策略做一案例分析。

《孟沂的故事》发生在明洪武年间。孟沂在一大户张氏家中坐馆。花朝日孟沂

---

① 小泉節子「思い出の記」、小泉節子 小泉一雄『小泉八雲』、恒文社、1976、21—22頁。
② 森亮『小泉八雲の文學』、恒文社、1980、37頁。

归省父母,途中在桃林偶遇一美人。次日孟沂登门拜访,二人乃成鱼水之欢。后孟沂夜夜前往美人处歇宿,足有半年之久。后张氏偶与孟沂父言其来回奔走之事,令仆人跟踪孟沂,事乃发。当夜,美人知行迹已露,与孟沂话别,赠以信物。次日孟沂归来,对父以实相告,然众人前往桃林查看时,唯见一古冢。查看信物,众人乃悟美人实为唐妓薛涛的鬼魂。

《伊藤则资的故事》按照作品中"约六百年前"的说法,其时代背景应当是日本的镰仓时代①。主人公伊藤则资是个贫穷的武士。一个秋日的傍晚,伊藤则资外出散步,路遇一小使女,伴其返家。原来家中小姐曾见过伊藤则资,已暗恋许久,相思成疾,欲与他结为秦晋之好。然而伊藤向老女②询问后发现,小姐乃是平家的将军平重衡之女,也就是说是一个百年前的古人。尽管人鬼殊途,但知晓真相的伊藤则资并没有退缩,他依然与小姐成了婚。一夜夫妻之后,二人分离,约定十年之后再见。十年后伊藤则资病殁,到黄泉之下与妻子重聚去了。

无需多少努力,我们就能在这两篇作品中找到太多的相似之处。首先,它们都是小泉八云的改编作品,而且都是改动较少,篇幅较长,艺术价值较高的"精品"。其次,它们都属于异类婚恋的故事,准确地说,是人鬼婚恋,即所谓冥婚类故事。再做细分的话,都是入冢成婚的类型。再次,从故事的各种结构要素来分析,他们之间也有着惊人的相似:都是男人女鬼之间的婚恋故事;女子与男子相比,都是古人;地位都是男卑女尊(孟沂是穷书生,伊藤则资则是贫穷武士,而女方一是古代的名妓,一是名将之女);相恋过程都系女方主动;分别之时,女子都有物相赠。当然,不管有多少相似之处,但有一点它们之间存在着本质的不同:在结局上,《孟沂的故事》中的恋情因被世人发现而遭破坏,而在《伊藤则资的故事》中,人鬼之恋虽被暂时分离,但由于男主人公的坚持和等待,最终与女主人公于黄泉之下再度团聚了。

这两个故事其实还有一点隐秘的共通之处,即它们本质上都是中国故事。《孟沂的故事》当然是一个"中国鬼故事",它所依据的原本是荷兰汉学家施古德(Gustave Schlegel)的法文译作《卖油郎独占花魁》(*Mai Yu Lang Toǔ Tchen Hoa Kouei*),而施古德的书则是由《今古奇观》抽选翻译的,具体来说,"孟沂的故事"出

---

① 日文原本中的说法是弘长年间(1261—1264)。
② 日本武家的侍女长。

自《今古奇观》第三十四卷《女秀才移花接木》前的"入话",文中称为"田洙遇薛涛"的故事。再向前翻,其源头可以追溯到明永乐年间李祯所编《剪灯馀话》之卷二《田洙遇薛涛联句记》。

而《伊藤则资的故事》改编自1848年出版的读本小说集《当日奇观》,《当日奇观》中有"晓钟成撰集"的字样,实际上这部作品不过是更早的(1770)草官散人编《垣根草》的改题之作。《伊藤则资的故事》原本系卷一之《伊藤带刀与中将重衡之女的冥婚》(『伊藤带刀中将重衡の姫と冥婚』)。表面上看,这个故事的时间、地点、人物都是日本式的,与中国似乎并无关联,但实际上它仍然是由中国而来的一个翻案作品。

在中国古代的志怪作品中,冥婚类作品是比较多见的。日本学者繁原央在《中国冥婚故事的两种类型》中,将古代冥婚故事大致分为两类"慰灵·解冤型"与"幽婚·立嗣型":

> 前者为死女为求男子而化怪物,男子死后行冥婚以慰死女之灵。后者或是死女前来男子处,或是男子前往死女处,他们虽有特别关系(也有婚姻关系者),但不久俩人又各奔东西。相别时,男子得赠礼品。正是通过礼品,男子得知女家。但是,此型并不特别举行冥婚。因为有的作品中讲述到了与幽灵的婚姻以及俩人之间生有孩子等内容,所以将它定名为"幽婚·立嗣型"冥婚故事。①

其实这两种类型的最大差别就在于结局,即男主人公(中国古代的冥婚故事一般都是男人女鬼的模式)最终前往冥界还是留在阳间。《伊藤则资的故事》的特殊之处在于,它的前半部分近于"幽婚型",这种入冢成婚的模式在中国古代的志怪中在所多有,较早的如六朝时期《搜神记》中的《崔少府墓》《驸马都尉》等。但《崔少府墓》《驸马都尉》中都有女子赠男礼物,男因礼物而与女家认亲等情节,《崔少府墓》甚至有女生子送还的情节,这是《伊藤则资的故事》中没有的。而《伊藤则资的故事》的后半部分,则近于"慰灵·解冤型"。这种男子约定日期后死亡以成冥婚的情

---

① [日]繁原央:《中国冥婚故事的两种类型》,白庚胜译,《民间文学论坛》1996年第2期。

节,在《搜神记》的《蒋山祠》等作中已有雏形①,此后《纪闻·季攸》《广异记·王乙》《广异记·长洲陆氏女》等作中亦有体现。可以说,伊藤则资的故事是这两种类型的一种合体。经笔者查考,最有可能作为伊藤则资故事母本的,是唐张读《宣室志》中的《郑德懋》。因故事不长,为比较计,亦赘述如下:

> 荥阳郑德懋,常独乘马,逢一婢,姿色甚美,马前拜云:"崔夫人奉迎郑郎。"愕然曰:"素不识崔夫人,我又未婚,何故相迎?"婢曰:"夫人小女颇有容质,且以清门令族,宜相匹敌。"郑知非人,欲拒之。即有黄衣苍头十余人至,曰:"夫人趣郎。"进辄控马,其行甚疾,耳中但闻风鸣,奄至一处,崇垣高门,外皆列植揪桐。郑立于门外,婢先白,须臾,命引郑郎入。进历数门,馆宇甚盛。夫人著梅绿罗裙,可年四十许,姿容可爱,立于东阶下。侍婢八九,皆鲜整。郑趋谒再拜。夫人曰:"无怪相屈耶以郑郎清族美才,愿托姻好。小女无堪,幸能垂意。"郑见逼,不知所对,但唯而已。夫人乃上堂,命引郑郎自西阶升。堂上悉以花罽荐地,左右施局脚床,七宝屏风,黄金屈膝,门垂碧箔,银钩珠络。长筵列馔,皆极丰洁。乃命坐。夫人善清谈,叙置轻重,世难以比。食毕命酒,以银贮之,可三斗余,琥珀色,酌以镂杯,侍婢行酒,味极甘香。向暮,一婢前白,女郎已严妆讫。乃命。引郑郎出就外间,浴以百味香汤,左右进衣冠履佩。美婢十人扶入,恣为调谑。自堂及门,步致花烛,乃延就帐。女年十四五,姿色甚艳,目所未见。被服粲丽,冠绝当时。郑遂欣然。其后遂成礼。明日,夫人命女与就东堂,堂中置红罗绣帐,衾褥茵席,皆悉精绝。女善弹箜篌,曲词新异。郑问所迎婚前乘来马,今在何许,曰:"今已反矣。"
>
> 如此百余日。郑虽情爱颇重,而心稍嫌忌,因谓女曰:"可得同归乎?"女惨然曰:"幸托契会,得侍巾栉,然幽冥理隔,不遂如何?"因涕泣交下。郑审其怪异,乃白夫人曰:"家中相失,颇有疑怪。乞赐还也。"夫人曰:"适蒙见顾,良深感慕。然幽冥殊涂,理当暂隔。分离之际,能不泫然。"郑亦泣下。乃大醺会,与别曰:"后三年,当相迎也。"郑因拜辞。妇出门,挥泪握手曰:"虽有后期,尚

---

① 五代《鉴诫录》中的《求冥婚》显然系由《蒋山祠》发展而来,不过在《求冥婚》中曹孝廉坚定赴死之状与《蒋山祠》中三人"谢罪乞哀"显然不同,却与伊藤则资相类了。

第五章 小泉八云的怪谈类创作

延年岁。欢会尚浅,乖离苦长。努力自爱!"郑亦悲悢。妇以衬体红衫及金钗一双赠别,曰:"君未相忘,以此为念。"乃分袂而去。夫人敕送郑郎,乃前青骢,被带甚精。

郑乘马出门,倏忽复至其家。奴遂云:"家中失已一年矣。"视其所赠,皆真物也。其家语云:"郎君出行后,其马自归,不见有人送来。"郑始寻其故处,唯见大坟,旁有小冢。茔前列树皆已枯矣,而前所见,悉华茂成阴。其左右人传:"崔夫人及小郎墓也。"郑尤异之。自度三年之期,必当死矣。后至期,果见前所使婢乘车来迎,郑曰:"生死固有定命。苟得乐处,吾复何忧。"乃悉分判家事,预为终期。明日乃卒。

通过对比不难发现,遇婢、入室、成亲、期约、赠别、探查、赴死,在情节主干上,伊藤则资的遭际与郑德懋几无分别。时间上看《宣室志》是唐代作品,而《垣根草》则是江户中期的作品,所以即便无法完全证明《郑德懋》就是《伊藤带刀与中将重衡之女的冥婚》的母本(也可能翻案自辗转流传的其他中间版本),但作为翻案的源头却是十分确凿的了。

这也就产生出了一个隐藏的问题,即《孟沂的故事》与《伊藤则资的故事》之间的诸多相似之处,其实一个非常重要的原因在于,它们都是来自中国的冥婚故事。台湾学者谢明勋曾总结过六朝冥婚故事的诸多特点,如形态:男人女鬼,身份:男卑女尊,相见原因:多为女方主动等①,我们不难看出,《孟沂的故事》与《伊藤则资的故事》作为两个本质上的中国故事,也同样具有这些特色。但从另一方面来说,作为编译者的小泉八云并不知道《伊藤则资的故事》是一个中国而来的翻案故事(《当日奇观》中并没有说明或暗示此作源自中国的文字,以小泉八云的学力,自不可能考证或体味到其中国来源),然而他却将这两篇类似之作挑选出来,倾注了相当的心血,足可证明,小泉八云对于这一类作品的审美情趣,一直较为强烈且稳定。

当然,小泉八云的工作不仅是选和译,更重要的是改编。这两个故事虽然其最初来源是中国,但经小泉八云之手呈现出的样态却已完全不同了。以《孟沂的故事》来说,这个作品在《中国鬼故事》中,其实是对原作改动最少的(因为相对来说原

---

① 谢明勋:《六朝志怪"冥婚"故事研究——以〈搜神记〉为中心考察》,《东华汉学》2007年第5期。

作较为详细)。但即便如此,赵景深依然评价这个故事"简直不是译文,而是小泉八云自己的创作了"①。那么小泉八云更动了什么呢? 尽管《孟沂的故事》是由法文而来的再译作品,但作为汉学家的施古德翻译态度还是比较严谨的,除了由于语言障碍不得不做的删改(比如原作中的诗文由于翻译困难基本都被删去了)和添加之外,施古德基本采取了"直译"的方式,尽可能保留了原作的风貌。也就是说,《孟沂的故事》与"田洙遇薛涛"原作的差异,主要是由小泉八云造成的。

小泉八云所做的改动主要有三个方面:其一是情节详略的变化。小泉八云在故事情节上的改编并非只是扩展和添补,对于枝蔓的细节他同样会大胆删削。在《今古奇观》原本中,孟沂之父田百禄本要孟沂由成都返回广州,因孟沂之母不舍得,又兼盘费难处,才托秀才们给孟沂找一个馆坐。秀才们访得张氏要请西宾,遂将孟沂力荐于张氏。而小泉八云则将找馆的过程省略了,只说张氏要请塾师,请百禄推荐,偶见孟沂后即延为西宾。此外,孟沂与薛涛恋情被发现的过程小泉八云也做了精简。而对情节的主体,即孟沂与薛涛的恋情,小泉八云则给予了更多的关注。如二人邂逅的场景,原作及施古德译本中都较为简略,小泉八云则运用想象,进行了极为细腻的描写。此外,小泉八云将人物对话大大加强了,原作中的一些叙述文字和间接引语都被改成了直接的对话,尤其是孟沂和薛涛的情话,比原作更加繁复、细致,情意更加缠绵。

其二是细节描写和氛围烘托的强化。"田洙遇薛涛"是一个典型的传统话本小说,只重故事情节,而少有细节描述。例如对薛涛的容貌,原作中只称之为"美人",却并无一字描述其美。而在小泉八云笔下,当孟沂第一次见到薛涛时,是这样描述的:"他看到一个年轻女子,美得就像那桃红的花朵,正想躲藏在花海之中。虽只是看了一眼,但孟沂却一下记住了她那秀丽的面庞,白净的金色皮肤,如蚕蛾张开的双翅一般优美地弯曲着的双眉,下面闪烁着一对明亮的凤眼。"②当上门拜访,再次见到薛涛时,孟沂又发现:"她比他印象中要更高一些,像美丽的百合一般柔软苗条。她的乌发上簪着朱砂橘的白花,她那白色的丝裙随着移动变幻着色彩,就像水

---

① 赵景深:《小泉八云谈中国鬼》,《文学周报》1928 年第 328 期。
② Lafcadio Hearn, *Some Chinese Ghost*, Boston: Roberts Brothers, 1877, p. 31.

第五章 小泉八云的怪谈类创作

汽随着光线变化改变颜色一般。"① 这些细节都是小泉八云添补的,而且他通过想象,尽可能地去描述一种"中国式"的美。例如薛涛那金色的皮肤、狭长的眼睛以及蛾眉,还使用了在汉学著作中看到的朱砂橘、会变换颜色的丝绸等中国事物作为点缀。

再如景物描写,《今古奇观》原作中孟沂与薛涛初见时,只说:"偶然一个去处,望见桃花盛开,一路走去看,境甚幽僻。"② 薛涛的居所,亦无一词述及。小泉八云则进行了细致的描写:

> 那天,空气中到处布满了花香和蜜蜂的嗡嗡声。孟沂所走的道路似乎已经多年没有人走过了,长长的草覆于路上,两旁的大树那巨大、长满苔藓的枝丫交连起来,遮天蔽日。然而那树叶的阴影随着鸟鸣颤动着,树林的深景因金色的雾气而更加秀丽,空气中充满了花香,如同香烟缭绕的庙宇。

当再度前去拜访时:

> 他惊讶地发现,在一大片树林的尽头,有一所房子是他此前没有注意过的。这是所乡村宅院,不大,但却十分雅致。拱形锯齿状的重檐上亮蓝色的瓦片高挑在树叶之上,几乎与明媚的蓝天融为一体。沐浴在阳光下的雕花的门廊上金碧辉煌的图样都是精巧的花与叶。门廊前台阶的顶端,分列着巨大的瓷龟。

孟沂近前,侍女将其迎入房内:

> 孟沂怯生生地走进去,地上铺着席子,松软如林中的苔藓,脚踏上去毫无声响。孟沂发现自己进了一间宽阔而凉爽的客厅,房中充满了新采的鲜花的香气。府中弥漫着一种甜蜜的静谧,阳光透过半卷的竹帘,形成一道道光带,不时有飞鸟的影子掠过。长着火红翅膀的巨大的蝴蝶飞进来,绕着彩绘的花瓶翩翩飞舞,俄尔又飞回到那幽密的林中去了。③

---

① Lafcadio Hearn, *Some Chinese Ghost*, Boston: Roberts Brothers, 1877, p. 36.
② 抱瓮老人辑:《今古奇观》,北京:人民文学出版社,1957,第 663 页。
③ Lafcadio Hearn, *Some Chinese Ghost*, Boston: Roberts Brothers, 1877, p. 30, p. 33, p. 35.

这些细节的描写贴合作为女鬼的薛涛的身份,对于烘托作品的神秘气氛显然有比原作更好的作用。

小泉八云所做的另一改动就是故事主题的变化。"田洙遇薛涛"在《今古奇观》中是作为"入话"使用的,作用是引出后文女秀才闻俊卿移花接木的故事。文中这样写道:"小子为何说这一段鬼话?只因蜀中女子从来号称多才,如文君昭君,多是蜀中所生,皆有文才。所以薛涛一个妓女,生前诗名,不减当时词客,死后犹且诗兴勃然。这也是山川的秀气。"①所以"田洙遇薛涛"故事的重点在于薛涛之才,孟沂只是一个配角。孟沂与薛涛见面后,二人聊天、饮酒,薛涛将孟沂"延入寝室,自荐枕席",显系薛涛主动,仍然是一种女鬼魅人的套路,特别是故事的结尾说:"后来孟沂中了进士,常对人说,便将二玉物为证。虽然想念,再不相遇了。至今传有田洙遇薛涛故事。"②可见是将孟沂与薛涛的恋情当作一段才子佳人偶然放逸的风流韵事来处理的,"常对人说"四字尤其凸显了主人公乃至作者的"述奇"心态。而在小泉八云笔下,则强调了孟沂与薛涛之间是真挚的爱情。孟沂初见薛涛即一见钟情,后登门拜访,与薛涛志趣相投,探讨文学达九个小时之久,最后的肉体接触也是孟沂情不自禁的主动行为。二人分离时的痛苦在小泉八云笔下也描写得更加动人。尤其是故事的结尾,小泉八云将其改为:"他永远也无法忘记薛涛,但据说从未提起过她,即使是孩子们求他讲述总放在书桌上的两件东西——一件黄玉狮子、一件玛瑙雕刻的笔筒——的来历的时候也是如此。"③这样的改动塑造了孟沂痴情、专情的形象,也使作品的爱情主题更加鲜明。

《伊藤则资的故事》与《当日奇观》原作相比,同样发生了不小的改变,其改编策略也大致延续了小泉八云一直以来的风格。不过相较于《孟沂的故事》,《伊藤则资的故事》在景物、细节描写上的添补较少。例如故事中伊藤则资陪着小使女来到小村时,小泉八云并没有像《孟沂的故事》中那样进行详细的景物描写,而是插入了一段长长的解释,说明日本的乡村如何植被繁茂、光线昏暗。作家之所以宁可选择打断情节进行插叙也不做繁复的景物描写,大概是为了与作品的叙事风格相协调。

---

① 抱瓮老人辑:《今古奇观》,北京:人民文学出版社,1957,第668页。
② 同上。
③ Lafcadio Hearn, *Some Chinese Ghost*, Boston: Roberts Brothers, 1877, p. 61.

第五章　小泉八云的怪谈类创作

总的说来,小泉八云在日期间的改编作品在风格上由华丽转向质朴,《伊藤则资的故事》中基本没有异国情调式的点缀,气氛的烘托也多依靠情节而非单独的细节描述,这显然是小泉八云创作走向成熟的一种表现。

《伊藤则资的故事》对原作的添饰和改动主要在于心理活动,如伊藤在老女提亲之后的犹疑。最明显的一处则是在得知小姐实为鬼魂之后:

> 年轻的武士感到一股寒意,如冰似雪,穿透了周身血管。……伊藤突然明白了,他周围的一切——这房间,这灯光,这酒宴——都不过是历史的梦幻;他眼前的这些形象都不是活人,而是逝者的幽灵。
>
> 但转瞬之间,那冰冷的寒意过去了,诱惑恢复了魔力,似乎还更加有力了,他不再害怕了。虽然他的新娘来自黄泉,却已经完全赢得了他的心。①

而在原作中是这样的:"听到这里,带刀才知道他们原来都是黄泉之人,但他一点也不以为怪。"②原作中这种说法可能是为了表现武士的勇气,但对于西方读者来说,这种反应是违反常理的,小泉八云的描写有惊讶,有转折,显然要合理得多。

小泉八云所做的情节改动主要是为了适应他对作品主题的重新定位。对比来看,在中国源本《郑德懋》中,郑德懋的冥婚有被逼无奈只得认命的味道;日本读本《伊藤带刀与中将重衡之女的冥婚》中,男主人公则更加主动一些。首先他并非被胁迫,而是主动提出陪伴小侍女返家,其次在得知真相后也毫无畏惧之心。但究其原因,除宿世因果之外,作品中有一伏笔:伊藤本是平家武士的余脉,隐居于世,能够与平家重臣之女冥婚,亦可算是得其所哉。而在小泉八云的改编中,则强化了伊藤则资与重衡姬的爱情。重衡姬生前与伊藤邂逅,一见钟情,死后因无法转生,在伊藤几世为人后方得再见,用情不可谓不深。而伊藤则资不畏人鬼殊途,苦候十年,终得团圆,支撑他的,正是对重衡姬的爱意。在小泉八云笔下,有伊藤返家后身体逐渐衰弱,形销骨立,状如鬼魅的说法,是原作中没有的。小泉八云如此处理,正是为了凸显伊藤的爱情:没有爱情,生命也就没有任何意义了:爱要比死更强大。

---

① Lafcadio Hearn, *The Romance of the Milky Way and Other Stories*, Boston & New York: Houghton Mifflin & Company, 1907, pp. 154—155.
② 曉鐘成「鎧日奇観・巻一」、河内屋政七、1848 年、9 頁。

第三节　怪谈类创作中的女性

在小泉八云的怪谈类创作,尤其是在日期间的怪谈类创作中,以女性为主角或是与女性相关的作品占有相当大的比例。小泉八云在这些作品中塑造的女性形象令人难忘,所表达出的对于女性的情感和认识也值得我们去做更加深入的探索。

在小泉八云的女性故事中,有两个常见的母题:一是异类婚,二是女性遭到背叛,而且这两类故事又常常是重合的。所谓异类婚是指人类与动物、植物、妖怪、鬼魂、神仙等非人类之间发生的婚恋故事。小泉八云在美期间的创作中,故事7《梦魇及梦魇的传说》("Nightmare and Nightmare Legends")、14《泉中仙女》、15《鸟妻》、18《巴卡瓦丽》("Bakawali")、41《孟沂的故事》、42《织女的传说》都以异类婚为情节主干,而赴日之后,小泉八云的异类婚故事创作就更多一些,故事42《柳树精报恩》、49《返魂生子》、50《浦岛太郎的故事》、65《孽情》("A Passional Karma")、70《屏中美女》("The Screen-Maiden")、88《忠五郎的故事》("The Story of Chūgorō")、99《雪女》、100《青柳的故事》、102《安艺之介的梦》、105《天河的传说》("The Romance of The Milky Way")、111《伊藤则资的故事》,共11个故事属于这种类型。可以说在数目上,异类婚故事在小泉八云的故事创作中占据了相当的比例。

小泉八云为什么会对异类婚故事感兴趣呢？当然,从客观上说,异类婚故事在民间文学中本就占有相当的比例,如非刻意回避,小泉八云的改编作品中一定会多少出现一些这样的故事。但从主观上说,小泉八云的个人经历和文学观念对此也不无影响。关于异类婚故事的源起,民间文学研究界一直众说纷纭,但有一点是大致不错的,即异类婚故事是古代人类婚姻状况的曲折体现。异类婚故事的一种可能的来源是:它是古代人类异族婚姻的一种象征,即与龟、马、蛇、鹤等的婚恋实际上是不同种族、部落之间婚恋的一种表现。如果从这个意义上说,小泉八云对异类婚故事的关注亦不为无因。因为小泉八云自己就是一个"异类婚"的产物,他的父亲娶了一个肤色、语言、宗教都有差异的希腊女性,而他本人的两次婚姻,也都是"异类婚",而且"异"的程度大大超越了父亲,都是与不同种族女性的婚姻。从文学观念上来说，小泉八云一直对"异国情调"的女性怀有极大的兴趣。这些原因可能在无意识中影响了他对于异类婚故事的关注。

一、结局完美的异类婚故事

在民间文学中，异类婚一般都是以悲剧告终的。"异类"的本质决定了男女主人公的结合只能是一种奇迹或偶然，这类故事往往以分离结束，或是女性得到机会逃走①，如《梦魇及梦魇的传说》、《鸟妻》等，或是受到外力阻止，如《孟沂的故事》、《青柳的故事》等。有些异类婚故事则与禁忌母题联结在一起，男子打破禁忌，打开了盒子（浦岛的故事）、泄露了秘密（雪女）之后，失去了妻子。有的男主人公甚至因异类婚失去了性命（《孽情》《忠五郎的故事》）。在小泉八云笔下，异类婚而具有相对美满结局的故事只有三个：《巴卡瓦丽》《屏中美女》《伊藤则资的故事》。《伊藤则资的故事》上文已经做过介绍，我们不妨重点看下另外两篇作品。

《巴卡瓦丽》是小泉八云由法语翻译而来的一个印度故事。根据小泉八云在《奇书拾零》中所附的参考书目所记，故事改编自法国东方学家塔西（Garcin de Tassy）1876 年出版的《寓言、故事、童话及其他》（Allégories, Récits, Contes, etc.）。不过小泉八云的记述可能不够准确，这本书的名字其实是《寓言、故事、诗歌及通俗谣曲》（Allégories, Récits, Poétiques Et Chants Populaires），是塔西由阿拉伯语、波斯语、印度语及土耳其语汇编翻译的一部作品，初版年份是 1874 年，小泉八云所见的 1876 年版是第二版。一般而言，小泉八云的改编作品往往在篇幅上要比原作大大增加，但《巴卡瓦丽》却是个特例。在塔西原作中，"巴卡瓦丽"的故事涉及许多方面，内容驳杂，小泉八云只选取了其中的一小部分。

巴卡瓦丽是一个天女（Apsara），她违反禁令爱上了一个凡人男子塔吉穆卢克，沉溺于爱情，连为大神舞蹈的职责也忘却了。大神因陀罗惩罚她，将她放在火中锤炼。巴卡瓦丽忍受着这种痛苦，但她每夜在受尽折磨之后，依然坚持回到男子身边。一夜塔吉穆卢克偷偷跟在巴卡瓦丽身后，来到天庭，看到了巴卡瓦丽受苦的场景，大为感动。因陀罗满意于巴卡瓦丽的舞蹈，允诺可以答应她的任何请求。巴卡

---

① 异类婚故事既有异类男子与人类女子婚恋，也有异类女子与人类男子婚恋的类型，但在小泉八云笔下只有后一种类型的故事。

瓦丽因而恳求能与塔吉穆卢克结合，因陀罗无奈应许，然而罚巴卡瓦丽腰部以下变为石头12年。塔吉穆卢克不离不弃，一直陪伴左右，终于在12年后，巴卡瓦丽重获肉身。

《屏中美女》出自《阴影》，根据小泉八云在文中的提示，作品出自白梅园主鹭水（青木鹭水）的《御伽百物语》。经查，此文的原作乃卷四中的一个故事《画中女子为妻》(『絵の婦人に契る』)。说是京都有一男子名曰笃敬（Tokkei），偶然买了一个屏风，屏风上有名家菱川吉兵卫所画的美女。笃敬爱上了屏风上的美女，茶饭不思，病势沉重。有一朋友劝其为美女命名，日日思之、呼之，买百家之酒献于美女。笃敬照做，美女果然有了生命，与笃敬成百年之好。

尽管这个故事在人物、地点、情节上都有着鲜明的日本印记，但实际上这是一个由中国传来的翻案故事，唐人杜荀鹤的《松窗杂记》中已有类似的记述：

  唐进士赵颜于画工处得一软障，图一妇人甚丽。颜谓画工曰："世无其人也，如可令生，余愿纳为妻。"画工曰："余神画也，此亦有名，曰真真，呼其名百日，昼夜不歇，即必应之，应则以百家彩灰酒灌之，必活。"颜如其言，遂呼之百日，昼夜不止，乃应曰："诺"……下步言笑、饮食如常。①

在这三个结局圆满的异类婚故事中，我们不难发现其共通之处，即爱情的圆满是由于男性对爱的坚持才得以实现的。在小泉八云笔下的一些异类婚故事中，男女之间并无真爱。如《梦魇及梦魇的传说》《鸟妻》等，异类女性都是被男子捉到之后被迫成婚的，所以当故事中的女性得到逃走的机会时，她们便毫不犹豫地回到原来的世界去了。而在这三个故事中，男女之间不但有真爱，而且正是由于男性对于爱情的忠贞与坚持才使爱情得以延续。如若不是塔吉穆卢克对于巴卡瓦丽的不离不弃，在她下身变为石头（意味着有爱无性）时依然陪伴左右；如若不是笃敬真诚坚信画中的美女具有生命，精诚所至；如若不是伊藤则资不惧怕失去生命，用生命坚守约定，这三段异类婚恋故事同样会以分离而结束。联想到小泉八云父亲对婚姻的背叛和母亲黯然回到母国的经历，笔者认为，这种童年经历的体验可能在无意识中影响了小泉八云对于这种异类婚恋故事的选择和处理。

---

  ① 杜荀鹤：《松窗杂记》，见《笔记小说大观》，台北：新兴书局有限公司，1979，第6393页。

二、《泉中仙女》与《雪女》

在小泉八云的异类婚故事中,《泉中仙女》和《雪女》是较为著名的两个,也经常被拿来进行对比。这两个故事一出自《奇书拾零》,是小泉八云在美时期改编创作的初试锋芒之作;而另一个收入《怪谈》,是在日怪谈类创作的巅峰之作,也是小泉八云怪谈类作品中几乎最有名的一个。它们都属于人类男子与精灵女子的异类婚故事,女主人公都为男子生儿育女,婚姻都因女子的离去而告终,而且最重要的是,在这两个故事中,小泉八云都通过改编,寄寓了自己的一些观念与理想。

《泉中仙女》原本出自吉尔(William Wyatt Gill)编辑的《南太平洋神话及歌曲》(*Myths and Songs from the South Pacific*),原作《泉之仙女》("The Fairy of the Fountain")篇幅很短,只有两页。故事发生在南太平洋的拉罗汤加岛上一个小村,村中有一泉水,月圆之夜常有一男一女二精灵出来偷食果蔬。首领阿迪(Ati)率村民做了一张大网,捉住了其中的仙女,并与之成婚,后生一子。及子渐长,仙女欲与阿迪同归泉底,无奈阿迪肉身凡胎,无法进入,仙女在悲戚中独自归去了。小泉八云对此故事进行了大量的增补渲染,篇幅变为原作的三倍还多。那么小泉八云增添的文字主要是什么呢?首先是异国情调的渲染。比如故事的开头小泉八云即借泉中二仙之口,记录了长长一段南太平洋民谣,为作品奠定了一种奇幻的气氛,但实际上这首民谣原本并非出于二仙之口,是小泉八云从吉尔原作的其他地方挪用的,这种方式在小泉八云的改编作品中屡见不鲜。其次是场景、细节的描写。吉尔所记录的原作完全是一种民间故事的形态,除情节进展外,并没有什么场景、样貌的描述,但小泉八云作为一个浪漫派作家,完全是以文学手法进行创作的。他对景物、容貌等方面的细节描写使作品呈现出一种完全不同的氛围。比如作品中对仙女美貌的描写:

> 人们为她的美而惊讶;当她活动的时候,艳光四射,她在河里游泳时,好似明月从水中划过,恰如一条颤动的光柱。只是,人们发现,她那种明艳的美似与月亮的圆缺反向而动:新月时她的艳光最为明亮,而月圆时她的脸庞则不再鲜艳。[①]

[①] Lafcadio Hearn, *Stray Leaves from Strange Literature*, Boston & New York: Houghton Mifflin & Company, 1884, pp. 37—38.

实际上在吉尔原作中只对仙女有一个修饰词"可爱"(lovely),对于她的美貌根本没有专门的描述,小泉八云不但将其描述得美艳动人,还创造了其美貌随月亮的圆缺而变的细节,更加强了作品的神秘气氛。

小泉八云所做的最为重要的改编就是情节的更动。比如阿迪在捉到仙女后,原作中有一个细节:"他用大石头仔细地把泉水填死了,免得他的仙女太太回到下面的世界去。"而接下来一句就是"他们在一起生活得很快乐"①。这未免有些不合情理。民间文学中有不少异类婚故事实际上是古代"掠夺婚"风习的一种曲折体现,所以男方往往要严防死守,以免女子逃走,而女子一旦逃走,便杳如黄鹤,再也不会回来了。阿迪捉住泉中仙女成婚也有这种"掠夺婚"模式的印记。尽管故事中并没有交代泉中仙女与男精灵之间是什么关系,但刚刚被迫成婚的仙女马上就与阿迪享受起"快乐"生活来,实在有违常理。不过二人同居之后,慢慢产生了感情。证据是仙女怀孕生产的时候,曾要求破腹生子(即保子舍母),阿迪拒绝了;当仙女要回到泉中世界的时候,坚持要带着阿迪一起,只是因为仙凡殊途,才不得不分离。

而在小泉八云的笔下,大大加强了二人爱情的成分,将"掠夺婚"的痕迹淡化了。在《泉中仙女》中,当阿迪刚刚捉到仙女时,仙女一直在哭泣,阿迪就上去亲吻了她,并安慰她,使她停止哭泣。跟阿迪成婚后,尽管"阿迪很爱她,爱她胜过爱自己的生命"②,但每当新月升起时仙女仍会默默哭泣,这无疑使人物的性格和行动显得更加合理。当怀孕后,仙女就提出要回到泉中世界去,在阿迪的恳求下,仙女生下孩子,在人间又待了十年。十年后,仙女必须要回去了,否则就要死去。因阿迪是肉身凡胎,没有办法一起归去,仙女一个人回到泉中了,但她答应阿迪,将来一定会回来的。仙女留下的孩子渐渐长大,在一个暴风雨的夜晚,人们听到风中一个奇怪的声音在召唤,当天亮的时候,这个孩子不见了,人们再也没有见过他。而阿迪则活过了百岁,在一个新月的夜晚,阿迪要死了,

突然听到一个轻柔甜美的声音,唱着几十年前传唱的古老的歌谣。月亮

---

① Willam Wyat Gill, *Myths and Songs from the South Pacific*, London: Henry S. King & Co., 1876, p. 265.

② Lafcadio Hearn, *Stray Leaves from Strange Literature*, Boston & New York: Houghton Mifflin & Company, 1884, p. 37.

越升越高,声音也越来越美。蟋蟀停止了鸣唱,可可树停止了摆动。看护的人们感到四肢沉重,他们的眼睛睁着,却身不能动,口不能言。接着所有人都注意到,一个比月光还要白的女子,像湖中的鱼儿一样灵活,在看护者之间穿过,她将阿迪花白头发的脑袋放在自己雪白的胸前,唱着,亲着,轻抚着他的脸庞……

太阳升起了,看护者们醒来了。他们俯身去看阿迪,发现他似乎是睡着了。但呼唤他的时候,他却不回答,碰他的时候,他也不动一下。他永远地睡着了![1]

相比于原作,小泉八云对情节做了很多改动,最大的变化是儿子的消失(显然是被母亲带走了,但在原作中儿子一直留在人间,并成为某个部族的祖先,因此在性质上这个故事原本应该是一个起源神话)和阿迪死前仙女重新出现(暗示将阿迪的灵魂带走了)。小泉八云的改编将这个故事从起源神话变成了爱情故事。尽管阿迪与仙女的相遇仍起源于"掠夺婚",但此后的情节发展却完全是浪漫主义的了。由于阿迪和仙女的爱情及对爱情的坚持,他们一家超越了"异类"的藩篱,在另一个世界曲折地实现了团聚(当然,由于二人的分离和描写的不明确,笔者认为还不能归入"结局圆满"的异类婚故事之中),这再次印证了小泉八云的怪谈创作原则:"爱要比死更强大。"

《雪女》同样是一个异类婚故事,男主人公叫做巳之吉(Minokichi)。巳之吉是居住在武藏国一个村庄中的年轻樵夫,一天他与另一个老樵夫茂作上山砍柴时遭遇了大风雪,便找到一个小屋避风。半夜,巳之吉看到一个全身雪白、形容美艳的女子在对茂作吹气,当她转过身来的时候,却因巳之吉的年轻英俊而放过了他,但她警告巳之吉,如果将这晚的情形泄露出去就会引来杀身之祸。

巳之吉第二天醒来,也不清楚昨夜的情形是真是幻,但茂作已经被冻死了。第二年冬天,巳之吉在路上偶遇了一个少女阿雪,他们结成了夫妻,后来还生了十个孩子。不过阿雪总不见老,依然像他们初见时那样年轻漂亮。一天晚上,巳之吉看

---

[1] Lafcadio Hearn, *Stray Leaves from Strange Literature*, Boston & New York: Houghton Mifflin & Company, 1884, p. 40.

着灯下的阿雪,越看越像那夜遇到的女人,便把经过告诉了妻子。阿雪站起来对巳之吉叫道:"那就是我!如果不是因为这些孩子,我现在就杀了你。"说完就变成一阵薄雾消失了。

《雪女》跟《泉中仙女》最大的不同之处在于,它是一个没有原本的故事,是小泉八云自己搜集、整理的作品,这在小泉八云的怪谈类故事创作中是较为罕见的。在《怪谈》的前言中,小泉八云曾提到这个故事的来源:

> 那个奇异的故事"雪女"是武藏国西多摩郡调布的一个农夫告诉我的,是他们村的一个传说。它是否曾见于日本的文字我不知道,但它记述的这种特别的信仰过去在日本的多数地方以各种形式都存在过。①

通过这段话我们可以得到两个信息:其一,雪女的故事源自调布的一个农夫;其二,除这个故事之外,小泉八云还见过其他版本的雪女。首先说第一点,调布的这个农夫是谁呢?在小泉八云的身边,的确曾有过一个调布的农夫。1899年底,小泉八云的三子小泉清出生,一年后,小泉节生病,没有了乳汁。于是家中雇佣了一个调布农家的女子帮忙看护,叫做阿花(お花)。后来又请阿花的父亲宗八来帮忙修造,根据小泉八云的长子小泉一雄的回忆,宗八"个子很高,肩膀很宽,一看就很壮实。他颧骨很高,下巴洼陷,头发花白,记忆中那时大概是五十三四的样子。"②小泉八云的孙子小泉时曾写过一篇文章《青梅与雪女》,认为所谓"调布的一个农夫"很可能就是指宗八。宗八出身的调布村在今东京都之青梅市,青梅市千濑町2002年因此还建了一块"雪女缘之地"的石碑来纪念此事。尽管小泉八云笔下出现的人物未必都是实指,但小泉八云提到"调布的一个农夫"是在专门交代作品出处的序言之中,似无必要虚构,再结合小泉八云的人际关系,笔者倾向于认为雪女的故事系由宗八转述而来。

但早在宗八之前,小泉八云就曾接触过"雪女"的故事。1893年2月,小泉八云在给张伯伦的信中提到了"雪女":

> 日本人的传说中也有"雪女"(Snow women)——雪白的鬼和精灵,它们不

---

① Lafcadio Hearn, *Kwaidan*, Boston & New York: Houghton Mifflin & Company, 1911, pp. iii—iv.
② 小泉節子・小泉一雄『小泉八雲』、恒文社、1976 年、190 頁。

第五章　小泉八云的怪谈类创作

害人也不说话,只是让人害怕和寒冷。……有时我睡觉时会梦到雪女(Yukionna),她不顾火炉的热力,从窗户的缝隙里伸进雪白的胳膊,摸着我的心脏,笑着。①

这时小泉八云大概是刚刚听说"雪女",但他对这种精灵显然保持了长久的兴趣,一年之后,他又对"雪女"做了更进一步的描述。在《陌生日本之一瞥》第二部的《鬼与妖》("Of Ghosts and Goblins")中,小泉八云借人物金十郎之口描述过雪女:"她全身雪白,把脸埋在雪中。她一点也不害人,只是让人害怕。白天她只是抬起头来,吓唬那些独自赶路的人。但到了晚上,她就会不时站起来,比树还高,四下望一会儿,然后再趴到雪里。②"这种不害人的雪女与小泉八云信中所述是一致的,大致是一种雪精之类的妖怪。在金十郎的话后面,小泉八云还做了一个注释:"我在日本其他一些地方听到的则说雪女是个美貌的幽灵,她引诱青年男子到偏僻的地方去是为了吸他们的血。③"可见此时的小泉八云至少已经掌握了两个版本的"雪女",但这两个版本的雪女都只能算是一种信仰,还称不上是故事,与《怪谈》中出现的"雪女"也有很大的差异。

实际上在日本许多冬季落雪的地方,如青森、岩手、山形、长野、新泻、秋田等县都有雪女的故事流传,版本也比较多。根据日本学者关敬吾所编《日本昔话集成》、池田弘子所编的《日本民间文学类型和母题索引》等书来看,雪女故事至少有六个版本。当然,雪女们的出现都跟暴风雪有关,在这样的暴风雪的天气里,雪女或是来到没有孩子的人家做女儿,或是来到单身汉家里成了他的妻子,或是由一个妇人送来一个女婴交人抚养,或是像小泉八云的版本那样,饶恕了男子的性命,并禁止他泄露秘密。而雪女的消失亦有不同的方式,有的被迫洗澡而消融在热水里,有的是在春天悄然离去,有的是经历了十年的期限留下孩子消失在风雪中,也有的是因

---

① Elizabeth Bisland ed. *Japanese Letters of Lafcadio Hearn*, Boston & New York: Houghton, Mifflin & Company, 1910, pp. 56—57.
② Lafcadio Hearn, *Glimpses of Unfamiliar Japan*-II, Boston & New York: Houghton Mifflin & Company, 1894, p. 638.
③ Ibid.

秘密泄露而离开①。这些故事虽然都以"雪女"为主人公,但在情节上却差异很大,从分类上看也属于不同的母题。

从文本上看,小泉八云当然不是第一个写雪女故事的人。早在《宗祇诸国物语》中,就有在越后国(今之新泻一带)见到雪女的故事。其中的精灵是个个子奇高,肌肤雪白的年轻女子,而且作者很明确地写到:"这个是雪的精灵,俗称雪女"②。这可能是最早提到雪女的文本,但在《宗祇诸国物语》中,雪女近于金十郎的说法,只是一个精灵,并没有什么情节。在小泉八云之后,柳田国男在其著名的《远野物语》中也提到过雪女,但柳田国男只是写远野有冬天的满月之夜雪女会出现的传说,真正见过的人很少,也没有什么描述,更不用说曲折的情节了。所以最早将近于《怪谈》版本的雪女故事表现为文字的,仍然是小泉八云,而在他之后,亦没有出现这个故事的平行版本③(今天日本流行的雪女故事,基本就是小泉八云的版本,甚至有不少人认为小泉八云是其原创者)。

当然,这个事实不免会给人带来一种怀疑,即是否有可能《雪女》完全是小泉八云的创作,而非整理改编之作?对此笔者仍然倾向于相信小泉八云的自述。首先如前所述,小泉八云在《怪谈》序言中的交代似乎并无撒谎的必要,其次,在日本的民间传说中毕竟有情节相近的雪女故事,所以完全虚构的可能性是很小的。但需要注意的一点是,作为一个习惯于改编创作的文学家,小泉八云绝不可能像个民俗学家那样只是将宗八的故事记录下来就完了,对于小泉八云手稿的研究也证明了这一点。日本学者大泽隆幸通过与最终出版的定稿对比,发现《雪女》的草稿有这样一些不同之处:一,未提及男主人公的名字;二,未提及男主人公的同伴是个老人;三,男主人公似乎父母双全,而不是与母亲相依为命;四,有滑稽的因素;五,一

---

① Hiroko Ikeda, *A Type and Motif Index of Japanese Folk-Literature*, Helsinki: Suomalainen Tiedeakatemia, 1971, p. 110.
② 坂上勝兵衛「宗祇諸国物語」、1685、11頁。
③ 日本有学者通过考证,认为小泉八云的雪女故事可能起源于长野地区,证据是长野地区搜集的三个雪女故事在人物姓名、故事梗概上与《怪谈》所记几乎完全一样(中田賢次「〈雪女〉小考」、へるん、v. 19、1982)。但这些故事搜集的时间是在昭和时代(出版于1973、1974年),此时小泉八云的翻译作品已在日流传甚久,有受小泉八云故事影响的可能,很难证明其民间性和独立性,更无法证实小泉八云的雪女系由长野地区而来。

些字句的差异。显系草稿之后添加的内容有：一，村民对阿雪的讶异①；二，母亲五年之后过世；三，孩子们沉沉入睡，巳之吉与阿雪直接相对的场景。② 草稿与定稿的诸多差异也就间接证明了作品整理过程中创作因素的存在。关于《雪女》的创作，日本学者牧野阳子说：

> 虽然尚不能断言，但认为是跟调布农民的故事，或是类似的散见于各地的雪女故事完全一样的单纯的创作，恐怕是不对的。因此原作应该是非常朴素的，而赫恩则自由地发挥了他的创造力。就像珠贝以小小的砂粒为核育成美丽的珍珠一样，作为晚年之作的《雪女》，应该是来到日本的西洋人赫恩胸中常年化育的形象结成的果实吧。③

笔者以为，这样的推断大致是接近于真相的。

但在《雪女》中，也存在一些令人生疑的地方，特别是故事的结局。在河边的小屋，巳之吉看到雪女在向茂作吹气，他害怕，想喊，却像梦魇一样根本出不了声。然而在这种无力反抗的情况下，雪女却饶了他的性命，雪女对他说：

> 我本想像对付那个人一样来对你，但我不由得为你惋惜——因为你太年轻了……你很英俊，巳之吉，我现在不会伤害你了。但你要是把今晚见到的告诉任何人，即便是你母亲，我也会知道的，那我就会杀了你……记住我说的话！④

这段话在作品中有几个作用，其一是表现雪女的威力与可怕，其二是为此后与巳之吉的结合埋下伏笔，其三就是设定了不得泄露真相的禁忌。

---

① 这是小泉八云的一种写作模式。在《雪女》中，有这样的描述："乡民觉得阿雪跟他们是不一样的，觉得不可思议。因为多数农夫早早就衰老了，但阿雪，即便在生了十个孩子之后，依然像她第一天进村那样青春年少。"(p.116)这种描述是草稿中没有的，也就意味着应该是小泉八云的添改。在《泉中仙女》中也有类似的说法："就这样许多年过去了，阿迪老了，而她却没什么变化，因为她所属的那个种族是不会老的。"(p.38)这段话同样是小泉八云创作的，吉尔原作中并没有这样的说法。小泉八云热衷于这样的情节，可能是希望以此增加女主人公的异质性和神秘性。
② 大澤隆幸「雪女はどこから来たか」、静岡県立大学国際関係学「国際関係・比較文化研究」第4巻第1号、2005(9)。
③ 牧野陽子『〈時〉をつなぐ言葉——ラフカディオ・ハーンの再話文学』、新曜社、2011年、162頁。
④ Lafcadio Hearn, *Kwaidan*, Boston & New York: Houghton Mifflin & Company, 1911, p.113.

然而多年之后,生活幸福的巳之吉却忘记了这个禁忌,他把自己的经历告诉了妻子。

  阿雪扔下她的针线活,一下站起来,弯腰对着坐在地上的巳之吉尖叫道:'那就是我!是我!是我!雪女就是我!我那时候跟你说过,你要是泄露了一个字我就杀了你!……如果不是因为睡在那里的孩子们,我现在就杀了你!你最好好好地照顾他们,要是他们受了委屈的话,我会让你遭报应的!"

  就在她尖叫的时候,她的声音越来越细,就像风的呼啸一样。之后,她就化成了一道白雾,飘上房梁,猛地一震从烟洞里消失了。此后就再也没有出现过。①

在完整的禁忌类故事中,一般存在一种设禁——违禁——惩罚的功能机制。这其中存在着一个规律,即设置禁忌必然会被违反,违反禁忌必然会被惩罚。从功能上讲必然是如此,设禁与违禁、违禁与惩罚都是一种相对的概念,没有禁忌也就无所谓违禁,没有违禁也就无所谓惩罚,否则这种情节在故事中就会成为赘疣,一定会在传播中被淘汰。从民间故事的实际情况来看也是如此,在禁忌类故事中"违禁便会得到惩处,在此型故事的禁忌主题中无一例外都是这样"②。但《雪女》的怪异之处就在这里,雪女设置了禁忌:不许泄露秘密;巳之吉违反了禁忌:泄露了秘密,尽管是向雪女本人,但毕竟还是违反了禁忌;那么接下来巳之吉应该受到惩罚,但事实上他并没有受到惩罚,也就是说在《雪女》中,设禁——违禁——惩罚的功能机制是不完整的,这不符合民间文学的规律。

当然,严格说来,巳之吉也并非完全没有受到惩罚,他失去了妻子,剩下自己独自抚养十个孩子,这也是一种惩罚。因违反禁忌而失去妻子的类似母题在禁忌型的异类婚故事中是非常普遍的。但问题在于,雪女为巳之吉设置的禁忌中,违禁的惩罚是剥夺其生命,而实际的结局是她饶恕了巳之吉,这在民间故事中就不正常了。

---

 ① Lafcadio Hearn, *Kwaidan*, Boston & New York: Houghton Mifflin & Company, 1911, pp. 117—118.

 ② 万建中:《解读禁忌:中国神话、传说和故事中的禁忌主题》,北京:商务印书馆,2001,第128页。

第五章　小泉八云的怪谈类创作

《雪女》如果从民俗学的角度看来，应该属于"天鹅处女"型故事，即人间男子与仙女（既是女子，又是异类，如天鹅、仙鹤、鱼、田螺、狐狸等）相遇、结合的故事。这类故事一般是与禁忌相伴的，"这一禁忌行为的样式有多种，归纳起来为两类：一是无意中让异类知晓羽衣或皮或壳的藏匿之处，一是有意无意提及从而揭露了异类的真实身份。"① 小泉八云在《奇书拾零》中收录的《鸟妻》就属于第一类故事，而《雪女》则属于第二类。在这些故事中，男主人公违禁之后，结局就是女子离开，有的甚至会将生育的子女也带走。比如在日本尽人皆知的"仙鹤报恩"故事②，禁忌就是织布时不许偷看，男主人公违禁之后，女子本是仙鹤的真相暴露了，也就离开了。巳之吉对阿雪讲述了遇到雪女的经历，其作用与偷看鹤女织布是一样的，对于阿雪来说，她的异类身份暴露了，所以她必须离开人间。

当然，在民间文学中，违禁后避免惩罚的例子，即所谓"解禁"型故事也是有的，但"解禁"型故事只是禁忌型故事一个变体，而非消解，违禁从本质上说，是必然会受到惩罚的。"解禁"型故事必须要添加一种装置，比如更高级别的神谕、转移、置换等，才能禳解禁忌，逃避惩罚，而不可能由禁忌设置者自我消解。如果举一个不太恰当的例子，就好比一个罪犯受到警察局的通缉，他可以通过躲藏、找人顶罪、甚至行贿买通警察的方式来逃避惩罚，但警察局不可能在毫无理由的情况下自己撤销通缉令。《雪女》的最大问题就在于，雪女自己放弃了自己设置的禁忌，导致惩罚的功能没有实现（如果功能无法实现，那么一开始就不应该出现），这对于民间文学来说是不可思议的。

所以笔者认为，尽管《雪女》是一个无法找到原本的故事，但通过这种内在规律的分析，我们可以推测，在从调布到《怪谈》的过程中，小泉八云很可能对雪女故事的情节进行了改动，最有可能的就是设置禁忌的部分。因为雪女与男子相遇、成婚、生子、离去的情节与常见的民间故事大致是类似的，即使有改动，也不过是细节的调整，但雪女威胁如泄露秘密会将巳之吉杀死的情节很有可能是小泉八云的创造（原作可能只是禁止泄密，而未提及惩罚的手段；还有一种可能是雪女将同伴冻

---

① 万建中：《解读禁忌：中国神话、传说和故事中的禁忌主题》，北京：商务印书馆，2001，第 123 页。
② "仙鹤报恩"故事有许多异文，有的鹤女并不是做妻子，而是做女儿；有的虽有婚姻，但不涉及禁忌母题，此处只讨论常见的异类婚禁忌母题版本的"仙鹤报恩"故事。

死而将巳之吉放过的情节是添加的;甚至有可能整个作品的前半部分都是添加的),因为这种情节涉计在功能上是不完整的(如果结尾是雪女将巳之吉杀死,则惩罚的功能亦可实现,但这样的情节过于残暴,与异类婚主题相抵触,在"天鹅处女"型故事中似乎没有先例,所以小泉八云改动结尾的可能性较小)。小泉八云很可能在创作《雪女》时,将他此前接触过的其他版本雪女故事与调布雪女故事进行了融合(《雪女》草稿中有雪女变得身材奇高离去的情节,显然是金十郎版本雪女故事的杂糅,在定稿中被删去了),因为故事的前半部分完全可以看作是吸血雪女故事的一种变体。

如果笔者的推测为真,那么就会产生一个更为重要的问题,小泉八云为什么做这样的改动?为什么要设计这样一种情节?为什么要设置一个无法实现的功能?答案可能依然是"爱"。民间故事中的禁忌与惩罚一般是为了体现"天定胜人"的自然力的伟大、神秘与可怕。在小泉八云笔下,雪女当然是可怕的。在河边小屋,她轻轻一吹便取走了茂作的性命,她也完全可以杀死巳之吉,但她没有,她为巳之吉的年轻和英俊所吸引,不但放过了他,甚至自来投奔,变成了他的妻子。她对巳之吉是有爱的,这从他们的十个孩子、幸福的家庭以及老母亲临死前对儿媳的赞赏中都可以看到。但雪女的爱换来的是巳之吉的违禁,对于雪女来说,这其实意味着对爱的背叛。雪女当然可以惩罚违禁者,她完全可以杀死巳之吉,但她依然没有,她自愿放弃了惩罚,消解了禁忌。表面上的理由是为了孩子,其实最根本的原因,依然是爱。一个失败的违禁惩罚机制所能彰显的,只能是爱。小泉八云的《雪女》再次证明了"爱"比"死"的可贵,也正是这种对爱的歌颂,将他的《怪谈》与原本意义上的日本怪谈划出了界限。

三、男性的背叛与女性的报复

小泉八云笔下的女性故事大多是婚恋故事,而这些婚恋故事又往往以悲剧而告终。有意思的是,这些悲剧的成因,多数是由于男性对女性的背叛。在《奇书拾零》中,小泉八云曾写过一个印度故事《婆罗门与他的妻子》("The Brahman and His Brahmani")。在这个故事中,一个婆罗门男子与女子相爱私奔,当女子意外死亡后,他用法术以自己的一半生命将女子起死回生,然而女子回报给男子的却是背叛,她另结新欢,将丈夫推落入井,与新欢逃走。万幸丈夫并没有死,最终他在众人面前揭示真相,索还了自己赠给女子的生命。这个故事显然表现了男性对女性戒备、恐惧的心理,是一个非常"正统"的捍卫男权统治秩序的故事。但显然小泉八云并不喜欢这样的故事,证据就是他此后再也没有写过类似的作品。他似乎更愿意创作女性遭遇背叛的故事,这些作品都产生于赴日之后,故事50"浦岛太郎的故事"、52《生灵报仇》、65《孽情》、68《和解》("The Reconciliation")、71《骑尸》("The Corpse-Rider")、75《毁约》、99《雪女》都表现了这种女性的悲剧。

"浦岛太郎的故事"是小泉八云表现男性背叛的故事中较早的一个。这个故事出自《一个夏日的梦》,是《来自东方》的开篇之作。《一个夏日的梦》是非常成功的一篇散文,主题十分复杂,也是受到研究者普遍关注的一篇作品。文章的主体其实是1893年7月小泉八云独自前往长崎旅行的经历,"浦岛太郎的故事"只是穿插其中的一个传说。这个故事在日本家喻户晓,小泉八云对其一直抱有特别的兴趣,妻子小泉节曾回忆说:

> 在日本的传说中,他最喜欢浦岛太郎。仅仅是听到浦岛的名字他就会高兴地大叫:"啊,浦岛!"他经常站在走廊上哼着"春日光弥漫,步出澄江……①"他记得很牢,总是听他说连我都记住了。在上野的画展上,他看到一幅浦岛的画马上就买下来了,连价钱都不问。②

在文章中,小泉八云提到,张伯伦此前就已将这个故事译为英文。可能是为了避免重复,小泉八云没有以单独成篇的方式改编浦岛太郎的故事,情节叙述也较为简单。但如果将小泉八云的浦岛太郎与张伯伦的版本对比一下我们就会发现,小泉八云还是做了不少改动,其间最大的变化就在于浦岛太郎违反约定的原因。离开龙宫之后,龙女赠给浦岛太郎一个盒子,并叮嘱他不要打开,这实际上就是民间故事中的设置禁忌。作为规律,最终浦岛太郎还是打开了盒子,违反了禁忌,当然他也受到了惩罚,几百年的时光突然压垮了他,浦岛太郎失去了生命,自然也没能再回到龙宫。那么浦岛太郎为什么要违反禁忌呢?在张伯伦笔下是这样写的:

---

① 即《万叶集》第1740首《咏水江浦岛子》。
② 小泉節子「思い出の記」、小泉節子・小泉一雄『小泉八雲』、恒文社、1976、34—35頁。

> 浦岛急着回到他的妻子,在大海尽头的龙女身边去。但哪里才是路呢?没有人指点他,他找不到路。"或许",他想道:"如果我打开她送我的盒子,就能找到路了。"所以他违反了妻子不要打开盒子的要求。或许他是忘了,这多么愚蠢。①

而对于这个原因,小泉八云却是这样处理的:

> 他一下明白了,自己是遇到了某种奇异的幻景。然后他就回到了海边,一直捧着那个盒子,海神女儿送给他的礼物。但这幻景是什么呢?盒子里有什么呢?这幻景的缘由会不会就藏在盒子里呢?怀疑战胜了信任。他不顾一切地打破了对爱人立下的誓言,解开了丝线,打开了盒子!②

在张伯伦笔下,浦岛太郎打开盒子是由于疏忽和无奈,虽然愚蠢,却也有值得同情的不得已之处;而在小泉八云笔下,浦岛太郎违反约定却是由于对爱情的怀疑,这种行为已经不仅是愚蠢,而是背叛。所以在文中,小泉八云独出心裁地表达了对龙女的同情和对浦岛的质疑:

> 我重新陷入了对浦岛的思考。我看到龙女在为了欢迎浦岛回归而装饰过的宫殿里徒劳地等候着。这时云彩无情地归来,宣告了所发生的一切。那些爱戴她的笨拙的海中生物,穿着盛装,努力地去安慰她。但在故事中,这一切都没有出现,人们所有的同情似乎都在浦岛身上。我开始跟自己对话:
>
> 应该同情浦岛吗?是的,他的确是被神迷惑了,但谁又不是这样呢?生活不就是被迷惑吗?浦岛受到了迷惑,就怀疑神的目的,然后打开了盒子。然后他毫无痛苦地死去了,人们把他当作浦岛大明神,还给他建了一座神社。为什么会对他有这么多同情呢?③

通过这些话语我们可以看出,小泉八云的同情完全是在女性这一边的,他对故事情节的改动目的就在于突出男性的背叛。在传统上人们对于浦岛太郎故事的解

---

① Translated by Basil Hall Chamberlain, *The Fisher Boy Urashima*, 弘文社, 1886, p. 21.
② Lafcadio Hearn, *Out of the East*, Boston & New York: Houghton, Mifflin & Company, 1895, pp. 10—11.
③ Ibid., pp. 18—19.

读中,龙女几乎被漠视了,极少有人想到过,在龙宫中苦等良人归来的女性是什么心情(而且在小泉八云的版本中,浦岛太郎离开前曾反复向龙女保证,自己绝对不会打开盒子,甚至连捆绑盒子的丝线都不会碰)。浦岛太郎的故事是否让小泉八云回忆起了童年,联想到自己苦等丈夫归来却遭到背叛的母亲,我们不得而知,但小泉八云在改编故事中的两性观念,却已昭然若揭了。

"浦岛太郎的故事"和《雪女》比较相像,都存在设禁——违禁的母题,都是女性遭到了背叛,但女性却没有主动报复。《和解》同样表现了女性的悲哀和宽容。《和解》是《阴影》中的第一个故事,改编自《今昔物语》的《亡妻灵与旧夫相遇的故事》。故事的主人公是一个武士,为了前程抛弃了妻子,另娶了地位高的女子为妻。但新妻子在各方面都不及原配,武士追悔莫及,后来与新妻子离婚返回家中。原配并没有丝毫怨恨,二人互诉衷肠度过了一夜。第二天武士发现,妻子原来早已死去,陪伴他一夜的居然是妻子的白骨!这个故事从场景上看十分恐怖,尤其是丈夫早晨发现真相的那一刻尤其摄人心魄,所以1964年小林正树导演的电影《怪谈》中只选取了小泉八云的四个怪谈,第一个就是《和解》(小林正树将其改名为《黑发》)。但小泉八云在故事文本中并没有渲染恐怖,作品整体上反倒带有一种温情的色彩。相比于原作,小泉八云强化了丈夫的悔恨和妻子的谅解,以符合作品的主题——和解。遭到丈夫抛弃孤苦无助病饿而死的妻子,灵魂一直无法安息,但当悔恨的丈夫归来的时候,她没有选择报复,而是笑语盈盈地表示欢迎和关切,似乎什么也没有发生过。这种爱意和宽容的确令人动容,所以平川祐弘认为这个故事同样表现了"爱要比死更强大"的主题①。

但在小泉八云笔下,并不是所有遭到背叛的女性都会如此温柔。例如本章第一节曾论述过的"生灵报仇"的故事,遭到欺骗和背叛的女子,就通过生灵向富人展开了复仇,直至其付出生命的代价。但在日本的鬼怪文化中,生灵虽出于怨恨,却并非主人的意愿所能控制。《骑尸》《毁约》和《孽情》则更为直接地表现了女性的报复。

《骑尸》同样出自《阴影》,同样改编自《今昔物语》,同样讲述了一个丈夫抛弃妻

---

① 可参见平川祐弘「小泉八雲とカミガミの世界」(文藝春秋、1988)第三章"日本の女とアメリカの女"。

子导致妻子死亡的故事，妻子也同样出于执念产生了死灵，但与《和解》相比，《骑尸》却要恐怖得多。因为在《骑尸》中，丈夫没有表现出悔恨，妻子也没有要原谅丈夫的意思，相反，她在等待着复仇。但丈夫得到了阴阳师的指点，他整夜骑在妻子的尸体上，抓住妻子的头发，"像骑马一样"。妻子的尸体折腾了一夜，甚至背着丈夫跑出去，但最终，天亮了，她的复仇失败了。骑在妻子尸体上的丈夫就像一个男性权力的隐喻，他背叛她，压迫她，侮辱她，他始终不肯放手。她狂暴地反抗，但却无济于事。最终，一切如常，他并没有受到惩罚。

显然，对于这样的结局，小泉八云是不满意的，所以在故事的结尾，他添加了一段评论：

> 我认为这个故事的结局在道义上是不能让人满意的。它并没有说那骑尸的人变疯了，或是头发变白了之类，只是告诉我们"他饱含着感激的泪水拜谢了阴阳师"。故事后的一条补白同样令人失望。日本作者说："据说，那人（骑尸的人）的孙子还活着，跟阴阳师的孙子都生活在一个叫做大宿直的村子里。"①

《毁约》出自《日本杂录》，同样是一个女性遭遇背叛进行复仇的恐怖故事。它比《骑尸》更进一步，女性不但直接进行复仇，而且成功了。故事是这样的：武士违背了在妻子死前的立下的誓言，又娶了新妇。亡妻的鬼魂现身，要求新妇离开，并警告不得泄露秘密。但新妇最终泄露了秘密，被亡妻的鬼魂撕裂。在这个故事中，妻子遭遇了丈夫的背叛，其复仇当然是值得同情的，但她复仇的对象却是无辜的新妇。按照民间故事的规律，新妇违反了禁忌，当然要遭到惩罚，但这只是技术上的原因，其背后的根源依然是亡魂的复仇。对于这样的结局，小泉八云在故事后的补叙中写道：

> "这是个让人讨厌的故事"，我对那个讲故事的朋友说："死者如果一定要复仇的话，也应该对那个男的复仇才对啊。"
>
> "男人会这么想"，朋友回答道："但女人可不是这么想的……"

---

① Lafcadio Hearn, *Shadowing*, Boston: Little, Brown, and Company, 1900, p. 37.

第五章　小泉八云的怪谈类创作

他是对的。①

这段补叙体现了小泉八云思想的矛盾:他同情遭到背叛的女性的遭遇,但又反对不向男性直接复仇而对同为女性的无辜者下手的复仇方式。而最终的判断"他是对的"是一种权衡后的妥协,也许在小泉八云看来,即便是错误的复仇方式,也仍然是值得同情和支持的吧。

《孽情》大概是小泉八云作品中唯一一个遭到背叛的女性直接报复男性的故事了。这个故事改编自石川鸿斋《夜窗鬼谈》上卷之《牡丹灯》,源头则是中国《剪灯新话》中的《牡丹灯记》。《牡丹灯记》被翻案至日本之后影响甚大,列名三大怪谈之一,因此版本也非常多。小泉八云所据的《夜窗鬼谈》情节非常简略,从细节上看应该是三游亭圆朝著名的剧本《怪谈牡丹灯笼》的简写。但相比来说《孽情》的篇幅则要长得多,而且与以往不同的是,《孽情》所添补的部分并不完全出自小泉八云的想象,从许多细节我们可以看出,小泉八云一定还有其他的参考来源,作品中提到有日本朋友相协助的说法也印证了这一点。对此,日本学者布村弘考证说:"在改编中有'平左卫门''阿米'等原作中未曾提及的人名,从这些地方看,显然是参考了圆朝的故事。相比于从圆朝的长篇故事中摘录选编,还是以《夜窗鬼谈》为基础,根据圆朝的故事加工润色的看法比较合理。"②

《孽情》是一个人鬼恋的故事。主人公荻原新三郎是一江户的武士,偶遇少女阿露,相互爱慕却无缘再见。阿露思念成疾,终于病死。后变为鬼魂与荻原夜夜相会。此事为邻人发觉,告知荻原。荻原获知真相后大惊,求助于良石和尚。良石和尚赠其佛像、经文、护身符等物,令其坚守房中可免一死。后阿露再来,无法与荻原相见,夜夜泣诉。最终荻原被仆人伴藏出卖,除去经文等物,被阿露扼死。

小泉八云对原作的改动不多,主要有两处:一是大大加强了对二人爱情的描写;二是改变了荻原新三郎死亡的方式。牡丹灯笼的故事无论在中国还是在日本,其主旨大概都是劝世(耽于情爱招致祸患)和宣扬果报轮回思想(宿世之因果),对于爱情反倒着力不多。毕竟故事整体的恐怖氛围和暴烈的结局与爱情不太协调。

---

① Lafcadio Hearn, *A Japanese Miscellany*, Boston: Little, Brown, and Company, 1901, p.26.
② 布村弘「解説」、小泉八雲『怪談・奇談』、平川祐弘編、株式會社講談社、1992年、343頁。

但小泉八云的处理方式完全不同。他强化渲染了二人的情爱,尤其是阿露的痴情。在荻原发现真相的前一个夜晚,二人情话绵绵,商量好要同居在一起,长相厮守。但第二天荻原发现阿露实为鬼魂之后,便躲在家中,再也不敢跟阿露照面了,这实际上是对二人爱情誓言的背叛。荻原与阿露订约,以及此后阿露无法见到荻原的痛苦,在《夜窗鬼谈》中并没有,在三游亭圆朝的《怪谈牡丹灯笼》中有所涉及。小泉八云参考了圆朝的版本,主要目的是坐实荻原的背叛,从而为后面阿露的复仇找到根源。阿露在婢女阿米的帮助下,终于进入荻原的家。第二天,荻原新三郎死了,怀里纠缠着的,是一具女尸的白骨。其实对于荻原的死,日本怪谈中都是模糊处理的。因为人鬼殊途,即便荻原从头到尾蒙在鼓里,很快也会死去。所以荻原到底是因为鬼的纠缠而死,还是吓死,或是被阿露杀死,日本怪谈中并不明确。《伽婢子》中的《牡丹灯笼》说荻原"与白骨相互交叠死在那里"①,《夜窗鬼谈》则只说"房门打开生(荻原)已经死了"②,而《孽情》中对于荻原的死描述得非常详细:"荻原新三郎死了,死得非常可怕,他的脸是那种死于极度恐惧的人的脸。床上躺在他身边的是一个女人的尸骨!那白骨的胳膊和手,紧紧地抓着他的脖子。"③小泉八云的这种描写大致是从《怪谈牡丹灯笼》中来的,但在三游亭圆朝笔下,也没有明确其死因,而且根据此后揭示的真相,荻原其实是被邻居伴藏所杀,白骨只是其骗人的手段而已。但小泉八云却在《孽情》结尾的评论中,写明是阿露掐死了荻原(O-Tsuyu did quite right in choking him to death)。

实际上,日本怪谈中对于荻原死因的模糊处理未必没有道理,因为由阿露直接掐死荻原的复仇过于暴力和恐怖,不符合阿露大家小姐的身份,与故事主题也不相容("牡丹灯笼"在日本并不是以背叛和复仇为主旨的)。即便在《孽情》中也是不适当的,因为这种行为与前文中对阿露温柔娴静的描写相冲突,很难想象遇事只会哭泣和求助于婢女阿米的阿露会突然变得如此凶狠。而且《孽情》中重点渲染了荻原和阿露的爱情,当阿露无法进入荻原房内时也只是表示痛苦,希望能见到荻原一通款曲,并没有表现出强烈的怨怼和仇恨,所以小泉八云最后给阿露安排的复仇情节

---

① 鬆田修校注『伽婢子』、岩波書店、2001 年、84 頁。
② 小泉八雲 『怪談・奇談』、平川祐弘編、株式會社講談社、1992 年、405 頁。
③ Lafcadio Hearn, *In Ghostly Japan*, Boston: Little, Brown, and Company, 1899, pp. 106—107.

是有点突兀的。

小泉八云之所以会忽略作品的艺术性,做出这样的改动,可能是由于他过于强烈的情感判断。在作品的结尾,小泉八云提出了自己对荻原这个人物的评价:

"对于西方的观念来说",我回答道:"新三郎是可鄙的。我做过比较,我们的古代歌谣中真正相爱的人,他们会非常乐意追随自己死去的爱人进坟墓。而且作为基督徒,他们知道自己在此世只有一次为人的机会。而新三郎是个佛教徒,他在此前有无数次的生命,此后也会有无数的轮回。但他太自私了,他不肯为了那个从死亡中回来找他的姑娘放弃这一次可怜的生命。而且比自私更甚的是他还是个懦夫。虽然生来是个武士,受到武士的训练,他却去乞求僧人拯救他。从各方面说他都是可鄙的,阿露将他掐死是太对了。"

"从日本人的观念来说,也差不多",我的朋友回答说:"新三郎实在是可鄙。"

不难看出,小泉八云对于荻原新三郎的背叛行为是非常鄙视的,从这个角度去看,我们就能理解他为什么要给阿露提供那样一种复仇的机会。上文笔者曾经论述过,在小泉八云的作品中,只有男性坚持爱情,异类婚才能获得圆满的结局。荻原新三郎的表现显然是令人失望的,也许正是因为如此,小泉八云后来才写出了《伊藤则资的故事》。

附录一:小泉八云在美时期怪谈类创作简况表

编号	出处			主题	内容梗概
	收入作品集	发表时间、刊物	作品		
1	美国杂录一1	寻问者(The Enquirer),1874.3.1	松板房("The Cedar Closet")	怨念引发阴魂不散	一女嫁后家中闹鬼,原系家中曾有一丑怪女子,爱慕家庭音乐教师,然教师与他人生女后前来求助,被拘禁在密室中死,女亦自杀,鬼魂即为此女作祟。
2	美国杂录一1	商报(Commercial),1875.8.29	不安宁的死者("The Restless Dead")	死鬼作祟	一富户唯一的女儿死了,死后家中即闹鬼,夜中有人声,钢琴自鸣种种异状。
3	美国杂录一1	商报,1875.8.29	不安宁的死者	死鬼作祟	一房闹鬼,租客总感觉有小人触碰,只好锁闭,因多年前曾租与一堕胎产婆。
4	美国杂录一1	商报,1875.8.29	不安宁的死者	死鬼作祟	一女鬼死后被埋在地下室,常在屋中游荡。
5	美国杂录一1	商报,1875.8.29	不安宁的死者	死鬼作祟	一建筑原为墓地,闹鬼,不害人但能感觉到。
6	美国杂录一1	商报,1876.10.1	班卓琴吉姆的故事("Banjo Jim's Story")	夜见鬼魂	吉姆喝醉了,雨夜看到舞厅中鬼魂的舞会。
7	美国杂录一2	消息报(Item) 1878.8.4	梦魇及梦魇的传说("Nightmare and Nightmare Legends")	北欧关于梦魇女神的传说	梦魇是个女神,一男醒来后将锁眼堵死,女神无法归去乃现形,与男成婚。7年后男为之展示所来途径,遂遁去。

附录一：小泉八云在美时期怪谈类创作简况表

续表

编号	出处			主题	内容梗概
	收入作品集	发表时间、刊物	作品		
8	美国杂录－2	民主党时报（*The Times Democrat*），1882.10.8	善贤（"Subhadra"）	佛经中血滴化人的故事	王年老无子，死后两滴血化为甘蔗，后生二人，男迎为王，女为后。
9	美国杂录－2	民主党时报，1883.4.8	比达莎丽（"Bidasari"）	美女比达莎丽与国王的故事	弃女比达莎丽为富商收养，奇美，王后善妒，访到比达莎丽甚美，百般折磨，家人藏之于深林。国王偶遇之，将其解救。
10	西洋拾穗集－2	民主党时报，1884.7.20	鬼故事（"A Ghost Story"）	见到妹妹的鬼魂	一军人驻守缅甸，信件很久才会来一次，一日看到妹妹的尸体，后信来，妹妹果然在他见鬼的那天去世。
11	西洋拾穗集－2	消息报，1878.12.4	一个关于所罗门的东方传说（"The Oriental Story of Solomon"）	水滴石穿	所罗门睡前，用咒语令所有生物为之护卫，却忘记了蛀虫，蛀虫不停地钻，最终毁坏了宝座，咒语被破坏，所罗门跌落消逝。
12	野蛮的理发店及其他		受到诅咒的无花果树（"The Accursed Fig Tree"）	诅咒应验	教士被驱离土地后，诅咒这片土地将不会有任何收获，是故无花果只长叶不结果。
13	奇书拾零	1884.6	托特神的魔法书（"The Book of Thoth"）	争夺魔法书	诺弗科塔得到了托特神的魔法书，有神术，王子萨提尼前来夺走了魔法书，受到诺弗科塔的惩罚，只好归还。

续表

编号	出处			主题	内容梗概
	收入作品集	发表时间、刊物	作品		
14	奇书拾零	1884.6	泉中仙女("The Fountain Maiden")	异类婚	男子于泉中捕得一裸女,二人成亲生子,十年后,女归泉中,后男死时,女来迎之。
15	奇书拾零	1884.6	鸟妻("The Bird Wife")	异类婚	猎人抓住一鸟所变的女子,娶之,后生二子。一日,女取鸟羽,贴于二子及自己身上,变为鸟飞去。
16	奇书拾零	1884.6	提络塔玛的创生("The Making of Tilottama")	美女的创生	一对孪生兄弟为祸人间,大神创生美女提络塔玛,兄弟为其所诱,争斗至死,世界重归平静。
17	奇书拾零	1884.6	婆罗门与他的妻子("The Brahman and His Brahmani")	女子的背叛	男婆罗门与女私奔,女死,男用法术以自己一半性命救了女子,后女将夫推落入井,与新欢逃走。然前夫未死,用法术索还其命。
18	奇书拾零	1884.6	巴卡瓦丽("Bakawali")	爱情的坚贞	女神巴卡瓦丽与一凡人相爱,忽视了职责,大神因陀罗将其在火中锤炼。女神忍受痛苦,每夜依然回到男子身边。因陀罗罚巴卡瓦丽腰部以下变为石头12年,男陪伴左右。后女神重生。
19	奇书拾零	1884.6	娜塔莉卡("Natalika")	国王的忏悔	娜塔莉卡被俘,被献给巴格达的哈里发,后自杀。哈里发死前,制娜塔莉卡雕像,置于墓上,以使女之足永远踏于胸上。

续表

编号	出处			主题	内容梗概
	收入作品集	发表时间、刊物	作品		
20	奇书拾零	1884.6	尸鬼（"The Corpse-Demon"）	作为结构框架的故事	有一帝听信瑜伽修士之言，去砍尸体，尸体中的鬼出现，开始讲故事，讲完即提问题，帝全部答出，鬼终于回到树上。
21	奇书拾零	1884.6	尸鬼	难以解答的问题	一男祈愿与一女成亲，如成以头献祭湿婆神。后亲事果成，男自刎，友人见之怕被误会亦自杀，湿婆神使二人复生，然女慌乱中将二人头颅放错，鬼问何人是其夫？帝答有头的那个。
22	奇书拾零	1884.6	尸鬼	难以解答的问题	一女同时许了三个人家，却被眼镜蛇咬死了。三男子一出家，一隐居，一人历经艰难令女复生。鬼问女应为何人之妻？帝答应为隐居者。
23	奇书拾零	1884.6	尸鬼	难以解答的问题	二国王征战，一王杀死另一王，娶其女，子娶其寡妻。鬼问他们生的孩子是什么关系？帝无法回答。
24	奇书拾零	1884.6	狮子（"The Lion"）	卖弄本领的下场	有四兄弟路见一堆狮骨，三人各自卖弄本领，赋予狮子以生命，另一人力劝不止，乃爬树上，三人终为狮子所噬。
25	奇书拾零	1884.6	祸母的传说（"The Legend of the Monster Misfortune"）	喻自寻烦恼之苦	一国王求祸，神变出一大母猪，名为祸母，售之，祸母每日食针，致民不聊生，而且坚硬无比，预毁之亦不可得，终致国运衰败。

续表

编号	出处			主题	内容梗概
	收入作品集	发表时间、刊物	作品		
26	奇书拾零	1884.6	一个佛教寓言（"A Parable Buddhistic"）	看破生死	一人与子田中劳作，子为毒蛇咬死，父母、妻、姐妹、奴隶皆不悲伤。
27	奇书拾零	1884.6	潘答丽（"Pundari"）	看破美丑	美女潘答丽欲往佛祖处求解，于泉边见己倒影，因而踌躇，佛亦化为美人，突然老去，女心生恐惧，佛因而说法点化。
28	奇书拾零	1884.6	阎魔罗（"Yamaraja"）	看破生死	婆罗门子死，求见死神阎魔罗，得将儿子领回，但儿子却不认他。问佛，因而说法点化。
29	奇书拾零	1884.6	信之莲花（"The Lotus of Faith"）	对佛的坚信	菩萨未成佛时为一王子，一日门前有托钵僧，乃佛祖变化，出令施舍，忽而崩裂，化为深渊火海，菩萨托钵踏入火海，内出一金莲花托住。
30	奇书拾零	1884.6	咒语（"The Magical Words"）	英雄的历险	英雄万奈摩宁历尽艰难，终于学到三句咒语。
31	奇书拾零	1884.6	第一个音乐家（"The First Musician"）	万奈摩宁唱歌	英雄万奈摩宁弹奏、吟唱，感动泪下，泪珠都变成了珍珠。
32	奇书拾零	1884.6	万奈摩宁的康复（"The Healing of Wainamoinen"）	铁的来源的传说	英雄万奈摩宁为斧头所伤，血流不止，遇到一老人，二人讨论铁的来源，老人用咒语止住万奈摩宁的血。

续表

编号	出处			主题	内容梗概
	收入作品集	发表时间、刊物	作品		
33	奇书拾零	1884.6	鸽子布提玛("Boutimar, The Dove")	永生的意义	所罗门决定不了是否该饮永生之水,问了许多动物和神,都说应该,最后问野鸽子布提玛,答曰"为什么要孤独的永生呢?"所罗门遂放弃。
34	奇书拾零	1884.6	拉巴的故事("A Legend of Rabba")	报复的诅咒	释梦者巴赫迪亚因拉巴不付钱而恶意改变了他的人生,拉巴对巴赫迪亚加以诅咒,后巴赫迪亚果然被处以极刑。
35	奇书拾零	1884.6	嘲弄者("The Mockers")	嘲弄者受到惩罚	拉比西蒙努力清洁太巴列的土地,将不干净的尸体起白骨于地下,有人嘲弄他,故意恶作剧,都遭了惩罚。
36	奇书拾零	1884.6	以斯帖的选择("Esther's Choice")	聪明人受到祝福	美女以斯帖婚后未生育,夫欲离婚,说以斯帖离婚后可以带走家中任何想要的东西。女遂将丈夫运至娘家。拉比听说后为之祝福,后生多子。
37	奇书拾零	1884.6	关于《哈拉哈》的辩论("The Dispute in the Halacha")	拉比的神迹	拉比伊里扎因《哈拉哈》中的宗教礼仪与他人辩论,虽召唤了种种神迹作证,但依然被逐出教门,临死时拉比阿奇瓦来学《哈拉哈》,因太晚受到诅咒,后来果然殉教。

续表

编号	出处			主题	内容梗概
	收入作品集	发表时间、刊物	作品		
38	奇书拾零	1884.6	拉比约查南（"Rabbi Yochanan Ben Zachai"）	嘲弄者得到惩罚	拉比约查南无所不知，预言将有巨大珍珠钻石置于耶路撒冷入口，一人哂之，后在海中见天使正在挖掘钻石珍珠，乃信，归言此事，拉比知其心中不服，怒斥之，此人变为白灰。
39	奇书拾零	1884.6	提图斯的传说（"A Tradition of Titus"）	不信上帝者受到惩罚	罗马皇帝提图斯劫掠耶路撒冷后回国，海上遭遇风暴，提图斯向上帝挑衅，上帝回答说上陆之后会派最渺小的东西来惩罚他。提图斯上岸后，果然被小虫入脑，受尽折磨，只有听到铁匠捶打的声音才能稍解。死后发现脑中之虫铜爪铁口，已如燕子般大小。
40	中国鬼故事	1887.03	大钟魂（"The Soul of the Great Bell"）	孝女救父	孝女为救父亲，跳入熔炉，大钟乃铸成。
41	中国鬼故事	1887.03	孟沂的故事（"The Story of Ming-Y"）	人鬼恋	孟沂偶遇大家之女，夜夜相聚，后为人发现，乃知所遇系唐妓薛涛之鬼魂。
42	中国鬼故事	哈珀斯巴扎，1885.10.31	织女的传说（"The Legend of Tchi-Niu"）	董永遇仙	董永孝感动天，织女下凡与之成亲生子，后返回天上。

附录一：小泉八云在美时期怪谈类创作简况表

续表

编号	出处			主题	内容梗概
	收入作品集	发表时间、刊物	作品		
43	中国鬼故事	1887.03	颜真卿重现（"The Return of Yen-Tchin-King"）	颜真卿死后如生	颜真卿宣诏李希烈，被杀，死后如生。
44	中国鬼故事	1887.03	茶树的历史（"The Tradition of the Tea-Plant"）	眼皮化茶	僧人入定，为女鬼所迷，醒后愤而割去眼皮，弃之于地，后化为茶树。
45	中国鬼故事	1887.03	瓷神的故事（"The Tale of the Porcelain-God"）	殉身制瓷	瓷工跃入炉中，制成瓷缸，天子封其为瓷神。
46	法属西印度群岛二年记	1890.4	鬼（"Un Reventant"）	关于本先生的传说	奴隶主本先生对奴隶非常残忍，上帝惩罚他，一天降下飓风，将他和奴隶、房屋等都刮走了。
47	法属西印度群岛二年记	1890.4	鬼	关于鬼火的传说	拉巴特神父是第一个将奴隶制引入马提尼克的人，作为对他的惩罚，他的鬼魂四处游荡，鬼火即他的鬼魂所提的灯笼。
48	法属西印度群岛二年记	1890.4	鬼	关于拉巴特神父传说的另一个版本	拉巴特是个好人，因遭到诽谤，对马提尼克提出诅咒，这也是马提尼克穷困的原因。
49	法属西印度群岛二年记	1890.4	女鬼（"La Guiablesse"）	疯子见鬼	有一个疯子，天天对家人说自己有个孩子，一天午夜带回一个孩子给家人看，此子越长越高，最后消失，原来是鬼。

续表

编号	出处			主题	内容梗概
	收入作品集	发表时间、刊物	作品		
50	法属西印度群岛二年记	1890.4	女鬼	遇女鬼	一人路遇美女,美女诱之,随美女上山,直至山顶,被美女推下山去,临死方知所见乃女鬼。
51	法属西印度群岛二年记	1890.4	耶的故事("Yé")	笨人耶的传说	耶偷吃魔鬼的饭,被抓,魔鬼至其家,每当要吃饭时,魔鬼即念咒令一家人昏死过去,将饭食吃掉。上帝教耶制服魔鬼的咒语,但要求在归途中不能吃东西,耶每次都违反禁忌。最后一子偷藏在他口袋里,听到咒语,最终解救家人。
52	法属西印度群岛二年记	1890.4	耶的故事	笨人耶的传说	耶用箭射了魔鬼尸体,嗅闻后鼻子变长,遂恳求上帝,上帝教其让鸟儿们脱下嘴和羽毛去洗澡,然后拣一个嘴换上。后来就有了大嘴鸟。

附录二：小泉八云在日时期怪谈类创作简况表

编号	出处		主题	内容梗概
	作品集	作品		
1	陌生日本之一瞥－1	弘法大师的书法（"The Writing of Kōbōdaishi"）	神迹	弘法大师用五支毛笔补写宫殿上的匾额。
2	陌生日本之一瞥－1	弘法大师的书法	神迹	弘法大师隔着一条河书写匾额。
3	陌生日本之一瞥－1	弘法大师的书法	神迹	弘法大师与文殊菩萨变化的男孩比赛写字。
4	陌生日本之一瞥－1	弘法大师的书法	神迹	弘法大师为皇宫应天门写匾额，应字忘了一点，抛笔上去点了这一点。
5	陌生日本之一瞥－1	弘法大师的书法	神迹	有人嘲笑弘法大师书写的光华门匾额像虚张声势的相扑力士，梦中字化为力士痛殴之。
6	陌生日本之一瞥－1	弘法大师的书法	神迹	有人嘲笑弘法大师书写的朱雀门匾额，说朱像米，当夜朱字化人，像舂米的杵一样上下跳跃痛殴之。
7	陌生日本之一瞥－1	弘法大师的书法	神迹	弘法大师殁后，须修补其书写匾额，受命者不敢，后祭拜，弘法托梦首肯，事方成。
8	陌生日本之一瞥－1	江之岛的朝圣之旅（"A Pilgrimage to Enoshima"）	神迹	文明十二年，圆觉寺大钟自鸣，凡坚信此事者得善报，嘲笑侮弄者得恶报。

续表

编号	出处		主题	内容梗概
	作品集	作品		
9	陌生日本之一瞥－1	江之岛的朝圣之旅	死后还阳	小野君寿限未至而入阴曹地府，阎王令还阳，循圆觉寺钟声而回。
10	陌生日本之一瞥－1	江之岛的朝圣之旅	大钟化人	云游僧四处劝化，僧即圆觉寺大钟所化也。
11	陌生日本之一瞥－1	江之岛的朝圣之旅	神迹	养蚕妇人为地藏做了一顶帽子，死后得地藏护佑还阳。
12	陌生日本之一瞥－1	江之岛的朝圣之旅	神迹	平时赖之妻向地藏祈祷，代其于宾客前裸露而免于蒙羞。
13	陌生日本之一瞥－1	江之岛的朝圣之旅	死后还阳	运庆死后，阎魔王令其还阳为自己塑像。
14	陌生日本之一瞥－1	江之岛的朝圣之旅	神迹	僧人由二天神帮助，将巨木雕成二观音像，其一抛入大海，漂至镰仓，遂建寺供奉。
15	陌生日本之一瞥－1	江之岛的朝圣之旅	鬼子母神的传说	鬼子母神原为吞食孩子的恶鬼，后受佛点化，成为保佑儿童的神。
16	陌生日本之一瞥－1	在死人的集市上（"At the Market of the Dead"）	施饿鬼的起源	目犍连见母地狱中受苦而不能救，佛点化其于七月十五供奉鬼魂，遂成仪礼。
17	陌生日本之一瞥－1	神国的都城（"The Chief City of the Province of The Gods"）	源助殉桥	源助主动殉身，桥得以建成并长期屹立。
18	陌生日本之一瞥－1	神国的都城	"媳妇岛"的由来	此岛一夜之间从湖底涌出，并浮出一溺水年轻媳妇的尸体。

续表

编号	出处		主题	内容梗概
	作品集	作品		
19	陌生日本之一瞥－1	神国的都城	神迹	松平直政初到松江时,有一男孩现身,要求为其建造住所,此即稻荷真左卫门,乃建神社。
20	陌生日本之一瞥－1	神国的都城	禁忌	松江城奠基时曾活埋过一个少女,后禁止少女在街上跳舞,因会引发城堡震动。
21	陌生日本之一瞥－1	神国的都城	违反禁忌	武士违反禁忌,在小豆磨桥唱杜若之歌,归途遇美妇赠其一漆盒,盒中装的是幼子的头颅。
22	陌生日本之一瞥－1	神国的都城	魂魄显身	死去的母亲每日显身,为诞生在坟墓中的孩子买糖水。
23	陌生日本之一瞥－1	杵筑:日本最古老的神社("Kitzuki: The Most Ancient Shrine in Japan")	无法摆脱的穷神	有人欲摆脱穷神,诈言欲往京都,实际去了敦贺,结果穷神已经在等候了。
24	陌生日本之一瞥－1	杵筑:日本最古老的神社	无法摆脱的穷神	有僧人欲往偏远之地摆脱穷神,夜梦穷神编草鞋,欲与其同行。
25	陌生日本之一瞥－1	杵筑:日本最古老的神社	成功赶走穷神的传说	僧人以桃枝符咒作法,夜梦穷神哀泣,后一生富足。
26	陌生日本之一瞥－1	杵筑:日本最古老的神社	神迹	出云之神将附近的岛屿用绳子拽来,拴在大山和佐比卖山上。
27	陌生日本之一瞥－1	杵筑:日本最古老的神社	龙蛇的传说	龙蛇是龙王派来的使者。
28	陌生日本之一瞥－1	杵筑:日本最古老的神社	神迹	每次出云大社重建,都有神明送来木材。

续表

编号	出处 作品集	出处 作品	主题	内容梗概
29	陌生日本之一瞥－1	杵筑:日本最古老的神社	违反禁忌	松平直政违反禁忌,欲看神体,打开后只见一大鲍鱼,后幻化为大蛇,此后即恭谨以待。
30	陌生日本之一瞥－1	杵筑:日本最古老的神社	大国主神让国	大国主神被迫将国土让与天照大神的子孙。
31	陌生日本之一瞥－1	杵筑:日本最古老的神社	冒犯神灵受罚	武士与国造对弈,突瘫痪,因国造不喜其吸烟,为友情隐忍不言,天神不忿,故降此灾,国造念咒后痊愈。
32	陌生日本之一瞥－1	在美保关("At Mionoseki")	冒犯神灵受罚	美保关之神憎恶鸡,一次天气恶劣,后查一乘客烟管上刻有公鸡,丢弃后遂转危为安。
33	陌生日本之一瞥－1	在美保关	事代主神憎恶鸡的原因	因公鸡忘记司晨,事代主神乘船匆匆返回时丢了桨,只能用手划船,被鱼咬了手,此后即憎恶鸡。
34	陌生日本之一瞥－1	杵筑日记("Notes on Kitzuki")	木龙夜游	出云大社雕刻的龙夜里会四处巡游,后木匠凿开其喉咙,乃无异状。
35	陌生日本之一瞥－1	杵筑日记	铜鹿夜游	春日神社的铜鹿夜里四处巡游,遂砍下其头,重新安装,乃无异状。
36	陌生日本之一瞥－1	杵筑日记	石龟夜游	松江月照寺驮碑的石龟夜游,砍断其头后乃止。
37	陌生日本之一瞥－1	八重垣神社("Yaegaki-Jinja")	茶树成精	茶树易成精,一武士家茶树夜中成精,遂将其砍倒,砍树时有呻吟声,斧下则鲜血四溅。

续表

编号	出处		主题	内容梗概
	作品集	作品		
38	陌生日本之一瞥－1	狐（"Kitsune"）	狐狸报恩	一人偶救一狐,第二天晚上有美女上门送礼,内有二古钱,其中一枚很快变为草叶。
39	陌生日本之一瞥－1	狐	狐狸化人	医生夜半被人叫去接生,盛情款待,并送给他许多礼物。第二天回访发现山上并无宅第,所收黄金中有一块化为草叶。
40	陌生日本之一瞥－1	狐	狐狸化人	狐狸变化为人,吃了许多荞麦面,所付的钱后来都变成了刨花。
41	陌生日本之一瞥－1	狐	狐狸化人	一男孩失踪家人四处查找不得,后被送回,男孩说与一年龄相仿的男童一起玩耍,后将其送回。这个男童其实是狐狸变化。
42	陌生日本之一瞥－2	日本的庭院（"In a Japanese Garden"）	柳树精报恩	京都一武士欲伐庭中之柳,另一武士购回移栽自家院中,柳树精为报恩化为美女嫁与武士,生一子。后大名伐倒柳树,女乃亡。
43	陌生日本之一瞥－2	日本的庭院	人化幽灵	姬路一大名家的女仆小菊,负责看管十金盘,金盘忽然丢失,小菊投井自尽,后幽灵常现,"一、二、三、四……"地数盘子,亦化为虫,人称"菊虫"。
44	陌生日本之一瞥－2	日本的庭院	实盛虫的由来	武士实盛与敌战,因战马栽倒稻田,为敌人所杀,死后变为食稻之虫,农人亦称为"实盛"。

续表

编号	出处		主题	内容梗概
	作品集	作品		
45	陌生日本之一瞥－2	女人的头发（"Of Women's Hair"）	妻妾之发变蛇	加藤左卫门重氏夜中见妻妾因相互嫉恨，头发变蛇，相互咬噬，遂往高野山出家。
46	陌生日本之一瞥－2	日本海边（"By the Japanese Sea"）	会说话的被子	旅店买来的一床被子夜中自语："哥哥你冷吗？""你冷吗？"，店主查找来源，被子原来属于一对被冻死的孤儿。
47	陌生日本之一瞥－2	日本海边	抛弃孩子的父亲	农夫家贫，生子辄弃之于川，至第七子乃止，一夜农夫携子外出，偶赞夜色之美，婴方五月，忽开口曰："前次弃我时夜色亦如此乎？"农夫乃出家。
48	陌生日本之一瞥－2	从伯耆到隐崎（"From Hoki to Oki"）	懒汉求富	一懒汉向美保关之神求富，当夜梦到神降临。神将自己的鞋给懒汉看，鞋乃黄铜所制，鞋底却已磨出了洞。神尚须奔波劳碌，凡人怎能不劳而获？
49	陌生日本之一瞥－2	鬼与妖（"Of Ghosts and Goblins"）	返魂生子	男女自幼定亲，男出战，女相思成疾，病殁，后男归，于坟前遇女，言己未死，结为夫妇，后生一子，一日遇岳父母，女已消失，唯余一牌位。
50	来自东方	一个夏日的梦（"The Dream of a Summer Day"）	违反禁忌	浦岛太郎放生一龟，得入龙宫，与龙女结婚，后返家探亲，世间已过了几百年。龙女赠一盒，要求不得打开，浦岛违反约定，瞬间老去。

续表

编号	出处 作品集	出处 作品	主题	内容梗概
51	来自东方、返老还童泉（The Fountain of Youth）	一个夏日的梦	返老还童	老农喝了返老还童的泉水，变年轻，老妇为与之相配亦去喝，不料饮水过多，变成女婴。
52	来自东方	石佛（"The Stone Buddha"）	生灵报仇	富人无子，娶一妾，允诺种种，生子后食言将女赶出，女子生灵纠缠，富人亡。
53	心	俊德丸的谣曲（"The Ballad of Shūntoku-Maru"）	观音显灵，善恶有报	俊德丸遭继母下咒，生恶疾而被赶出家门，幸遇忠于爱情的乙姬，两人恳求清水观音，恢复健康，继母反生恶疾而被赶走。
54	心	小栗判官的谣曲（"The Ballad of Oguri-Hangwan"）	还阳，善恶有报	小栗判官兼氏与照手姬私自成亲，被照手姬之父杀害，照手姬幸得逃脱，辗转流落至娼寮为仆。机缘巧合下将小栗判官的鬼魂送至熊野寺温泉，小栗判官得以还阳，后夫妻团聚，尽报其仇。
55	佛田拾穗集	胜五郎的重生（"The Rebirth of Katsugorō"）	儿童能记前生之事	胜五郎能够记起前生之事，地方家人都清清楚楚，两家相认，果无差错。
56	异国风物及回想	禅书中的一个问题（"A Question in the Zen Texts"）	倩女离魂	男女青梅竹马，父将女许配与别人，二人私奔，生二子，六年乃归。女实则病卧在床，返回之女又在船中，见面二人合一。

续表

编号	出处		主题	内容梗概
	作品集	作品		
57	画猫的少年(The Boy Who Drew Cats)		妖精之变化	少年喜画猫，一夜宿荒庙，画一猫乃睡，夜中有激斗声，晨起发现一妖鼠尸体，所画猫嘴有鲜血。
58	蜘蛛精(The Goblin Spider)		妖精之变化	一武士前往一寺除妖，深夜来一僧，手中三味线变为蛛网套住武士，然妖亦被武士砍伤，天明众人循血迹找到，原系一蜘蛛精，乃杀之。
59	丢了米粉团的老太婆(The Old Woman Who Lost Her Dumpling)		因祸得福	老太婆丢了一个米粉团，找的时候跌入了一个洞，进入另一个世界，被鬼抓走负责做饭。后老太婆逃走，并带走了只需搅动便可使米变多的神铲，从此致富。
60	牙签小怪（Chin Chin Kobakama）		劝谕整洁之必要	一女甚懒，夜中有许多小怪现身，身仅一寸，如武士状，终夜不能寐，后发现原来是丢弃在地板下的牙签，此后女痛改前非。
61	灵的日本	长袖和服("Furisodé")	执念	一女子爱上一不相识的武士，相思成疾，病死后长袖和服被捐给寺庙，主持每次卖出此衣，穿此衣的姑娘都会被附身而死，只得烧掉，却因此引发大火。

续表

编号	出处		主题	内容梗概
	作品集	作品		
62	灵的日本	香("Incense")	汉武帝焚香见李夫人	李夫人死后,汉武帝思念无比,下人焚香,于香烟缭绕中见到李夫人的魂魄。
63	灵的日本	占卜的故事("A Story of Divination")	占卜之灵验	邵康节因抓老鼠打破了瓷枕,在碎片上却发现了此事的预言,辗转找到卜者,是一老者,已死,学生转交一书,学而卜算,掘地见金乃大富。
64	灵的日本	蛾眉("Silkworms")	佛教教化弟子	佛的弟子难陀沉溺女色,佛问女与母猴孰美,答女美,佛带其往仙境,仙女在等候难陀转生成亲,难陀甚喜,后带往地狱,鬼卒已在等候其从仙境转生。
65	灵的日本	孽情("A Passional Karma")	人鬼恋	荻原新三郎爱慕女子阿露,无奈阿露故去,后阿露之鬼魂与侍女持牡丹灯笼与新三郎夜夜相会,终纠缠至死。
66	灵的日本	因果的故事("Ingwa-Banashi")	嫉妒的执念	大名妻将死,手抓妾胸,死而僵,手与胸化为一体。割之,亦无用,每丑时剧痛。妾出家为尼,多年不能解此结。
67	灵的日本	天狗的故事("Story of a Tengu")	违反禁忌	天狗为报恩,满足和尚的愿望,带其见到佛祖,和尚纵情发声,违反了约定,天狗被护法击伤,一翅断,后无踪。

续表

编号	出处 作品集	出处 作品	主题	内容梗概
68	阴影	和解（"The Reconciliation"）	与妻子的鬼魂和好	武士抛弃妻子另觅新欢，后后悔离婚回家，与妻子和好如初，过夜后发现妻子腐烂的尸体，原来妻子早就死了。
69	阴影	普贤菩萨的传说（"A Legend of Fugen-Busatsu"）	菩萨变化现身	虔诚的僧人求普贤菩萨现身，后得指示，到妓院，结果一舞女显身，但其他人看不出来。
70	阴影	屏中美女（"The Screen-Maiden"）	屏中美女变为活人	一人爱上屏风上的美女，天天乞求，并供应百家之酒，美女终于下屏与其成百年之好。
71	阴影	骑尸（"The Corpse-Rider"）	执念	某人休妻，妻死，戾气不除，阴阳师指点，骑在尸体上熬过一夜，终逃过大难。
72	阴影	弁天保佑（"The Sympathy of Benten"）	倩女离魂	一男爱上一女子，求拜弁天，终于与女相见生活，后在街上被女父接回家中，原来系魂灵出窍，后二人终成眷属。
73	阴影	鲛人报恩（"The Gratitude of the Samébito"）	善有善报	一人爱上一女，女家索珠宝一万，无计可施，乃大病，鲛人受其救助大恩，见此大哭，泪珠皆变成珠宝，成就二人姻缘。
74	日本杂录	守约（"Of a Promise Kept"）	灵魂赴约	赤穴与丈部二人约定重阳节相见，然赤穴所在城叛乱，无法赴约，乃自杀，灵魂出窍按时赴约，丈部为之复仇。

附录二：小泉八云在日时期怪谈类创作简况表

续表

编号	出处		主题	内容梗概
	作品集	作品		
75	日本杂录	毁约（"Of a Promise Broken"）	女子因丈夫毁约报复	女子死前与夫约定不可再娶，夫毁约，女子鬼魂杀死新妇，取其头颅。
76	日本杂录	阎王殿前（"Before the Supreme Court"）	一女二魂	女病，父母求虫神，虫神作弊，将邻村同名女孩代替，后为阎王发现，同名女孩因无身体回到女孩身上，只好两家共用女儿。
77	日本杂录	果心居士的故事（"The Story of Kwashin Koji"）	果心居士的种种神迹	果心居士有一地狱画，织田信长欲索之，派武士尾行，杀人夺画，然画变为白纸。后果心居士再现，武士弟杀之，人头变为葫芦。果心居士受命于屏风上作画，所画水、舟皆变为实物，乘舟而去，不知所踪。
78	日本杂录	梅津忠兵卫的故事（"The Story of Umétsu Chūbei"）	助人得报	氏神变为女子请梅津忠兵卫帮着抱孩子，孩子越来越重，念佛三声后变轻，原来氏神在帮助一妇人生孩子。梅津忠兵卫得善报力大无穷，子孙亦如此。
79	日本杂录	兴义法师的故事（"The Story of Kōgi the Priest"）	梦应鲤鱼	兴义和尚善画鱼，一日死去，魂魄变为鲤鱼，被钓到，卖给财主们吃，几日后又苏醒，言其遭际，众皆惊讶。

续表

编号	出处		主题	内容梗概
	作品集	作品		
80	骨董	幽灵瀑的传说("The Legend of Yurei-Daki")	违反禁忌受到惩罚	一女与人打赌,深夜前往幽灵瀑,取神社前钱箱而返,归来后发现背上的婴儿已死。
81	骨董	茶碗中("In a Cup of Tea")	茶碗中显现鬼魂	武士欲饮茶,见茶碗中有人面孔,仍将水饮下。深夜有人潜入,即茶碗中人,为武士所伤,不见踪迹。后又有三家臣前来约战。
82	骨董	常识("Common Sense")	妖精变化显形	高僧夜夜见普贤菩萨降临,邀猎人同观,猎人却拔箭射走,晨起点看,射死一貛精。因猎人与沙弥乃凡人,却能见菩萨法相,与常识相悖,故而怀疑。
83	骨董	生灵("Ikiryō")	执念	店中老板娘因学徒聪明能干,担心危及独生子的地位,化为生灵加害学徒,后将学徒遣走,乃解。
84	骨董	死灵("Shiryō")	死灵护佑家人	官员死后遭下属构陷,欲侵夺其家产,死灵附身于侍女,尽雪其冤,家人得安居乐业。
85	骨董	龟子的故事("The Story of O-Kamé")	死去的妻子对于丈夫的执念	龟子临死前要求丈夫答应不再娶,死后丈夫形销骨立,原来龟子的鬼魂每夜都来纠缠,众人掘棺见尸,仍如生前,做法事镇魂后乃解。

续表

编号	出处		主题	内容梗概
	作品集	作品		
86	骨董	苍蝇的故事（"Story of a Fly"）	死去使女的执念	一家使女甚勤俭，将积攒银钱交与主人，为其死去双亲超度，所剩银钱放于主人处。后使女死，家中进一巨蝇，乃使女执念所化，主人乃使余钱为之超度。
87	骨董	雉鸡的故事（"Story of a Pheasant"）	父化雉鸡	一妇夜梦去世多年的公公求救，第二日果有雉鸡被猎人追赶，妇乃助雉鸡躲过一劫，不料其夫竟将雉鸡杀死，妇乃离家，夫被乡人逐出。
88	骨董	忠五郎的故事（"The Story of Chūgorō"）	人鬼恋	忠五郎夜夜外出，前往河底与一女相会。但约定不可透露秘密，否则不能再见，亦有大祸。忠五郎对同僚讲后，未能见到女子，倒地而死。原来为蛤蟆精所迷。
89	怪谈	无耳芳一的故事（"The Story of Mimi-nashi-Hooichi"）	为鬼魂弹奏琵琶	盲琴师芳一被武士带走，为贵人弹奏琵琶，后被发现所谓贵人乃是平氏一族的鬼魂，和尚将芳一遍身写满经文，却漏了耳朵，武士再来，看不到芳一，只好扯去耳朵复命。
90	怪谈	鸳鸯（"Oshidori"）	鸳鸯殉情	猎人杀一雄鸳鸯，夜梦一女哭泣，第二天再去，雌鸳鸯当其面自尽，猎人乃出家为僧。

续表

编号	出处		主题	内容梗概
	作品集	作品		
91	怪谈	阿贞的故事（"The Story of O-Tei"）	转世再为夫妻	阿贞早夭，殁前与未婚夫约定十六年后再为夫妻，十六年后男果遇阿贞后世，乃成夫妻。
92	怪谈	乳母樱（"Ubazakura"）	乳母为少女身代而死	少女病笃，乳母求神身代而死，死后捐给寺院的樱花样态特别，人称"乳母樱"。
93	怪谈	计谋（"Diplomacy"）	临死的怨念	主人监斩，死囚声言复仇，主人曰死后头颅如能咬住身前之石方可信之，死囚斩首后头颅果然咬住石头，然死前之愿已了，再不能作祟矣。
94	怪谈	镜与钟（"Of a Mirror and a Bell"）	女子的怨念	一女捐铜镜与寺院铸钟，不久反悔，铜镜火中不熔，女因而自杀。死后留言曰敲破此钟者得大富贵，人皆信之，僧不堪其扰，终将大钟推落悬崖。
95	怪谈	食人鬼（"Jikininki"）	怨念	法师借宿丧家，夜中见有鬼将尸体吃掉，原系附近庙中和尚，因死前怨念，化为此鬼。
96	怪谈	狸（"Mujina"）	无面鬼	商人夜行，遇一女鬼，面无五官，乃大惊而走，后遇一男，尽述前情，男曰其状如此否？亦无五官，此皆狸精也。

附录二：小泉八云在日时期怪谈类创作简况表

续表

编号	出处		主题	内容梗概
	作品集	作品		
97	怪谈	辘轳首（"Rokuro-Kubi"）	僧人杀死辘轳首	僧人误入辘轳首巢穴，因移动了辘轳首身体，终杀死妖怪，携其头而去。
98	怪谈	死后的秘密（"A Dead Secret"）	死前的执念	一女子死后灵魂不散，出现在家中，僧人于抽屉中找到一封情书，帮其销毁，乃去。
99	怪谈	雪女（"Yuki-Onna"）	人鬼婚恋，违反禁忌	巳之吉遇雪女，雪女未加害于他，但要求不得泄漏天机。巳之吉后娶一女，多年后将秘密泄露，女实乃雪女也，因孩子的缘故饶过巳之吉，不知所踪。
100	怪谈	青柳的故事（"The Story of Aoyagi"）	人鬼婚恋	武士山中娶一女子，名青柳，后青柳为大名夺去，武士写诗相通，大名为之感动，成全二人。青柳实为柳树精，一日柳树被砍，遂死去。
101	怪谈	十六樱（"Jiu-Roku-Zakura"）	老人以生命换取樱树重生	老人爱樱树甚笃，一日樱树死去，老人于一月十六日剖腹自杀，愿以命换取樱树重生。后樱果复活，改于每年一月十六日开花。
102	怪谈	安艺之介的梦（"The Dream of Akinosuke"）	南柯梦	安艺之介于树下沉睡，梦中娶公主，治理一方，经二十三年而返，梦醒，掘树下蚁穴，见蚁王、城池等。

续表

编号	出处 作品集	出处 作品	主题	内容梗概
103	怪谈	傻子("Riki-Baka")	转世重生	有一傻儿,死前母将名字写于手上,后一富户生子,手上有此字,乃傻儿转世。
104	怪谈	蚂蚁("Ants")	善有善报	一人虔诚供奉女神,女神显身用药膏涂抹其耳,于是此人能懂蚂蚁之语言。由蚂蚁处得知地下有财宝,乃掘地见金,大富,只是药膏效用仅有一日,此后与常人无异。
105	天河的传说及其他	天河的传说("The Romance of The Milky Way")	日本版牛郎织女	棚机女乃天神之女,纺织不辍,与农人婚后,因夫妇恩爱,忘记耕织,天神罚二人分居天河两侧,每年七月七由天鸟搭桥,方能见面。
106	天河的传说及其他	天河的传说	另一版本的牛郎织女	夫妇二人崇拜月亮,死后分别变成了天上的星辰,天帝令居于天河两侧,七月七可由鹊桥相见。
107	天河的传说及其他	天河的传说	神迹	一美妇教少女纺织,后消失,少女因纺织技艺闻名,然终生未嫁,因为教授她的乃是棚机女。
108	天河的传说及其他	天河的传说	凡人得见牛郎织女	一人出航,漂至一岸边,见一美妇正在纺织,一农夫拴牛,此人上前询问此为何地?农夫令其归问严君平。严曰七月七见牛郎织女间有客星出现,当为此人。

续表

编号	出处		主题	内容梗概
	作品集	作品		
109	天河的传说及其他	谈鬼诗（"Goblin Poetry"）	牡丹精报恩	武三思甚爱牡丹，一少女自愿为婢，美而有礼，武甚爱之，一日狄仁杰来访，武欲婢来见，婢乃言实为牡丹精，为报武恩而为婢，今惧狄之威而遁去，后无踪。
110	天河的传说及其他	镜女（"The Mirror Maiden"）	镜女报恩	神社宫司租住京都，一日为一女诱惑几跌入井中，乃封井，后女上门求助，言为毒龙所迫，今毒龙已去。乃掘井见一古镜，献于将军，将军悦，给金宝并修缮神社。
111	天河的传说及其他	伊藤则资的故事（"The Story of Itō Norisuké"）	人鬼恋	贫穷的武士伊藤则资，路遇小使女，伴其返家与家中小姐成亲，后发现小姐乃是古人，依然不舍，二人约定十年后再见，十年后武士病殁，与女重聚。

参考文献

著作

Bisland, Elizabeth ed. *Life and Letters of Lafcadio Hearn*, Boston & New York: Houghton, Mifflin & Company, 1906.

Bisland, Elizabeth ed. *Japanese Letters of Lafcadio Hearn*, Boston & New York: Houghton, Mifflin & Company, 1910.

Bisland, Elizabeth ed. *The Writings of Lafcadio Hearn*, 16 v., Boston & New York: Houghton Mifflin & Company, 1922(Reproduced by Rinsen Book Co. in Tokyo, 1991).

Bronner, Milton, *Letters from the Raven*, London: Archibald Constable & Co., 1907.

Chamberlain, Basil Hall, *Things Japanese: Being Notes on Various Subjects Connected with Japan for the Use of Travelers and Others*, London: J. Murray, 1898.

Commager, Henry Steele, *The American Mind: An Interpretation of American Thought and Character Since the 1880's*, New Haven: Yale Univ. Press, 1950.

Conder, Josiah, *Landscape Gardening in Japan*, Yokohama: Kelly & Walsh, 1893.

Cott, Jonathan, *Wandering Ghost: the Odyssey of Lafcadio Hearn*, New York: Alfred A. Knopf, 1991.

Dowden, Edward, *A History Of French Literature*, London: William Heinemann, 1897.

Dowson, Carl, *Lafcadio Hearn and the Vision of Japan*, Baltimore: The John Hopkins University Press, 1992.

Duncan, David, *The Life and Letters of Herbert Spencer*, London: Routledge/Thoemmes Press, 1996.

Erskine, John ed. *Interpretations of Literature*-I, II, New York: Dodd, Mead & Company, 1915.

Erskine, John ed. *Appreciations of Poetry*, New York: Dodd, Mead and Company, 1916.

Erskine, John ed. *Life and Literature*, New York: Dodd, Mead and Company, 1917.

Gould, G. Milbry, *Concerning Lafcadio Hearn*, Philadelphia: G. W. Jacobs &

Company, 1908.

Hearn, Lafcadio, *Stray Leaves from Strange Literature*, Boston & New York: Houghton Mifflin & Company, 1884.

Hearn, Lafcadio, *Some Chinese Ghosts*, Boston: Roberts Brothers, 1887.

Hearn, Lafcadio, *Chita: A Memory of Last Island*, New York: Harper & Brothers, 1889.

Hearn, Lafcadio, *Youma: The Story of a West-Indian Slave*, New York: Harper & Brothers, 1890.

Hearn, Lafcadio, *Glimpses of Unfamiliar Japan*-I, II. Boston & New York: Houghton Mifflin & Company, 1894.

Hearn, Lafcadio, *Out of the East*, Boston & New York: Houghton, Mifflin & Company, 1895.

Hearn, Lafcadio, *Kokoro*, Boston & New York: Houghton, Mifflin & Company, 1896.

Hearn, Lafcadio, *Exotics and Retrospectives*, Boston: Little, Brown, and Company, 1898.

Hearn, Lafcadio, *In Ghostly Japan*, Boston: Little, Brown, and Company, 1899.

Hearn, Lafcadio, *Shadowing*, Boston: Little Brown, and Company, 1900.

Hearn, Lafcadio, *A Japanese Miscellany*, Boston: Little, Brown, and Company, 1901.

Hearn, Lafcadio, *Kwaidan*, Boston & New York: Houghton Mifflin & Company, 1904.

Hearn, Lafcadio, *Japan: An Attempt at Interpretation*, New York: The Macmillan Company, 1904.

Hearn, Lafcadio, *The Romance of the Milky Way and Other Stories*, Boston & New York: Houghton Mifflin & Company, 1907.

Hearn, Lafcadio, *Fantastics and Other Fancies*, Boston & New York: Houghton Mifflin & Company, 1914.

Hearn, Lafcadio, *Creole Sketches*, Boston & New York: Houghton Mifflin & Company, 1924.

Huston, Charles W. ed. *Editorials*, Boston & New York: Houghton, Mifflin & Company, 1926.

Ichikawa, Sanki ed. *Some New Letters and Writings of Lafcadio Hearn*, Tokyo: Kenkyusha, 1925.

Ichikawa, Sanki ed. *Essays on American Literature*, Tokyo: The Hokuseido Press, 1929.

Ikeda, Hiroko, *A Type and Motif Index of Japanese Folk-Literature*, Helsinki: Suomalainen Tiedeakatemia, 1971.

Iwasaka, Michiko & Barre Toelken, *Ghosts and the Japanese*, Logan: Utah State University Press, 1994.

Kennard, Nina, *Lafcadio Hearn*, London: Eveleigh Nash, 1911.

Koizumi, Kazuo ed. *Letters from Basil Hall Chamberlain to Lafcadio Hearn*, Tokyo: Hokuseido Press, 1936.

Koizumi, Kazuo ed. *More Letters from Basil Hall Chamberlain to Lafcadio Hearn and Letters from M. Toyama, Y. Tsubouchi and Others*, Tokyo: Hokuseido Press, 1937.

Koizumi, Setsuko, *Reminiscences of Lafcadio Hearn*, Boston & New York: Houghton Mifflin & Company, 1918.

Nishizaki, Ichiro ed. *The New Radiance and Other Scientific Sketches*, Tokyo: Hokuseido Press, 1939.

Nishizaki, Ichiro ed. *Buying Christmas Toys and Other Essays*, Tokyo: Hokuseido Press, 1939.

Nishizaki, Ichiro ed. *Oriental Articles*, Tokyo: Hokuseido Press, 1939.

Nishizaki, Ichiro ed. *Literary Essays*, Tokyo: Hokuseido Press, 1939.

Nishizaki, Ichiro ed. *Barbarous Barbers and other Stories*, Tokyo: Hokuseido Press, 1939.

McWilliams, Vera, *Lafcadio Hearn*, Boston: Houghton Mifflin & Company, 1946.

Mordell, Albert ed. *Essays in European and Oriental Literature*, New York: Dodd, Mead & Company, 1923.

Mordell, Albert ed. *An American Miscellany*-I, II, New York: Dodd, Mead & Company, 1924.

Mordell, Albert ed. *Occidental Gleanings*-I, II, New York: Dodd, Mead & Company, 1925.

Mordell, Albert, *Discoveries: Essays on Lafcadio Hearn*, Orient/West Incorporated, Tokyo, 1964.

Noguchi, Yoné, *Lafcadio Hearn in Japan*, New York: M. Kennerley, 1911.

Perkins, Percival D. & Ione Perkins, *Lafcadio Hearn: A Bibliography of His Writings*, Boston & New York: Houghton Mifflin & Company, 1934.

Sangu, Makoto ed. *Editorials from the Kobe Chronicle*, Tokyo: Hokuseido Press, 1960.

Schlegel, Gustave, *Mai Yu Lang Toú Tchen Hoa Koue*, Leyde: E. J. Brill, 1877.

Spencer, Herbert, *Social Statics*, London: John Chapman, 1851.

Spencer, Herbert, *The Principles of Biology*, New York: D. Appleton & Company, 1896.

Spencer, Herbert, *Principles of Ethics*-I, New Yorker: D. Appleton and Company, 1896.

Spencer, Herbert, *Principles of Ethics*-II, New Yorker: D. Appleton and Company, 1898.

Spencer, Herbert, *An Autobiography*, London: Williams and Norgate, 1904.

Spencer, Herbert, *First Principles*, London: Watts & Co., 1937.

Stevenson, Elizabeth, *The Grass Lark: A Study of Lafcadio Hearn*, Rutgers: Transaction Publishers, 1999.

Tanabe, Ryuji and Teisaburo Ochiai ed. *A History of English Literature*, Tokyo: Hokuseido Press, 1934.

Temple, Jean, *Blue Ghost: A Study of Lafcadio Hearn*, New York: Jonathan Cape & Harrison Smith, 1931.

Thomas, Edward, *Lafcadio Hearn*, Boston: Houghton Mifflin & Company, 1912.

Thompson, C. W, *French Romantic Travel Writing: Chateaubriand to Nerval*, New York: Oxford University Press, 2012.

Thompson, Richard Austin, *The Yellow Peril: 1890—1924*, New York, Arno Press Inc., 1978.

Tinker, Edward Larocque, *Lafcadio Hearn's American Days*, New York: Dodd, Mead & Co., 1924.

Umemoto, Junko, *Early Biographical Sources on Lafcadio Hearn*, Tokyo: Edition Synapse, 2008.

Yu, Beongcheon, *An Ape of Gods: The Art and Thought of Lafcadio Hearn*, Detroit: Wayne State University Press, 1964.

Zenimoto, Kenji ed. *Centennial Essays on Lafcadio Hearn*, Matsue: The Hearn Society, 1996.

池田雅之『ラフカディオ・ハーンの日本』、角川學藝、1990。

池野誠『松江の小泉八雲』、山陰中央新報社、1980。

梅本順子『浦島コンプレックス―ラフカディオ・ハーンの交友と文學』、南雲堂、2000。

梅本順子『未完のハーン伝』、大空社、2002。

太田雄三『ラフカディオ・ハーン』、岩波書店、1994。

梶谷泰之『へるん先生生活記』、恒文社、1998。

河島弘美『ラフカディオ・ハーン―日本のこころを描く』、岩波書店、2002。

熊本大學小泉八雲研究會編『ラフカディオ・ハーン再考―百年後の熊本から』、恒文社、1993。

熊本大學小泉八雲研究會編『ラフカディオ・ハーン再考―熊本ゆかりの作品を中心に』、恒文社、1999。
厨川白村『厨川白村全集』、改造社、1929。
小泉一雄『父小泉八雲』、小山書店、1950。
小泉節子 小泉一雄『小泉八雲』、恒文社、1976。
小泉時『ヘルンと私』、恒文社、1990。
小泉時 小泉凡編『文學アルバム小泉八雲』、恒文社、2008。
小泉凡『民俗學者・小泉八雲―日本時代の活動から』、恒文社、1995。
小泉八雲『小泉八雲全集』、1-18巻、田部隆次等編、第一書房、1926-1930。
小泉八雲『小泉八雲名作選集』、1-5巻、平川祐弘編、講談社、1990-1991。
小泉八雲『怪談・骨董・他』、平井呈一訳、恒文社、1975。
小泉八雲『飛花落葉集・他』、平井呈一訳、恒文社、1976。
小泉八雲『日本―一つの試論』、平井呈一訳、恒文社、1976。
小泉八雲『仏領西インドの二年間』（上、下）、平井呈一訳、恒文社、1976。
小泉八雲『中國怪談集・他』、平井呈一訳、恒文社、1986。
桜井徳太郎『昔話の民俗學』、講談社、1996。
島根大學附屬図書館小泉八雲出版編集委員會編『教育者ラフカディオ・ハーンの世界』、ワン・ラライン、2006。
ジョージ・ヒューズ『ハーンの轍の中で―ラフカディオ・ハーン/外國人教師/英文學教育』、平石貴樹玉井暲訳、研究社、2002。
須藤功編『幕末・明治の生活風景』、東方総合研究所、1995。
仙北谷晃一『人生の教師ラフカディオ・ハーン』、恒文社、1996。
高木大干『人間小泉八雲』、三省堂、1984。
高瀬彰典『小泉八雲論考―ラフカディオ・ハーンと日本』、島根大學ラフカディオ・ハーン研究會、2008。
高瀬彰典『小泉八雲の世界―ハーン文學と日本女性』、島根大學ラフカディオ・ハーン研究會、2009。
高瀬彰典『小泉八雲の日本研究―ハーン文學と神仏の世界』、島根大學ラフカディオ・ハーン研究會、2011。
橘正典『雪女の悲しみ―ラフカディオ・ハーン「怪談」考』、國書刊行會、1993。

田部隆次『小泉八雲』、北星堂書店、1980。

田代三千稔『愛と孤獨と漂泊と小泉八雲』、月曜書房、1948。

大東俊一『ラフカディオ・ハーンの思想と文學』、彩流社、2004。

築島謙三『ラフカディオ・ハーンの日本觀―その正しい理解への試み』、勁草書房、1977。

天理図書館編『小泉八雲―草稿と書翰』、1-5冊、天理大學出版部、1974。

遠田勝『〈転生〉する物語―小泉八雲「怪談」の世界』、新曜社、2011。

中野好夫編『小泉八雲集』、築摩書房、1970。

中村光夫『明治文學史』、築摩書房、1963。

西川盛雄『ラフカディオ・ハーン』、九州大學出版社、2005。

西野影四郎『小泉八雲とヨーロッパ』、古川書房、1978。

西野影四郎『小泉八雲とアメリカ』、西野影四郎、2005。

西野影四郎『小泉八雲と日本』、伊勢新聞社、2009。

速川和男『小泉八雲の世界』、笠間書院、1978。

原田煕史『文明史家ラフカディオ・ハーン』、株式會社千城、1980。

坂東浩司『詳述年表ラフカディオ・ハーン伝』、英潮社、1998。

日夏耿之介『明治浪曼文學史』、中央公論社、1951。

平井呈一『小泉八雲入門』、古川書房、1976。

平川祐弘『西歐の衝撃と日本』、講談社、1985。

平川祐弘『破られた友情―ハーンとチェンバレンの日本理解』、新潮社、1987。

平川祐弘『小泉八雲とカミガミの世界』、文藝春秋、1988。

平川祐弘編『小泉八雲―回想と研究』、講談社、1992。

平川祐弘『小泉八雲 西洋脱出の夢』、講談社、1994。

平川祐弘編『世界の中のラフカディオ・ハーン』、河出書房新社、1994。

平川祐弘『オリエンタルな夢―小泉八雲と霊の世界』、築摩書房、1996。

平川祐弘監修『小泉八雲事典』、恒文社、2000。

平川祐弘『ラフカディオ・ハーン―植民地化・キリスト教化・文明開化』、ミネルヴァ書房、2004。

平川祐弘 牧野陽子編『講座 小泉八雲Ⅰ―ハーンの人と周辺』、新曜社、2009。

平川祐弘 牧野陽子編『講座 小泉八雲Ⅱ―ハーンの文學世界』、新曜社、2009。

広瀬朝光『小泉八雲論―研究と資料』、笠間書院、1976。

船岡末利『ラフカディオ・ハーンの青春』、近代文藝社、2004。

牧野陽子『〈時〉をつなぐ言葉—ラフカディオ・ハーンの再話文學』、新曜社、2011。

鬆浦暢『宿命の女—イギリス・ロマン派文學の底流』、アーツアンドグラフツ、2004。

丸山學『小泉八雲新考』、講談社、1996。

宮家準『日本の民俗宗教』、講談社、1994。

森亮『小泉八雲の文學』、恒文社、1980。

八雲會編『小泉八雲草稿・未刊行書簡拾遺集』、1-3卷、雄鬆堂、1990-1992。

八雲會編『へるん合刷版』、八雲會、1987。

柳田國男『妖怪談義』、講談社、1977。

ラフカディオ・ハーン『ラフカディオ・ハーン著作集』、1-15卷、恒文社、1980-1988。

劉岸偉『小泉八雲と近代中國』、岩波書店、2004。

艾布拉姆斯：《镜与灯：浪漫主义文论及批评传统》，郦稚牛等译，北京大学出版社，2004。

蔼理士：《性心理学》，潘光旦译，北京：三联书店，1897。

安德森：《想象的共同体：民族主义的起源与散布》，吴叡人译，上海人民出版社，2003。

抱瓮老人辑：《今古奇观》，北京：人民文学出版社，1957。

北京大学哲学系美学教研室：《西方美学家论美和美感》，北京：商务印书馆，1980。

厨川白村：《走向十字街头》，绿蕉、大杰译，启智书局，1929。

川本皓嗣：《日本诗歌的传统——七与五的诗学》，王晓平等译，南京：译林出版社，2004。

村上重良：《国家神道》，聂长振译，北京：商务印书馆，1990。

村上专精：《日本佛教史纲》，杨曾文译，北京：商务印书馆，1981。

丹纳：《艺术哲学》，傅雷译，桂林：广西师范大学出版社，2000。

狄肯斯：《社会达尔文主义：将进化思想和社会理论联系起来》，涂骏译，长春：吉林人民出版社，2005。

法兰士·达尔文：《达尔文生平及其书信集》（第二卷），孟光裕等译，北京：商务印书馆，1963。

法兰士·达尔文：《物种起源》，周建人等译，北京：三联书店，1954。

弗洛伊德：《释梦》，孙名之译，北京：商务印书馆，2002。

歌德：《浮士德》，钱春绮译，上海译文出版社，1989。

古典文艺理论译丛编辑委员会编：《古典文艺理论译丛》，北京：人民文学出版社，1961。

赫胥黎：《进化论与伦理学》，《进化论与伦理学》翻译组译，北京：科学出版社，1971。

井上清:《日本历史》,天津市历史研究所译,天津人民出版社,1974。

李树果:《日本读本小说与明清小说》,天津人民出版社,1998。

列夫·托尔斯泰:《列夫·托尔斯泰文集·第十四卷》,陈燊等译,北京:人民文学出版社,1992。

刘禾:《跨语际实践——文学,民族文化与被译介的现代性》,宋伟杰等译,北京:三联书店,2002。

刘小枫:《诗化哲学:德国浪漫美学传统》,济南:山东文艺出版社,1986。

刘小枫编译:《接受美学译文集》,北京:三联书店,1989。

洛蒂:《洛蒂精选集》,桂裕芳编选,济南:山东文艺出版社,2000。

罗素:《西方哲学史》,马元德译,北京:商务印书馆,1976。

鲁迅:《鲁迅全集》,北京:人民文学出版社,1981。

孟德斯鸠:《论法的精神》,张雁深译,北京:商务印书馆,1961。

孟华主编:《比较文学形象学》,北京大学出版社,2001。

牟学苑:《拉夫卡迪奥·赫恩文学的发生学研究》,北京大学出版社,2010。

牛建科:《复古神道哲学思想研究》,济南:齐鲁书社,2005。

皮特·J·鲍勒:《进化思想史》,南昌:江西教育出版社,1999。

任白涛辑译:《给志在文艺者》,上海:亚东图书馆,1928。

萨特:《存在与虚无》,陈宣良等译,北京:三联书店,2007。

斯太尔夫人:《德国的文学与艺术》,丁世中译,北京:人民文学出版社,1981。

斯达尔夫人:《论文学》,徐继曾译,北京:人民文学出版社,1986。

苏珊·桑塔格:《疾病的隐喻》,程巍译,上海译文出版社,2003。

万建中:《解读禁忌:中国神话、传说和故事中的禁忌主题》,北京:商务印书馆,2001。

吴鲁芹:《英美十六家》,台北:时报文化出版事业有限公司,1981。

西蒙娜·德·波伏娃:《第二性》,陶铁柱译,北京:中国书籍出版社,1998。

小泉八云:《西洋文艺论集》,韩侍桁辑译,上海:北新书局,1929)。

小泉八云:《文艺谈》,石民译注,上海:北新书局,1930。

小泉八云:《日本与日本人》,胡山源译,上海:商务印书馆,1930。

小泉八云:《文学入门》,杨开渠译,上海:现代书局,1930。

小泉八云:《小泉八云文学讲义》,惟夫译,北平:联华书局,1931。

小泉八云:《英国文学研究》,孙席珍译,上海:现代书局,1932。

小泉八云:《文学的畸人》,侍桁译,上海:商务印书馆,1934。

小泉八云:《心》,杨维诠译,上海:中华书局,1935。

小泉八云:《神国日本》,曹晔译,上海:杂志出版社,1944。

小泉八云:《一个日本女人的日记》,何楠译,上海:东方文化编译馆,1945。

小泉八云:《形影问答》,沈曼雯译,台北:圆神出版社,1987。

小泉八云:《小泉八云散文选》,孟修译,天津:百花文艺出版社,1994。

小泉八云:《怪谈》,叶美惠译,北京:国际文化出版公司,2005。

小泉八云:《日本魅影》,邵文实译,厦门:鹭江出版社,2006。

谢天振:《比较文学与翻译研究》,台北:业强出版社,1994。

谢天振:《翻译的理论建构与文化透视》,上海外语教育出版社,2000。

谢天振:《译介学》,上海外语教育出版社,1999。

严绍璗:《日本中国学史》,南昌:江西人民出版社,1991。

严绍璗:《中日古代文学关系史稿》,长沙:湖南文艺出版社,1987。

严绍璗、源了圆主编:《中日文化交流史大系·思想卷》,杭州:浙江人民出版社,1996。

严绍璗、中西进主编:《中日文化交流史大系·文学卷》,杭州:浙江人民出版社,1996。

杨曾文:《日本佛教史》,杭州:浙江人民出版社,1995。

姚斯:《接受美学与接受理论》,周宁等译,沈阳:辽宁人民出版社,1987。

以赛亚·伯林:《浪漫主义的根源》,吕梁等译,南京:译林出版社,2008。

乐黛云、张辉主编:《文化传递与文学形象》,北京大学出版社,1999。

章安祺编:《西方文艺理论史精读文献》,北京:中国人民大学出版社,1996。

赵澧、徐京安主编:《唯美主义》,北京:中国人民大学出版社,1988。

中国社会科学院外国文学研究所外国文学研究资料丛刊编辑委员会编:《欧美古典作家论现实主义和浪漫主义》,一、二,北京:中国社会科学出版社,1980,1981。

论文

Beck, E. C., "Letters of Lafcadio Hearn to His Brother", *American Literature*, Vol. IV, 1932.

Coyne, Robert Francis, "Lafcadio Hearn's Criticism of English Literature", Ph. D. Dissertation, The Florida State University, 1969.

Frost, Orcutt W., "The Early Life of Lafcadio Hearn", Ph. D. Dissertation, University of Illinois, 1954.

Frost, Orcutt W., "The Birth of Lafcadio Hearn", *American Literature*, Nov. 1952.

Hearn, Lafcadio, "China and the Western World", *The Atlantic monthly*, Vol. 77, Issue. 462, Apr. 1896.

Hirakawa, Sukehiro, "Return to Japan or Return to the West? ——Lafcadio Hearn's 'A Conservative'", *Comparative Literature Studies*, Vol. 37, No. 2, 2000.

Lawless, Ray M., "A Note on Lafcadio Hearn's Brother", *American Literature*, Mar. 1938.

Lawless, Ray M., "Lafcadio Hearn, Critic of American Life and Letters", Ph. D. Dissertation, University of Chicago, 1940.

Lemoine, Bernadette, "Lafcadio Hearn as an Ambassador of French Literature in the United States and in Japan", *Revue de Littérature Comparée*, Jul-Sep 2006.

Kneeland, Henry Tracy, "An Interview with James Danial Hearn——Lafcadio Hearn's Brother", *The Atlantic Monthly*, Jan. 1923.

Pulvers, Roger, "Lafcadio Hearn: Interpreter of Two Disparate Worlds", *The Japan Times*, January 19, 2000.

Reider, Noriko T., "The Emergence of 'Kaidan-shū': The Collection of Tales of the Strange and Mysterious in the Edo Period", *Asian Folklore Studies*, Vol. 60, No. 1, 2001.

Rosenbaum, Sidonia. C, "The Utopia of Lafcadio Hearn-Spanish America", *American Quarterly*, Vol. 6, No. 1, 1954.

Shuman, R. Baird, "Hearn's Gift from the Sea: 'Chita' ", *The English Journal*, Vol. 56, No. 6, 1967.

Spencer, Herbert, "A Theory of Population, Deduced from the General Law of Animal Fertility", *The Westminster Review* (57), 1852.

Starrs, Roy, "Lafcadio Hearn as Japanese Nationalist", *Japan Review*, V. 18, 2006.

Tunison, Joseph S., "Lafcadio Hearn", *The Book Buyer*, May, 1896.

Umemoto, Junko, "Lafcadio Hearn and Christianity, *Comparative Literature Studies*", Vol. 30, No. 4, East-West Issue, 1993.

Umemoto, Junko, "The Liberation of Women in Works Retold by Lafcadio Hearn", *Comparative Literature Studies*, Vol. 35, No. 2, East-West Issue, 1998.

Umemoto, Junko, "The Reception of Chinese Culture Reflected in Lafcadio Hearn's Retelling of Chinese Literature", *Comparative Literature Studies*, Vol. 39, No. 4, 2002.

Umemoto, Junko, "Reconsidering Lafcadio Hearn's Literary Pilgrimage", Ph. D. Dissertation, Nihon University, 2006.

Vincent, Mary Louise, "Lafcadio Hearn and Late Romanticism", Ph. D. Dissertation, University of Minnesota, 1967.

Yu, Beongcheon, "Lafcadio Hearn's Twice-Told Legends Reconsidered", *American Literature*, Vol. 34, No. 1, 1962.

大澤隆幸「雪女はどこから來たか」、静岡県立大學國際関係學「國際関係・比較文化研究」第 4 卷第 1 號、2005(9)。
梅本順子「ラフカディオ・ハーンの翻訳と再話」、日本大學國際関係研究、V.16-1、1995。
梅本順子「異文化の中の女神たち——ラフカディオ・ハーンの描いた女性像」、日本大學國際関係研究、V.17-2、1996。
大東俊一「ラフカディオ・ハーンにおける東西の結婚と倫理」、法政大教養部紀要、V.103、1998。
小澤次郎「小泉八雲〈雪女〉の考察」、北海道醫療大基礎教育部論集、V.22、1996。
仙北谷晃一「充たされぬ愛から無私の愛へ——ハーンの〈永遠に女性的なるもの〉の行方」、武藏大學人文學會雑志、V.28-3、1997。
中田賢次「〈雪女〉小考」、へるん、v.19、1982。
中山常雄「小泉八雲の宗教観と焼津の作品」、静岡精華短大紀要、V.3、1995。
西脇隆夫「中國における小泉八雲」、山陰地域研究、1993 (5)。
前田專學「小泉八雲の仏教観〉、駒沢大學仏教學部論集、V.28、1997。

繁原央:《中国冥婚故事的兩种类型》,白庚胜译,《民间文学论坛》1996 年第 2 期。
胡愈之:《小泉八云》,《东方杂志》1923 年第 20 卷第 1 号。
刘岸伟:《小泉八云与近代中国》,《二十一世纪》2001 年第 66 期。
潘能艳:《小泉八云的美学思想在中国 20 世纪二三十年代的传播》,福建师范大学硕士论文,2011。
谢明勋:《六朝志怪'冥婚'故事研究——以〈搜神记〉为中心考察》,《东华汉学》2007 年第 5 期。
严绍璗:《"文化语境"与"变异体"以及文学的发生学》,《中国比较文学》2000 年第 3 期。
赵景深:《小泉八云谈中国鬼》,《文学周报》1928 年第 328 期。
张瑾:《小泉八云的日本情结与文学实践》,东北师范大学博士论文,2010。
朱孟实:《小泉八云》,《东方杂志》1926 年第 23 卷第 18 号。

后　记

　　不知不觉,与小泉八云结缘已有十年了,当意识到这一点时,连自己也被吓了一跳。

　　最早接触小泉八云大概是在2005年,那时刚刚拜入恩师严绍璗先生门下不久,一则以喜,一则以忧。喜的是得以忝列门墙,亲聆謦欬,忧的是怎么才能找到一个合适的毕业论文选题。严先生大概也在为我发愁吧,我们师徒二人商量过好几次,都没有定论。终于有一天,在见面的时候,严先生从包里拿出一张纸,其实就是一张黄色的方便贴,上面写了"Lafcadio Hearn"和"小泉八云"两行字,让我去找找这人的材料,看能不能作为毕业论文的选题。此前我倒也曾考虑过小泉八云,但担心语言和资料的问题,在学校图书馆随便翻了翻,便放弃了。这回得了导师的令,景象自然不同。把北京几个图书馆的资料好好搜索了一番之后,我惊讶地发现,其实材料远比我想象的为多,支撑一篇博士论文,大概也够了。从那以后,便开始了与小泉八云相伴的十年。

　　2008年,在提交论文后,我通过答辩,获得了博士学位。那部论文后来经过修改,于2010年在北京大学出版社出版,也就是我的第一本书《拉夫卡迪奥·赫恩文学的发生学研究》。整个过程,都得到了严先生的悉心指导和无私帮助。那张小小的方便贴,我至今还保留着。看到它,就会想起北大的五院和六院,想起在先生身边的日子。

　　毕业之后,机缘巧合,我来到新疆石河子大学工作。"新疆""兵团"跟"小泉八云",这看起来是多么具有"违和感"的一种组合!所以我也曾想过要拜别小泉八云,转型做些接地气的学问。但转型又谈何容易呢。后来,大势所趋之下,我又以小泉八云研究先后申报了教育部和国家的课题,也就得以在这安静的边疆小城,继续做着这多少有些奇怪的学问。只是没想到,这一做又是五年。这五年,是一个青年负重攀爬而终至不惑的五年,有许多收获,但也耗费了许多时间和精力。所以,对于今天呈现在读者面前的这本书,我自己是有许多遗憾的,如果再多一点努力,再多一点有效的时间,结果一定会好一些。

其实上一本书《拉夫卡迪奥·赫恩文学的发生学研究》,现在看来,也有一些问题。一是当时对于日文资料的掌握不够;二是有些观点还不够完善;三是在表述上还有些错漏。例如第105页注3,其实故事就见于凯普弗尔《日本史》英译本第三卷的218页,但当时没找到原来的笔记,只是在第二卷里乱翻,困惑之下还专门做了一个注,另外该页对于《茶树的历史》情节的描述也有误记。类似这样的错误本来是可以避免的,在这里要向读者表示歉意。

而这一本书,质量如何读者自有判断,但写作的过程,实在是有点纠结和痛苦的。所有的朋友都以为我这本书应该可以很快写完,因为条件实在是太好了:多数资料手头就有,不用查找,不用考辨整理,已经有充分的前期研究,只要搭好框架,开手就可以写。面对这样的期待,我只能摇头苦笑。打个不恰当的比方,以前生产队时代有个词叫做"拾秋",就是在收割过的地里捡拾未收干净的作物。写第一本书时大概相当于收割,俯拾皆是,大刀阔斧,何等快活,而这第二本书就算是拾秋了,种种搜挖掏摸,百计营求,不胜烦恼。其实农家的拾秋本来是聊胜于无的工作,所以往往交给小孩子负责,但若是要求拾秋的收获不能少于收割,只怕这小孩子要傻眼了。当然,若是莎翁、鲁迅这样的膏腴之地也还好些,偏偏小泉八云又不是那种"说不尽的"、学术容量大的作家。更让人郁闷的是,收割时本以为是不用拾秋的,还特意收得仔仔细细,于是等再来拾秋时,只看到白茫茫一片大地真干净……

好在是车到山前必有路,不管怎样,这本书终于还是写完了。只是作为作者,有些细节问题还需要再解释一下:

首先是书名的问题。我的上一本书之所以坚称"拉夫卡迪奥·赫恩"而不用受众更为熟悉的"小泉八云",其实是在表达一种态度。我以为,小泉八云赴日之后的许多言论,对于其思想体系来说,既非突变,也非质变。大部分都可以用他在西方文化语境中形成的一以贯之的逻辑来解释。莫德尔就说,其实日本并没有给予他什么,"他只是在日本找到了才能的用武之地"[①]。而入籍和更名,则更多的是一种

---

① Albert Mordell, "Introduction", *An American Miscellany*-I, New York: Dodd, Mead and Company, 1924, p. lxxvi.

生存策略,并不具有后世人们想象的那种特殊意味。对于小泉八云的自我认知来说,其实到死都是"拉夫卡迪奥·赫恩",而不是"小泉八云"。但正所谓当局者迷,因为我的这种姿态性的坚持,实际上反倒影响了那本书的传播。毕竟在中国,受众所熟悉和接受的,仍然是"小泉八云"。我在申报国家社科基金课题的时候,用的也是"拉夫卡迪奥·赫恩",但立项公示时,就被改成了"小泉八云",大概代表了评审专家的意见吧。俗语所谓"听人劝,吃饱饭",所以这本书中我也就不再坚持使用"赫恩"了,与语言习惯的抗争,注定是徒劳的。但需要说明的是,这算是个"突变",但绝不是"质变",我关于"小泉八云"这个名字的基本观点,跟原来并无差别。

第二个问题是内容。我原来对于本书的设想是总结性的,所以"全"无疑是一个重要的特性。不敢说面面俱到,但至少要涉及大多数的观点和创作。但真正写作的时候就要考虑结构的平衡。小泉八云研究的有些领域,例如中篇小说,就我目前的能力来说,实在没有办法将其论述做成一章,要揉到其他章节里又不协调,所以最终还是回避了。游记按说应该单立一章,但我又怕跟此前的研究重复,最终也没有涉及。无论是从课题研究的规范还是从自我要求来说,我都不希望这本书中有跟此前研究重复的成分。但一个人的思想观点、研究方法总是会有习惯或曰套路,想要"日日新,又日新"也很难。为了全书体例的完整,有些内容是无法回避的,所以本书中有些观点或表述跟上一本书还是有重复的地方,主要体现在"进化论思想"和"文化论"部分。当然,在一些细节上有些小的突破,文字表述也有差异,有重复的部分我都尽可能写得简略了些。但这也造成了一个尴尬的局面,自己知道有些地方会有重复不愿多写,但没看过我上本书的又会觉得语焉不详。其实在课题结题时我就遇到了这样的问题:有位评审专家列举了许多内容,认为有很高的研究价值,但我在书稿中却基本没有涉及,为此他深感遗憾。其实那些基本都是我此前在书中写过而特意回避了的东西。为这个问题我曾纠结过很久,直到遭到一位朋友的"耻笑":凭什么读你这本书的读者就一定要读过你上一本书呢?难道装 win10 的用户还得先熟悉 win8 吗?这话虽不好听,但却部分地解了我的纠结。所以最后还是采取了这样一种折中的方案:用少量的重复换取体例上的大致完整。至于不完美的地方,只能请读者原谅了。

结构是本书的写作中最让我痛苦的一个问题。在原来的设计中,我曾有过三套方案,要么将思想与创作分成两部分论述;要么按照文体分类,分章论述小泉八云的游记、怪谈、杂文等创作,在作品论中兼及思想论;要么将小泉八云的思想与创作一一对应起来,如宗教观与怪谈,文学观与文学讲义等。这三种方案在国内文学研究界相近的"思想与创作研究"中都有先例,我最倾向于最后一种方案。但真正写作时我才发现,这三套方案一套也实现不了。因为小泉八云的思想是渗透在创作中的,有时思想与创作根本无法区分。以其文学批评来说,到底哪些表述算是思想,哪些表述又算是创作呢?而且其表述也不受创作类型的限制,例如其宗教观,在社会思想中有涉及,在文化论中有表述,在怪谈类创作中也有体现。所以在写作过程中我只能不断妥协,而最终的成果也从理想中的完美模型变成了"四不像"。这当然不合乎此前的设计,跟自己的预期也差了好远。如果一定要自我宽慰的话,只能说世界本来就不是按照模型建构的,即便是小泉八云自己,也有诸多矛盾之处,也许不完美倒是一种常态吧。但若有更好的方法和路径,还望方家不吝赐教。

不管有多少遗憾,但五年的辛苦,总算有一个交代。在写作过程中,多亏诸多师友的帮助,才能有这样一个结果,在这里要向他们说声"谢谢"。首先还是要感谢严先生,感谢他的教诲和帮助,感谢他给我树起一个仰之弥高的学人榜样,让我能够在这纷乱的俗世,收起浮躁,在书桌前安心坐定。感谢东京大学比较文学比较文化研究室主任菅原克也教授,在东大的日子,他尽可能为我提供了一切便利,菅原教授的博学和宽厚,让我至今钦佩不已。还要感谢东京工业大学的刘岸伟教授,感谢他在我赴日访学过程中的无私帮助和热情指导。感谢小泉八云的曾孙小泉凡教授,他的热情解答帮我弄清了好几个困惑已久的问题。感谢评论家刘铮先生,我与刘先生素昧平生,但他发表在《东方早报》上的书评,对我的上一本书给予了很高的评价,也帮我指出了好几处错误。刘先生的博学让我惊叹,也时时让我警醒,文章千古事,不可轻忽!我还要感谢院系诸位领导的支持,尤其是系主任杨向奎兄为本书出版提供的帮助。

最后,要向北京大学出版社的张冰老师和诸位编辑表示感谢,感谢他们的辛勤和细致。

牟学苑

2016 年 2 月 26 日于新疆石河子大学